PRINCESSE AUTONOME

Lola Zidi

Princesse autonome

Roman

Fayard

Avertissement

Ce roman, ses personnages et leurs histoires sont une œuvre de fiction. Tout lien avec des personnes ou des faits réels suggéré par sa lecture ne peut être que le fruit du hasard. Les éléments historiques et les faits divers cités, ainsi que les noms de personnes, de marques ou d'entreprises, ont pour seul but de donner de la vraisemblance au récit, sans aucune volonté de dénigrement ni de préjudice pour leur titulaire.

Librairie Arthème Fayard, 2023

ISBN : 978-2-21372-499-7
Dépôt légal : février 2023

À mon père qui me manque tendrement

Pour ma sœur Kristophy et toutes les Mars de cette terre…

Prologue

Je m'appelle Mars, mais, à ce qu'il paraît, je viens de Vénus. Je n'ai toujours pas compris quelle idée avait poussé ma mère à me donner ce prénom aussi étrange que ridicule. Je connais mon père, mais de loin, et ça me va très bien. Il m'a donné ses yeux vert émeraude teintés de jaune, tant pis pour lui, tant mieux pour moi, arme secrète pour hypnotiser ces hommes qui ne savent pas aimer. Si la séduction est d'une simplicité, l'amour, c'est une autre affaire et visiblement pas la mienne. Toute forme d'attachement me révulse, les mots mielleux me font gerber. Mon canard, mon lapin, mon cœur, ma douce, ma belle, mon bébé, merci bien, Mars suffira. C'est assez et déjà trop pour ne pas en rajouter avec des surnoms bidon. Je m'amuse avec les cœurs comme on joue avec des cartes, ne promets jamais rien, me déguise en princesse le temps d'arriver dans leur lit, vomis les contes de fées une fois le jour levé et disparais avant même que mes conquêtes d'un soir aient eu le temps de se réveiller. Je baise, je jouis, je me barre. Je préfère être un bon souvenir qu'une histoire regrettable. Je ne m'encombre de rien, vis comme je danse et parle comme je pense. Je clope comme un pompier, Marlboro rouge s'il vous plaît, et bois du whisky sans grimacer. Je ne supporte pas le refus, affectionne les interdits, pisse la porte ouverte et si je pouvais je pisserais debout. Le danger ne me fait pas peur. Au mieux il m'excite, au pire il me distrait. Mon corps ressemble à une carte aux trésors dont mes tatouages sont les indices et ma chevelure mi-lionne, mi-renarde, ainsi que mon grain de beauté au ras des cils, ma marque de fabrique. Je me maquille peu, mais bien, juste ce qu'il faut pour cacher l'irréparable. Je n'ai pas de style, m'habille comme ça vient. Une nuit Converse, un jour talons aiguilles. J'ai une grande gueule et une belle bouche. Putain et merde sont mes jurons préférés, la provocation est ma meilleure amie et l'humour noir, mon outil favori pour faire grincer des dents les culs serrés, les hypocrites, les lâches et êtres en tout genre, *aficionados* du conformisme. Je ne m'endors jamais sans une nuit agitée, somnifère idéal pour aller à la rencontre de mes rêves et mettre en pause mon cerveau survolté. Je dors peu, mal, et repars de plus belle. Ma vie est un énorme désordre bien huilé, orchestré par mes pagailles internes.

Il était une fois, l'histoire d'une fille paumée…

Chapitre 1

Les pavés viennent de me déchausser d'un pied. Mon équilibre, qui n'était déjà pas certain, a bien failli me laisser sur le carreau. Comme si de rien n'était, je fais marche arrière. Verdict : un talon en accordéon et une cheville douloureuse. Bien entendu, ma cascade n'a pas échappé aux quelques touristes matinaux assis en terrasse, ni au vieux Marco, le célèbre poissonnier de la rue Montorgueil.

– Et une daurade royale qui se rattrape de justesse !

– T'aurais pu dire une sirène ! je lui rétorque du tac au tac, ma voix cassée par le manque de sommeil.

– Vu ta tête, on est plus sur une daurade, je t'assure. Comment elle va ce matin ?

– Mon cher Marco, mieux ce serait insupportable !

– J'ai croisé Judith et Lili hier, elles ont acheté un magnifique turbot. J'espère que ça a plu à Huguette !

Marco a toujours eu un faible pour notre grand-mère. Il est l'un des rares à l'appeler encore par son prénom, comme s'il souhaitait signifier par là qu'il la connaît depuis le temps d'avant, celui où nous n'étions pas encore nées. Ce vieux monsieur a beau avoir les traits creusés et autant de rides que de cheveux blancs, sa vitalité le rajeunit.

– Ça faisait longtemps que je les avais pas vues. Ça m'a fait plaisir. Elles m'ont raconté leurs vacances, elles sont toutes bronzées, ça leur va bien. D'ailleurs tu ferais bien d'en prendre, t'es toute pâlotte ! L'été, c'est fait pour profiter du soleil… Enfin, elle en a de la chance, votre grand-mère. Sacrée brochette, les cousines ! Et pas une brochette de thon…

J'écoute à moitié. Mes paupières sont de plus en plus lourdes, autant que ses incontournables blagues. Voilà le problème avec l'alcool : au début, c'est un excitant, à la fin, ça tourne au somnifère. Je dois à tout prix écourter cette conversation :

– Ce fut un plaisir de te voir.

– Plaisir partagé ! Tiens, prends quelques crevettes pour Huguette. Cadeau de la part de Marco. Tu lui diras, hein ?

– Crois-moi, y a que toi qui offres ce genre de choses.

– Puis, fais attention, pavés, talons, whisky, ça ne fait pas bon ménage.

– Tu as raison, mon capitaine !

Je retire ma deuxième chaussure et jette la paire dans la poubelle à quelques mètres. Je lui adresse un clin d'œil :

– De toute façon, elles sont foutues !

– Ça se répare, TOUT se répare, ma petite ! me crie-t-il.

Parle à mon dos, mon cœur est malade. Pieds nus, je m'en vais rejoindre Morphée et ma grand-mère, le temps d'un sommeil en décalé.

8514, code tatoué dans ma mémoire du 34, rue Montorgueil. Avec le peu de force qu'il me reste de cette nuit blanche, je monte les trois étages. Arrivée devant sa porte, je n'ai besoin ni de clefs, ni de sonner. Un coup d'épaule suffit.

Perchée sur un escabeau, le long de ses immenses armoires à portes miroir, elle fait du tri. La tête dans ses boîtes à souvenirs, les miens resurgissent. Petite, je passais des heures à danser devant cette enfilade de glaces. Ce meuble m'offrait la chance de ne plus être seule. Jusqu'à ce que mes cousines débarquent et viennent se dandiner à mes côtés. J'étais leur exemple, la grande, celle que l'on veut imiter. Maintenant, elles ont 22 ans, et je prie pour qu'elles ne me ressemblent pas.

Le passé se superpose au présent et finit par se fondre pour me laisser seule avec mon reflet. Mon mascara a coulé. Cette soirée m'a foutu de la tristesse plein la gueule. Je ne suis pas belle à voir. Mieux vaut dormir. Pour une fois, les oreilles défectueuses de ma grand-mère m'arrangent. J'engage un discret demi-tour pour me faufiler dans sa chambre, quand son odorat imbattable brise mes espoirs de passer inaperçue.

– Mars, dépêche-toi de mettre les crevettes au frais, elles vont prendre chaud.

– Comment tu sais ? Ça aurait pu être les jumelles.

– Tes cousines ne sont pas si matinales, ma petite chérie. Si tu vois ce que je veux dire…

– Que veux-tu, l'avenir appartient à ceux qui se lèvent tôt ! Elles finiront par s'en rendre compte.

Je tente de noyer le poisson avec humour, mais elle n'a pas l'air de mordre à l'hameçon. En déposant le sachet de crustacés dans le frigidaire, je me prends les pieds dans la poubelle et finis par refermer la porte d'une tête magistrale, digne de Cristiano Ronaldo. Sauf que je me suis pris le ballon à moitié dans les dents. Heureusement pour moi, ma grand-mère n'a rien vu de ma sublime action. Mine de rien, je continue à faire diversion :

– Pour Huguette, de la part de Marco.

– Que je déteste quand tu m'appelles comme ça !

– Ce n'est pas moi, c'est ton amoureux.

– Tu sais très bien que je n'ai qu'un seul amant : il donne dans le surgelé et il s'appelle…

– PICARD, je sais !

Son canapé me tend les bras, j'allonge mon mètre soixante-trois et sors ma dernière clope, histoire de cramer le peu de capacité pulmonaire qu'il me reste. Elle n'a toujours pas relevé la tête.

– Tu fumes trop, Mars, ce n'est pas bon pour ta santé !

– Faut bien mourir de quelque chose…

D'habitude, mon esprit caustique la fait rire. Ce matin, il n'en est rien. Moi qui espérais lui décrocher un sourire, raté ! Je ravale le mien en tirant une longue bouffée sur ma cigarette à moitié tordue et la regarde s'agacer à chercher ce qu'elle ne trouve pas.

Avec le temps, mes cousines et moi l'avons baptisée Mamie Gangsta. Parce qu'elle est haute comme trois pommes, mais ne craint personne. Parce qu'elle picole, fume des joints et rigole à nos blagues, même les plus connes. Avec elle, on peut parler de tout. De mecs, de cul, de rien. Elle est notre boîte à secrets, notre royaume de tendresse. Cette petite blonde de quatre-vingts ans, aux allures de bourgeoise et au cœur de bohème, est plus dangereuse que n'importe quel cartel mexicain. Elle nous protège depuis toujours et assure nos arrières mieux que quiconque. Elle est notre rocher, nous sommes ses arapèdes qui refusons de se décoller.

Surtout moi. Je suis la seule à avoir vécu avec Mamie Gangsta. Ça devait être temporaire, finalement ça a duré dix ans. Au début, j'étais son invitée, puis très vite ça s'est transformé en colocation des temps modernes. J'avais pour missions principales de faire les grosses courses et de descendre les poubelles. Le reste des tâches quotidiennes se répartissait en Post-it, dispersés en points stratégiques : « Pense à vider le lave-vaisselle ! », « Étendre le linge avant de partir », « Une pile de petites culottes propres t'attend, pliées sur la machine, n'oublie pas de les récupérer, tu vas finir cul nu ». Bien sûr, j'avais mis un point d'honneur à lui payer un loyer. Son refus était catégorique, ma décision inébranlable. À chaque fin de mois, je glissais ma participation dans son portefeuille. Notre cohabitation roulait comme sur des roulettes. Puis, en juin dernier, elle m'a prise entre quatre yeux et, de son air le plus sérieux, m'a prié de chercher un appartement. J'étais si vexée que, sa requête à peine formulée, j'avais déjà fait mes valises. Ni une ni deux, j'étais partie. La copine d'une copine connaissait quelqu'un qui cherchait à sous-louer son studio pour un an. C'est comme ça que je me suis retrouvée dans un mouchoir de poche au fin fond du 19e arrondissement de Paris.

Je n'ai jamais osé lui demander la raison, certainement par peur d'entendre ce que je redoute. Mais, ce matin, l'alcool délie ma langue.

– Pourquoi tu n'as pas voulu que je reste avec toi ?

– Parce que tu dois apprendre à voler de tes propres ailes.

– Et si je volais mieux avec les tiennes ?

Elle sort enfin la tête de ses cartons. J'ai honte. Je suis dans un état lamentable. Mes neurones pataugent dans un bain de whisky et mon visage ressemble à une peinture qui aurait pris la flotte. Dans sa main tremble une photo en noir et blanc. Le portrait de mon grand-père me sourit. Ce grand gaillard est mort quelques semaines avant ma naissance. De lui, je ne connais que des bribes d'anecdotes : la rencontre en Algérie dans le mess des officiers, le premier baiser sur sa Vespa, les lettres enflammées de rêves pendant la guerre, la vie de misère une fois leur arrivée en France et la réussite progressive à la sueur de leur front. Henri et Huguette formaient le couple parfait, en apparence. Jusqu'à ce qu'elle demande le divorce. Mamie Gangsta a toujours refusé de s'étendre sur le sujet. Malgré tous ses efforts à nous faire croire le contraire, elle ne l'a jamais oublié.

– Il te manque ?

Elle se perd dans ses souvenirs. Quelque chose a changé. Ses traits et ses silences ne racontent plus la même histoire. Après un long soupir, elle revient à moi :

– La seule chose qui me manquera, c'est vous.

Je fais comme si je n'avais rien entendu. Mais le noir de mes cils, qui déborde à nouveau le long de mes joues, me trahit. Ma grand-mère descend de son perchoir et vient se blottir contre ma peine silencieuse. Elle saisit ma tête, la pose sur ses genoux et me caresse le visage comme quand j'étais enfant. Je m'accroche à ses genoux et à sa jupe à fleurs.

– Mamie Gangsta, tu ne m'abandonneras jamais, toi, hein ?

– Ma petite chérie, même avec toute la volonté du monde, je ne serai pas toujours…

Le volume de sa voix diminue, mes yeux se ferment. Je lutte. Je somnole. Je ne sais plus ce que je dis.

– J'aurais préféré qu'il soit mort !

– Tu parles de ton père ?

– J'ai pas de peur… Il m'a pas vue… y avait tout… une belle petite famille…

– Dors ! La nuit porte conseil, ma petite fille, aujourd'hui est un nouveau jour.

Bercée par la main de celle qui n'a jamais lâché la mienne, je laisse Morphée me prendre dans ses bras.

Mamie Gangsta s'agite dans la cuisine. La mélodie de l'orange pressée me sort de ma léthargie, l'odeur du café noir m'invite à ouvrir l'œil, le pain grillé me supplie de passer à la verticale et les frémissements des œufs brouillés dans la poêle m'ordonnent de reprendre conscience. Mission accomplie. État des lieux, estimation des dégâts. J'ai quelques bleus sur les jambes, une cheville capricieuse et mes dents me font mal. Je passe ma langue dessus pour vérifier qu'elles sont toutes là. Le compte est bon, mais douloureux. J'ai dû tomber. Un méchant mal de crâne me brûle les tempes. Comme d'habitude, ma mémoire fait des siennes et a laissé un trou noir dans ma nuit blanche. Je tente de retrouver des indices de ma soirée quand Mamie Gangsta m'interrompt :

– Maintenant que tu as décuvé, tu veux bien m'expliquer ce qu'il s'est passé ?

– Bonne question !

– Laisse-moi deviner… Tu as oublié ?

Elle pense que ça m'arrange de ne pas me souvenir. Moi, je me tue à lui expliquer mon inconfort à culpabiliser de ce que j'ignore. De l'autre côté de son bar, elle m'épie avec insistance.

– Avant de t'endormir, tu as baragouiné quelques mots. Je crois bien que tu as parlé de ton père…

– Je n'ai pas de…

– Arrête avec ça, me coupe-t-elle, tout le monde a un père, Mars. Tu l'as revu ? Il t'a appelée ?

– C'est flou…

– Crois-moi, tu ne t'en sortiras pas avec tes histoires de *blake-out* !

Mamie Gangsta n'a jamais su parler l'anglais, ni le prononcer. Elle dit aussi : des *nugués*, des *hamburgeurs* et écorche tous les noms des acteurs américains. Sa prédisposition pour les langues vivantes a toujours suscité nos plus beaux fous rires. Je regrette que Judith et Lili ne soient pas là pour détendre l'atmosphère et me sortir de ce mauvais pas.

Chez nous, la question du père est un terrain miné. Rares sont les personnes qui osent s'y aventurer. Nos cartes d'identité signent leur lâcheté et les pages blanches de nos livrets de famille racontent pour nous ce qu'on préfère ignorer. Judith et Lili ne possèdent du leur qu'un prénom, une photo usée et son refus de les rencontrer. Depuis, il est mort, ne leur laissant que l'ignorance en guise de reconnaissance. Quant à moi, je suis le fruit d'un fugitif et d'une égoïste, l'addition d'une vulgaire histoire de cul entre une vedette du petit écran et une jeune journaliste, fan de Jean-Jacques Goldman, au point de faire un bébé toute seule.

J'avais 16 ans et lui 60, la première fois que j'ai plongé mes yeux dans les siens autrement que derrière un écran de télévision. J'étais en vacances à Courchevel, lui aussi. Quand on est médiatisé, difficile de passer inaperçu. Tous les journaux de la région s'étaient chargés de m'annoncer la bonne nouvelle : l'acteur Philippe Kléber était de passage dans l'une des stations huppées des Trois Vallées. C'était l'occasion ou jamais. Sans prévenir, je me suis pointée à son hôtel. Kléber était au bar en train de donner une interview. J'entends encore son rire résonner dans le hall. Discrètement, je me suis installée à une table, j'ai commandé un chocolat chaud et attendu que la jolie dame, qui rougissait de désir pour ce con, finisse de faire son job. En observant la scène, j'avais l'impression d'assister à la genèse de mon histoire. L'entretien terminé, je me suis plantée devant lui. Il a tout de suite compris, les présentations étaient inutiles. Notre ressemblance trahissait son secret et prouvait ce qu'il n'avait jamais reconnu. Son teint hâlé a viré blafard et sa tchatche s'est évanouie avec son trouble. Il m'a alors confié que je ressemblais comme deux gouttes d'eau à sa sœur tant aimée, morte quarante ans plus tôt dans un accident d'alpinisme, ici même. Ce jour-là, je me suis dit que la vie ne manquait pas de repartie. Puis son honnêteté cinglante a repris le dessus. Il ne m'avait pas voulu, il avait prévenu, il l'a redit et a confirmé son absence assumée.

Depuis notre tête-à-tête entre deux montagnes, treize années se sont écoulées. On ne s'est jamais revus, jamais écrit, jamais appelés. Il n'y a rien de pire que de forcer quelqu'un à nous aimer.

Mamie Gangsta a décidé de ne pas me lâcher la grappe. Voilà le genre de réveil dont on se passerait bien : mes cheveux poussent en sens inverse, ma salive a foutu le camp et ma grand-mère me demande des comptes, que je n'ai aucunement envie de régler.

– Je m'impatiente, Mars ! Tu es arrivée beurrée comme un Petit Lu, pieds nus, le mascara en clown triste, et tu penses que je vais me contenter d'un « c'est flou » ?

– Kléber est venu dîner là où je travaille avec toute sa petite famille. Après je suis partie faire ce que je sais faire de mieux, c'est-à-dire de la merde. Ensuite, je ne me souviens pas de grand-chose, à part de Marco et ses crevettes. Ça a recommencé à dérailler quand je suis arrivée chez toi. Voilà, tu sais tout !

– Il avait l'air d'aller bien ?

– Mamie, t'es sérieuse ? Qu'est-ce qu'on s'en fout !

– Simple question. Tu lui as parlé ?

– Bien sûr que non ! T'es tombée sur la tête ou quoi ? J'ai prétexté un problème familial et, sans qu'il ait le temps de me voir, je me suis faufilée vers la sortie. Heureusement que ce resto est aussi grand qu'un hall de gare.

– J'imagine que ça t'a fait quelque chose…

– Absolument rien. Bon, on mange ? Je crève la dalle.

– Impatiente que tu es ! Je te signale que j'attends depuis ce matin que ton alcoolémie soit redescendue pour…

Au même moment, la sonnette du four retentit.

Quelques minutes plus tard, une odeur inhabituelle de vanille vient chatouiller mes narines. Sous mes yeux englués de fatigue, Mamie Gangsta dépose un gâteau orné d'un 2 et d'un 9 saupoudrés d'or, accompagné d'un cadeau emballé avec soin.

– Joyeux anniversaire, ma chérie !

– Comment ça ?

Il n'y a rien de joyeux aujourd'hui. Je saute sur mon sac abandonné au pied du canapé à la recherche de mon téléphone. Il me faut une preuve. Ma mémoire n'est pas endommagée au point d'être moins performante que celle de ma grand-mère. J'appuie sur le bouton droit de mon smartphone, pas si smart que ça. L'écran fissuré affiche 28 août, 18 h 28, et tout un tas de notifications. Visiblement, je suis la seule à avoir oublié.

Cet anniversaire me met face à une réalité que je ne peux plus ignorer : je suis mal en point. Aujourd'hui, j'ai 29 ans, mais uniquement sur le gâteau. En réalité, c'est Mars, 7 ans, qui s'effondre. Ma grand-mère tente de calmer mes péchés et ma culpabilité inavouée. Elle m'enveloppe de ses bras vieillis par la vie. Ces bras qui m'entourent depuis le premier jour, qui complètent ceux de ma mère et remplacent ceux de Kléber. Ces bras qui, chaque fois qu'ils me serrent, me rappellent que je ne suis pas désirée par Dieu le Père sur cette drôle de terre. Déterminée à me faire recouvrer mes esprits, Mamie Gangsta me redresse et me tend son petit paquet rouge sang entouré de ruban doré.

– Tu m'as donné du fil à retordre. Je te rappelle que nous avions rendez-vous pour déjeuner. Quand tu as débarqué à l'heure des poules, j'ai bien compris que ça t'était sorti de la tête et, à ce moment-là, je cherchais désespérément ton cadeau. Je l'avais si bien rangé que je n'arrivais plus à mettre la main dessus. Tiens ! C'est pour toi.

– Je ne mérite vraiment pas que tu fasses tout ça, lui dis-je, honteuse, je suis loin d'être sage…

– Tu n'es plus une enfant, Mars. Tu es une femme.

– Non, Mamie Gangsta ! Je suis une paumée.

– Ouvre-le et tais-toi.

Je m'exécute sans broncher, déchire le papier et découvre une boîte digne des plus grands bijoutiers. À l'intérieur, une alliance en or, élégante et simple. Mes yeux affichent deux gros points d'interrogation. Ma grand-mère connaît mon dégoût pour le mariage et l'appartenance. À quoi joue-t-elle ? Je respire entre deux reflux d'éthanol, ses mots sortent avant les miens :

– Tu es bien silencieuse, toi qui as toujours quelque chose à dire…

– Pourquoi tu m'offres une alliance ? Tu sais très bien que je n'ai personne dans ma vie.

– Oh que si ! Tu as quelqu'un.

– Qui ?

– Toi !

J'aimerais me réjouir, lui rendre les sourires qu'elle me tend du bout de ses fossettes usées. Mais rien ne sort de ma soi-disant grande gueule, à part un flot de sanglots.

– Pleure si tu veux, tu pisseras moins. Maintenant, tu vas ouvrir grand tes oreilles.

– Je t'en supplie ! Je n'ai pas la force aujourd'hui.

– Tu en as de la force quand il s'agit de faire des conneries. Tu en as et tu n'en as jamais manqué ! Tu ne sais juste pas quoi en faire, alors tu fais n'importe quoi.

Mamie Gangsta a la parole brute, mais juste. Catégorie connerie, je suis une championne. Je marque à tous les coups et malheureusement tous les coups sont permis. Excepté qu'à ce jeu je ne récolte que l'amnésie de mes courtes nuits et la honte de mes souvenirs perdus.

– J'ai si mal d'être moi.

– Et moi, si mal d'assister à la bataille que tu mènes contre toi-même.

Elle est émue. Je le devine à son menton qui, pour une fois, ne tressaille pas de vieillesse. Elle a dans ses yeux la sagesse d'une vie passée et l'espoir de meilleurs lendemains. Son regard est d'une rare intensité, celle qu'on réserve aux grands moments, aux secrets révélés comme un passage de relais. À cet instant, je me rends compte qu'un jour elle partira. Que le 34, rue Montorgueil ne pourra plus être la cachette de mes blessures. Que ses bras ne seront plus. Qu'il ne restera que moi, mes cousines et nos mères bancales.

– Ma petite-fille, ma star venue d'ailleurs, venue de Mars. Je t'aime tant, si fort, mais mon amour ne suffira pas.

– Si, Mamie Gangsta, il suffit ! Je te jure qu'il suffit.

– Une grande partie de ma vie, je me suis crue sans importance, incapable de rien, juste bonne à m'occuper des autres, m'avoue-t-elle pour la première fois. Mon père était un con, violent, misogyne et méchant. Pour lui, je n'étais jamais assez, toujours trop. Pas assez belle, trop bête, pas assez intéressante, trop insignifiante. Toute mon enfance, je me suis tue pour éviter les coups au profit des insultes. Je me suis contorsionnée pour lui plaire, pour devenir celle qu'il ordonnait que je sois. Je voulais tant qu'il m'aime, mais rien n'y faisait. Une nuit, je me suis même surprise à prier la mort pour qu'elle vienne me chercher. Je m'en voulais, j'étais convaincue d'être le problème, je ne méritais pas…

Sa voix déraille et je n'en ai plus. Elle souffle un filet d'air infime et poursuit :

– Ma mère, elle, était aussi douce qu'une éponge en laine d'acier. Aucun des deux ne m'a appris l'amour. Alors, je me suis détestée en silence, mais le silence n'est pas sans bruit et laisse des traces. Mes filles entendaient ce que je taisais. Sans le vouloir, je les ai éduquées dans la mauvaise direction, en leur donnant l'exemple d'une mère certes fantasque et peu conventionnelle, mais si mal dans ses baskets qu'elle préférait marcher pieds nus. Alors apprends l'amour, ma petite-fille. S'aimer soi-même est certainement la plus grande des libertés qu'il puisse exister, le reste viendra, tu verras.

Mamie Gangsta prend ma main gauche. Au contact de sa peau, un frisson parcourt mon corps. Avant de glisser son cadeau le long de mon annulaire, elle précise :

– Nous avons tous un passé, plus ou moins joli, plus ou moins lourd. Il ne tient qu'à toi d'en faire un bijou. Cette bague en est le symbole, si tu le veux bien ?

– Oui, je le veux.

– Promets-toi de t'aimer pour le meilleur et pour le pire. De faire de toi ta meilleure amie. De faire de tes blessures ta beauté, de tes failles tes forces et de ton histoire une richesse.

La peur serre ma gorge de ses mains invisibles. Je déglutis pour la faire disparaître et engage mon doigt au centre de mes promesses.

– Je me le promets.

Dans son salon aux poutres apparentes et aux murs décorés de photos de famille, je viens de me dire oui. Sans le savoir, toutes les femmes de ma vie sont réunies pour assister à mon mariage singulier : ma mère, ma tante, mes cousines, Billie. Des témoins figés sur du papier glacé et encadrés avec soin.

Ma main s'est faufilée au milieu de mon thorax, sur ce muscle oublié. Ça bat fort. À croire que mon cœur est de mèche avec Mamie Gangsta et ses idées farfelues. Moi qui ne supporte pas le silence, pour une fois je le laisse faire. Je ferme les yeux. Je respire. Le voyage peut commencer. Une question pourtant vient perturber le décollage : comment fait-on, par où commencer ? Une baguette magique, s'il vous plaît ! C'est possible, ça ?

– Mars, souffle tes bougies !

– Fais-le à ma place. Pour une fois, je réfléchis.

– Certainement pas, nom de Zeus !

Je suis sur le point d'éteindre mes années consumées quand Mamie Gangsta me freine dans mon élan :

– As-tu fait un vœu ?

– Oh, non, mamie ! Tu sais très bien que je ne crois pas en toutes ces conneries.

– La magie existe pour ceux qui y croient.

– Je suis une terre à terre, tu le sais bien. Je ne crois que ce que je vois. En fait, je suis la fille de saint Thomas.

– Tu es bien la fille de ton père, me lance-t-elle dans un éclat de rire qui fait du bien.

– Ah, parce que tu le connais pour dire ça ?

– Si peu ! Et toi ?

– Moins, ce serait indécent !

La légèreté s'invite à notre table, et les chiffres à moitié fondus ne vont pas tarder à manger le gâteau à notre place si je ne passe pas à la vitesse supérieure.

– OK, je me concentre. Il suffirait d'y croire, tu dis… C'est tout ?

– Qu'est-ce que ça te coûte d'essayer ?

Elle marque un point. Au mieux ça fonctionne, au pire c'est comme d'habitude. Et connaissant mes habitudes, ça ne pourra pas être pire. Je m'incline. À cet instant précis, je décide de croire qu'il est possible d'inverser le cours des choses. Comme le font si bien les enfants, je ferme les yeux pour former mon vœu. Pas question de le dire à voix haute : à ce qu'il paraît, ça porte malheur. Mes lèvres bougent sans aucun son : « *S'il vous plaît, aidez-moi à aller mieux, à m'aimer. Oh, et j'allais oublier. Puisque j'ai le droit à un vœu, autant en profiter : si jamais vous pouviez me donner un mode d'emploi, ce ne serait pas de refus ! Merci.* »

Chapitre 2

Après avoir bu d'une traite mon jus d'orange, croqué dans le gâteau magique et déposé un baiser sucré dans le cou fripé de ma grand-mère, je me suis éclipsée, prétextant avoir des choses à faire. En réalité, j'avais besoin d'air, de réfléchir. Je coupe mon téléphone, pas envie de nouba, de mecs ou de *Happy Birthday*. Je file en direction du 19e.

Comme tous les samedis soir, Paris est en fête. Pensive, je marche à travers le tableau de mes nuits passées. Les terrasses sont pleines à craquer, les serveurs ne savent plus où donner de la tête : pintes de bière pour les fauchés, vins bio pour les bobos, cocktails élaborés pour les branchés. Les premiers baisers s'échangent, accompagnés de caresses sous la table. Les corps dansent, se frottent, s'excitent. Le désir est toujours au rendez-vous quand l'éthanol s'en mêle. Les lignes de coke se prennent dans les chiottes des restos, complices depuis la nuit des temps. Pas vu, pas pris. Du plaisir à grande vitesse, le nez dans la merde. La drogue est une menteuse de haut niveau et sa descente la pire des ennemies. Celle qui pousse à recommencer pour prolonger ce bonheur inventé.

Il suffirait que je m'asseye avec eux, que je commande un whisky, sans glace, direct en intraveineuse pour oublier mes promesses et ce mariage improbable, il suffirait d'une ligne discrète dans mes narines rougies par les pleurs pour retrouver cette confiance fabriquée de toutes pièces par la neige éternelle. Mon cerveau me supplie de céder, mes jambes résistent. À croire que mon vœu s'est collé sous mes baskets.

Arrivée au pied de mon immeuble défraîchi, je me félicite d'avoir traversé les tentations sans y céder. Une musique entraînante me déconcentre. À l'angle de la rue, la fête bat son plein dans le bistrot du quartier. Les rires s'entremêlent au rythme des basses. Les guirlandes guinguettes me font des appels de phares : *UN verre ! Ça ne peut pas te faire de mal.* Mes pompes sont sur le point de me lâcher quand soudain la porte s'ouvre.

Devant moi, une femme aux allures d'un autre monde, la soixantaine bien tapée. Cigarillo au bec, elle me fixe de ses yeux troublants. Je peine à identifier leur couleur, comme s'ils en avaient inventé une. Hypnotisée, je rentre dans le hall, elle en sort. Sans le savoir, elle a mis fin à mon dilemme. La dame mi-fée, mi-sorcière marque une pause sur le perron et tire une dernière latte sur ce qu'il reste de son mini-cigare, tout en contemplant le ciel. Une multitude de bagues empierrées habillent ses mains. Des boucles blondes décolorées dépassent de son chapeau style Borsalino et son long manteau noir se confond avec sa robe. Sans détourner le regard, elle brise le silence :

– C'est une belle nuit pour changer de vie !

Stupéfaite, au milieu des boîtes aux lettres, je me pince pour vérifier que je ne rêve pas, fais un tour sur moi-même afin de débusquer la caméra cachée : rien. La porte d'entrée s'est refermée délicatement. La dame bizarre a disparu.

Mon appartement me ramène à la réalité. J'y ai emménagé deux mois plus tôt et je n'ai toujours pas défait mes cartons. Mes fringues dégueulent de ma valise, une montagne de linge sale pousse dans un coin, une odeur de cendrier froid embaume la pièce et une pile de vaisselle forme une œuvre d'art, non identifiée, dans l'évier. D'habitude le désordre ne me dérange pas, ce soir il m'agresse.

La phrase de cette femme énigmatique tourne en boucle dans mon cerveau perturbé. Hier encore, à la même heure, je dansais dans mes mensonges. Ivre de ce que je croyais être la liberté. Persuadée qu'une bonne cuite suffirait à me faire oublier Kléber. Mais rien ne s'est passé comme prévu. Un tour de cadran plus tard, me voilà avec une tempête sous un crâne et un balai à la main, à nettoyer la crasse de mes mauvaises habitudes.

Si le combat n'a pas été facile, j'ai gagné la bataille : deux heures ont suffi à transformer mon taudis en nid douillet. Finalement, il n'est pas si petit quand tout est à sa place. J'en profite pour optimiser l'espace en transformant le balcon en mini salon extérieur : quelques coussins dodus, un tapis molletonné, une guirlande lumineuse enroulée à la rambarde, le tour est joué ! J'allume la bougie que Mamie Gangsta a discrètement glissé dans mes affaires pour parfumer l'atmosphère de son odeur, et m'affale dans le petit canapé rose poudré.

Il est bientôt minuit et je n'ai pas bougé d'un cil. Je me passe le film de ma vie sur l'écran noir de la télévision, hagarde, quand ça tambourine à la porte en langage codé : Billie !

Dans le tumulte de cette journée, j'ai ignoré mon téléphone, ses appels et ses messages. Je me précipite pour ouvrir, la peur au ventre d'avoir froissé celle qui partage mes hauts et mes bas depuis toujours.

Ma meilleure amie se met à chanter le célèbre *Happy Birthday* de Marilyn à *Mister President*. Elle est belle, grande, mince, douce et fidèle. Elle a des airs de Tokyo dans *La Casa de Papel*. Son regard noir et sa bouche pulpeuse font d'elle la femme la plus désirable que je connaisse. « Incroyable » est le mot qui me vient quand je pense à elle. Elle est un mélange de ce que je suis et ne serai jamais.

La chanson achevée, je l'applaudis et la félicite pour son interprétation remarquable.

– Magnifique ! J'ai presque cru que Marilyn était revenue parmi nous.

– T'as vu ça ! Je suis à deux doigts de me reconvertir en sosie officiel.

– Belle idée ! Pense à te couper les jambes et à rembourrer ton plumage, ils n'y verront que du feu.

– Compte sur moi, je vais y songer sérieusement.

Ma Billie est haute en couleur, elle se fout du regard des autres et croque la vie à pleines dents. La folie douce est sa signature.

– J'ai traversé tout Paris pour te trouver : je suis passée chez toi, puis à ton travail, j'ai fait la tournée des bars, appelé les cousines, ta mère, d'ailleurs tu ferais bien de la rappeler, elle est vexée comme un pou, tu sais bien qu'elle considère que ce jour est aussi le sien, vu…

– Que c'est elle qui en a bavé sur la table de travail !

Je finis sa phrase telle une leçon retenue sur le bout des doigts.

– Et pendant des heures ! ponctue-t-elle. Bref, tu connais le refrain.

Par cœur. Ma mère fait partie de ces gens qui te ferraient douter de la rotation de la Terre. En une conversation, tu comprends que les scientifiques se sont plantés sur toute la ligne. La planète ne tourne pas autour du Soleil. À moins que ma mère soit cette source de lumière, et ça, ça reste encore à prouver.

Billie poursuit son monologue, sans reprendre son souffle :

– Après, j'ai tenté de joindre Mamie Gangsta. Mais tu connais ses oreilles d'épagneul. Je me suis pointée chez elle, je ne sais pas ce qu'il s'est passé, elle avait l'air chamboulée, j'ai tenté de lui tirer les vers du nez, rien à faire, muette comme une carpe, la Huguette, alors je lui ai fait mon numéro, histoire de m'entraîner, j'en ai profité pour manger ton gâteau, il était délicieux soit dit en passant, bref, je m'éloigne, j'en étais où ? Ah oui ! J'ai failli abandonner mes recherches quand elle m'a dit que tu étais repartie avec sa paire de pompes aux pieds, et Dieu sait si Mamie Gangsta en a des petits, donc, je me suis dit qu'il y avait peut-être une chance pour que tu sois repassée par chez toi et bingo ! J'ai eu chaud, à dix minutes près, c'était foutu !

– Désolée, ça m'est complètement sorti de la tête…

– Ton anniversaire ?

– Aussi ! Mais pas que…

– Peu importe ! Le principal, c'est qu'on soit ensemble.

Les reproches ne font pas partie de son vocabulaire. Billie regarde toujours le verre à moitié plein. Partout où je vais, cette Espagnole au caractère bien trempé n'est jamais loin. Elle est mon double tout en étant mon opposé, à nous deux nous sommes un paradoxe, un assemblage de pièces détachées. On s'est rencontrées dans le ventre de nos mères. Le coup de foudre a été immédiat, si bien qu'on a grandi collées, comme deux inséparables.

Perchée sur ses hauts talons, ma grande gigue trépigne d'enthousiasme :

– Tu ne pensais tout de même pas que tu allais m'éviter pour tes vingt-neuf balais, ma vieille ?

– Loin de moi cette idée. Bon, on ne va pas rester sur le palier toute la nuit !

Billie se décale, glisse sur le côté, ouvre ses bras et dévoile son cadeau :

– Surpriiiiiiise ! accentue-t-elle, fière de sa trouvaille.

Stupéfaite, je découvre une boule de poils couleur feu, dans un panier en velours vert. Ce chien ne ressemble à aucune race recensée jusqu'à présent : il a la tête d'un berger miniature, le corps d'un teckel mixé avec un labrador et la queue retroussée d'un shiba. Malgré ce mélange quelque peu étonnant, pour ne pas dire disgracieux, l'animal a quelque chose, ce truc en plus. Instinctivement, je m'accroupis pour le mettre en confiance. Ses oreilles se redressent, sa tête se penche sur le côté, il couine et vient se loger dans mes bras. Billie profite de ce moment pour faire les présentations.

– Mars, je te présente ton nouveau compagnon, Berlin ! Quand je l'ai vu à la SPA, j'ai tout de suite su que vous étiez faits l'un pour l'autre : la même couleur de cheveux, le même regard. Perso, j'avais jamais vu un chien avec des yeux verts. Comme tu peux le constater, ce jeune homme n'est plus un bébé. L'association pense qu'il a 2 ou 3 ans maximum. En tout cas, il est propre. Enfin, bien sûr, faut le promener ! Ce n'est pas un chat. Et petite particularité : il ne peut pas saquer les mecs, comme toi ! rit-elle, fière de sa vanne. Alors, qu'est-ce que t'en penses ? Pas mal mon cadeau cette année, non ?

Berlin prend part à la conversation et aboie de sa note la plus aiguë en guise d'approbation. Tout est réuni pour me faire fondre. Cependant, je dois me rendre à l'évidence :

– Je te remercie, mais je ne peux pas accepter. Je ne sais déjà pas m'occuper de moi, alors…

– La seule chose dont il a besoin, c'est d'amour ! Tu es une handicapée des sentiments, je sais. Ça tombe bien, ça t'entraînera.

Je la soupçonne d'être de connivence avec Mamie Gangsta. Certes, je crois au hasard, mais là, j'ai l'impression d'avoir été catapultée dans le remake d'un film de Spielberg, avec pour titre « Il faut sauver le soldat Mars ».

– Je peux savoir à quoi vous jouez, avec ma grand-mère ?

– Qu'est-ce que Mamie Gangsta vient faire là-dedans ?

Elle n'est au courant de rien visiblement. Billie est incapable de mensonges, ou de roublardises, ça ne fait pas partie de sa carte à puce. Gamine, elle rapportait déjà aux vendeurs le maquillage que j'« empruntais ». J'étais une chipie et elle, mon garde-fou. Reste que ma sœur de cœur ne fait rien sans raison, chez elle tout a du sens.

– Qu'est-ce que tu ne me dis pas ?

Berlin se faufile hors de mes bras et s'en va faire le tour du propriétaire.

– Mais, dis-moi, t'as changé d'appart ou quoi ? Finalement, il est canon ton mouchoir de poche ! s'ébahit-elle en essayant d'avancer vers la pièce principale.

Je lui bloque le passage et insiste :

– Je le sens, tu me caches quelque chose.

– Ce n'est pas le moment, ce jour est le tien, Mars ! Promis, demain, je t'explique tout.

Je saisis son bras pour lire l'heure sur sa montre connectée.

– Ça tombe bien ! Il est exactement minuit et une minute.

Ses billes noires se remplissent de confusion. Elle hésite un court instant, puis finit par lever le voile :

– Dans un mois, je m'envole pour New York. L'agence Ford me propose le contrat dont j'ai toujours rêvé. Je ne pouvais pas refuser, ça fait des années que je construis ma vie autour de ce projet, se justifie-t-elle, gênée.

– Prends pas cette mine désolée, c'est formidable ! Pourquoi tu ne me l'as pas dit plus tôt ?

– J'attendais la validation de mon visa, que tout soit confirmé. Tu me connais, je suis superstitieuse. Et puis, même si je suis folle de joie, c'est la première fois qu'on va vivre dans des villes différentes avec un océan au milieu. Je ne pouvais pas partir sans te trouver un garde du corps, c'est pour ça que je t'ai offert Berlin... Maintenant, vous serez deux à vous sentir moins seuls, me murmure-t-elle en enveloppant mon corps fatigué de son mètre soixante-seize.

Même si je n'ai jamais avoué ma peur de la solitude, Billie sait lire entre mes lignes brouillonnes. Elle me berce de tout l'amour qu'elle possède et me fredonne notre chanson de petites filles : « Life On Mars ».

– Je ne veux plus de cette vie ! J'ai envie de changer, je te jure. Seulement, j'ai l'impression de devoir gravir l'Everest, sans cordes et en claquettes.

– Tu sais, parfois, on se fait une montagne de choses qui ne sont en réalité que des grains de sable. Tu as peur du bonheur, mais ça ne veut pas dire que tu ne peux pas l'atteindre.

– Et si je n'y arrivais pas ?

– Eh bien on recommencera jusqu'à ce que tu y arrives ! Allez, viens ! On va se faire une tisane. Ça nous changera.

– J'en ai pas…

– Ben, on boira de l'eau chaude alors, il paraît que c'est excellent pour la santé.

Quelques minutes plus tard, allongées sur mon balcon, on savoure notre breuvage insipide. Le silence en musique, on observe le ciel pailleté de lumières.

Le père de Billie est mort quand nous avions 4 ans. Une crise cardiaque foudroyante. Le jour de l'enterrement, ma mère lui a offert une boîte de crayons de couleur, gigantesque. Après le cimetière, on s'était réfugiées dans sa chambre pour dessiner des ciels teintés d'espoir. En vérité, on cherchait juste à mettre de la couleur dans cette journée assombrie par la peine. Depuis, chaque fois qu'on regarde la nuit danser avec les étoiles, on repense à ce moment. Bizarrement, on ne parle jamais de nos pères. On les a mis dans une boîte à souvenirs interdits. Ce soir, j'ai envie de l'ouvrir.

– Tu penses encore à lui ?

Billie prend son temps. Je la connais si bien, elle et ses recoins silencieux.

– Oui…

– Il te manque ?

Elle se mord l'intérieur de la bouche pour contenir l'émotion qui la gagne.

– Bien sûr qu'il me manque. Et toi ?

Du bout de ses longs cils, Billie me supplie d'être honnête. Le silence est mon pansement, il est là depuis ma naissance. Le retirer ? Oui, mais je crains que la peau ne parte avec. C'est peut-être ce qu'il me faut : une nouvelle peau. Me vider de celui qui coule dans mes veines et ne garder que la part de celle qui m'a faite seule. Mon acte de naissance fait-il de moi une demi-fille ? Une moitié d'elle, une demi-rien ? Avouer à haute voix ce que je ressens mettrait un coup de cravache à ma colère.

Billie me sort de mes pensées en posant une main sur ma cage thoracique.

– Tu as le droit de dire que ton père te manque, Mars.

Un cri sourd gronde dans ma poitrine. Impuissante, Billie assiste à un tremblement de cœur.

Chapitre 3

Ma mère m'a éduquée comme si mon père n'existait pas, de telle sorte que je ne pose pas de questions. Ce qui, au début, fonctionnait parfaitement.

De ma naissance à mes 4 ans, nous avons vécu toutes les deux, en vase clos. Ni crèche, ni maternelle. Que le cercle proche : ma grand-mère, ma tante, Billie et sa mère, Christine. Bien entendu, toutes avaient l'interdiction formelle de prononcer le mot « papa » en ma présence. Et comme je ne voyais Billie que dans mon cadre familial, il n'était pas difficile pour ma garde rapprochée de veiller au grain. Tout était fait pour brouiller les pistes. Aucun père n'apparaissait dans mes radars, même pas celui de Billie, qui ne parlait jamais du sien. Pilote de ligne, cet homme passait plus de temps à traverser le ciel qu'au sein de sa propre maison. Ce qui arrangeait bien ma mère et son numéro d'illusionniste. C'est à se demander si elle n'avait pas choisi sa meilleure amie en fonction du métier de son mari. Par conséquent, je pensais naïvement que les foyers se composaient juste d'une maman et de ses filles.

Ça s'est corsé un 12 juillet 1998. Billie et moi étions en train de danser dans le salon, Mamie Gangsta préparait le déjeuner et nos mères discutaient tout en équeutant les haricots verts. À l'époque, on côtoyait le bonheur sans s'en rendre compte. Mais la vie allait se charger de nous en faire prendre conscience. Le téléphone a sonné, puis, quelques secondes plus tard, un cri sourd a fracturé notre joie. Nos robes ont arrêté de tourner et nos regards se sont figés. Le combiné flottait dans le vide. Ma grand-mère s'est alors précipitée pour nous emmener dans la chambre. Assises sur le lit, on a patienté sagement, main dans la main. Juste avant que la porte ne s'ouvre, Billie m'a demandé :

– Tu peux rester avec moi, s'il te plaît ?

– Pour toujours, lui ai-je répondu en serrant, de toute ma force de mioche, mes doigts enlacés dans les siens.

Je crois bien que cet instant a scellé notre amitié. Nos mères sont entrées et c'était toute la peine du monde qui se tenait debout. Du haut de ses quatre printemps, Billie leur a épargné la tâche difficile de briser son cœur et son insouciance.

– Mon papa est parti dans le ciel ? a-t-elle murmuré de sa voix fluette.

– Oui, ma chérie, il a rejoint les étoiles. Maintenant, il veille sur toi.

Quand Christine a prononcé ces mots, Billie a retenu ses larmes, et moi, mon souffle. Au contact de sa douleur, je découvrais la mienne. À ce moment-là, j'ai su qu'à moi aussi il manquait quelqu'un.

Le soir même, alors que ma mère venait de me border et de déposer un baiser sur mon front, je la questionnai pour la première fois :

– Mon papa à moi aussi, c'est une étoile ?

– En quelque sorte, ma roussette, m'a-t-elle chuchoté, un sourire mélancolique au coin des lèvres. Dors, la journée a été longue.

Pendant un temps, je me suis contentée de cette image poétique. Mon cerveau de petite fille s'était arrangé avec ce puzzle de vérités pour en faire une théorie rassurante : les mamans vivaient sur terre, les papas volaient dans les airs.

Le jour de la rentrée en CP, j'ai découvert que ces êtres invisibles pouvaient se situer ailleurs que coincés entre deux nuages. Et, à ma grande surprise, ils n'avaient pas d'ailes dans le dos. Ils étaient là, sur le trottoir, à encourager leurs progénitures de gestes tendres. Certains les serraient dans leurs bras, d'autres ébouriffaient leurs cheveux impeccablement coiffés. Ma mère a bien essayé de détourner mon attention, mais j'étais comme absorbée. Silencieuse, je pressentais l'ombre se profiler au tableau. Puis, la sonnerie a retenti. C'était l'heure de grandir. Malgré mon jeune âge, quelque chose en moi refusait de faiblir. Fière, j'ai lâché la main tremblante de ma mère, saisi celle de Billie et, tête haute, nous sommes entrées dans ce monde impitoyable qu'est celui des enfants.

Je me souviens de toutes ces premières fois auxquelles la vie m'a confrontée : les questions basiques dont j'ignorais les réponses, les moqueries dans la cour de récréation, le regard désolé de la maîtresse face à mon amnésie involontaire, mes dessins qui ne ressemblaient en rien à ceux de mes camarades, mes poèmes qui ne parlaient jamais de lui, la fête des Pères, la semaine dédiée à la confection de son cadeau, la kermesse de l'école où tous étaient réunis pour applaudir le spectacle de fin d'année…

Ces indices me ramenaient inlassablement au même point : pourquoi le mien n'avait-il toujours pas de prénom et encore moins de visage ? Tandis que les autres élèves débordaient d'anecdotes, ma boîte à souvenirs restait vide. Plusieurs fois, j'ai tenté d'obtenir des informations auprès de ma mère. Elle avait trouvé une parade imparable : « Ce qui compte, ma roussette, c'est que tu m'aies moi, le reste n'a pas beaucoup d'importance. »

Elle était déterminée à résumer mon existence à la sienne et à réduire celle de mon père à des miettes. Et comme les parents sont parole d'évangile, celle de ma mère comptait double. Alors, j'ai appliqué ce qu'on m'avait appris ; je me suis isolée dans une bulle de survie avec ma meilleure amie pour bouclier. Les années se sont écoulées. Les cousines sont nées et le schéma s'est répété. À mon tour, je devais jouer aux reines du silence.

Jusqu'à ce que la crise d'adolescence débarque et mette à mal ces répliques bancales. Il faut croire que la petite fille docile avait fait une indigestion de mensonges. Avaler des couleuvres ne passait plus. L'année de mes 15 ans, je l'ai passée à enfreindre les interdits : clopes, joints, bière, vodka. Je sortais tous les week-ends, rentrais de plus en plus tard et séchais les cours. Chaque semaine, ma mère était convoquée au lycée. À ce qu'il paraît, j'étais une adolescente « compliquée ». Elle avait beau me punir, je lui tenais tête. Les disputes se sont multipliées et un fossé s'est creusé. Alors, par peur de me perdre, elle a fini par briser l'omerta.

Ma grand-mère nous avait invitées à déjeuner. Elle était la seule que je daignais encore écouter. Lorsque je suis arrivée, un poulet rôti dorait au four, pendant que ma mère se rongeait les ongles à s'en couper l'appétit. Mamie Gangsta m'a ordonné de m'asseoir et vite. J'ai compris que le jour des révélations était enfin arrivé. Sauf que je ne m'attendais pas à ce qu'elles soient aussi grandes. Quand ma mère a articulé son prénom et son nom, entre deux souffles, j'ai bien cru que mon cœur allait cesser de battre. Une multitude d'hypothèses m'avaient traversé l'esprit, mais certainement pas celle-là. Moi, la petite nana de Dreux, complexée, mal fagotée, loin du star-system et de ses paillettes, j'étais la fille cachée de l'acteur le plus populaire de France. Mon père n'était pas un courant d'air ou un fantôme, bien au contraire.

Philippe Kléber avait bercé mon enfance. Un jeudi par mois, TF1 diffusait un nouvel épisode de sa série à succès. Suivre les incroyables aventures de ce commissaire pas comme les autres était vite devenu un rendez-vous immanquable. J'adorais son style, sa façon de parler, sa voix rauque, ses yeux verts qui me faisaient penser aux miens. En fait, j'avais grandi avec mon père sans le savoir, et lui, sans le vouloir. Mon géniteur était sous mon pif depuis le début.

Sous mes yeux remplis de chagrin, ma mère s'est débattue, comme elle a pu, avec sa version des faits : une histoire d'amour courte et intense, un peu d'urine sur une bandelette, une bonne nouvelle, lui muet, elle folle de joie. Il l'aurait quittée du jour au lendemain, prétextant que la grisaille lui pesait sur le moral, qu'il partait en voyage chercher le soleil. Dans ces moitiés de vérités, certains événements avaient du sens. Comme son désir de verdure, alors que ma mère était une Parisienne, pure et dure. Pas étonnant qu'au début de sa grossesse elle ait plaqué son job et finalement déménagé à la campagne. Il était plus facile de passer inaperçue à Dreux qu'au milieu d'une rédaction remplie de journalistes, à l'affût du moindre scoop. Il fallait me tenir loin de tout, pour ne pas éveiller les soupçons. Parce que, en réalité, le secret, c'était moi.

En un déjeuner, ma vie a basculé. J'étais devenue celle que l'on cache, que l'on sacrifie, celle dont on se fout, que l'on ignore. Tout m'apparaissait si injuste. J'étais vivante, pourtant ce mec refusait mon existence. Son mépris a fait mourir une partie de moi. De fille unique, j'étais devenue la batarde de toute une fratrie. Car Kléber s'était reproduit à trois reprises : Audrey, César et Léo. Eux étaient reconnus, moi pas. Qu'avais-je fait pour ne pas mériter son amour ? Je voulais le voir en chair et en os, qu'il me le dise en face.

D'où je viens, les stars nous semblent inatteignables. Elles appartiennent à un autre monde. J'avais la sensation que Kléber et moi vivions sur deux planètes distinctes, à des années-lumière. Pendant un an, j'ai cherché un moyen de le contacter, en vain. Ces gens-là sont aussi protégés que les coffres-forts d'une banque et ma mère prétendait être tout aussi démunie que moi.

Au moment où j'allais abandonner mes recherches ridicules, Mamie Gangsta m'a proposé de partir en vacances à Courchevel. Elle voulait me changer les idées. Depuis l'annonce, je respirais mal, quelque chose s'était mis à dysfonctionner dans mon corps. Moi qui n'avais jamais connu l'angoisse, une peur omniprésente m'habitait. Ma grand-mère était persuadée que l'air pur de la montagne et son manteau blanc me feraient du bien. Elle ne croyait pas si bien dire. Seulement, la rencontre ne s'est pas passée comme je l'avais imaginée. Secrètement et bêtement, je pensais que les liens du sang suffiraient, qu'à la vue de nos yeux identiques il ressentirait cet amour dont je manquais et que son organe vital se gorgerait du mien. À la place, j'ai goûté à la violence de sa vérité.

À partir de là, je l'ai rayé de ma vie. Comme quand ma mère barrait la ligne d'informations relative au père dans mon carnet de liaison. J'ai repris mes habitudes d'enfant et me suis cramponnée à l'idée que celle qui m'avait portée neuf mois dans son ventre suffirait. Je préférais ne rien savoir plutôt que de souffrir. Je me suis convaincue que l'ignorance avait du bon. Alors, j'ai enterré Kléber et toute sa petite famille dans un cercueil imaginaire six pieds sous cœur et me suis juré de ne jamais fouiller dans la vie de cet homme. Jusqu'à cette nuit…

Il est 2 heures du matin et je n'ai toujours pas trouvé le sommeil. Ce qui n'est pas le cas de tout le monde : Billie dort paisiblement à côté de moi, tandis que Berlin ronfle dans un panier. Discrètement, je me faufile hors du lit et saisis mon ordinateur.

Installée dans la cuisine sur la petite table à rabat, je m'apprête à rompre ma promesse. Comment faire de mon histoire un bijou si j'en ignore la moitié ? Dans la barre de recherche, je tape « Philippe Kléber ». Apparaissent alors une multitude de photos plus ou moins récentes et de nombreuses interviews. Il a vieilli, ses cheveux sont blancs, l'émeraude de ses yeux a perdu de son éclat et sa bouche s'est affinée. Je commence par sa page Wikipédia et clique directement sur l'onglet « Vie privée » :

Philippe Kléber est le père de quatre enfants : Audrey (actrice), née en 1981, de son union avec sa première femme ; Ava (romancière), née en 1993, fille de Kate Harrison ; César, né en 2003, et Léo, né en 2004, avec son épouse Cécile.

Dès les premières lignes, je tique. Ça ne colle pas. Depuis quand Kléber est-il le père d'une Ava, soi-disant née la même année que moi ? Mes mains se mettent à trembler, comme les branches d'un arbre prises dans une tempête. J'essaye de me calmer en prenant une grande inspiration, seulement l'adrénaline est à son pic. À présent, mon corps tout entier s'affole. Je crains, en allant plus loin, d'ouvrir irrévocablement la boîte de Pandore. Mais ma curiosité est trop forte pour faire marche arrière.

Un détail m'interpelle. La page Wikipédia a été modifiée récemment par un utilisateur anonyme. Flèche gauche, retour sur Google, direction l'actualité. Je découvre qu'au mois de juin les gros titres ne parlaient que de ça : « La deuxième fille de Philippe Kléber sort enfin de l'anonymat. » D'une main fébrile, je clique sur le lien.

Ava Harrison, née le 15 décembre 1993, est la fille de l'acteur Philippe Kléber et de la pianiste Kate Harrison. Franco-Anglaise, elle vit entre Londres et Paris. Très discrète jusqu'ici, il se pourrait bien que cette « fille de » cherche à se faire une place par elle-même. Son premier roman sortira prochainement.

Face à mon écran Retina HD, j'ai l'impression de vivre un bug cérébral. Je relis plusieurs fois la date, me frotte les yeux. Est-ce la fatigue qui me joue des tours ? Je cherche mes lunettes, les pose sur mon nez. L'incroyable est bel et bien écrit. Médusée, je découvre l'existence de cette sœur, quasi jumelle. Je ne me suis jamais sentie concernée par les autres enfants de Kléber. La grande, Audrey, est née de son premier mariage, et les deux petits blonds aux yeux bleus, de son second. Leur vie est si parfaite, comparée à la mienne, que je les ai naturellement étiquetés en « fille et fils de », sans jamais ressentir un quelconque lien entre eux et moi. Là, en revanche, la concordance est tellement stupéfiante qu'une connexion immédiate se crée à travers les ondes. Je suis née le 28 août, Ava, le 15 décembre. Moins de quatre mois nous séparent et l'absence de patronyme nous relie. Kléber aurait eu deux filles, de deux ventres différents, à si peu d'intervalle ? Est-ce pour cette raison qu'il n'est pas resté avec ma mère ? Les histoires se sont-elles chevauchées ?

Je passe la moitié de la nuit sur Internet à retourner la vie de Kléber en long, en large et en travers. Ava n'apparaît sur aucune photo de famille. Je fouille également du côté de Kate Harrison. Rien. Mise à part la discographie de cette virtuose du piano et quelques vidéos de concerts, la mère est aussi discrète que la fille. Instagram et Facebook, même topo. Aucun compte à son nom. Cette femme est un véritable fantôme.

Mes paupières sont lourdes et la nuit est de plus en plus claire. La découverte de cette sœur au destin parallèle a accaparé toute mon attention. Faut dire, cette situation n'est pas banale. Songeuse, je referme mon ordinateur

– Kléber peut bien attendre, il ne va pas disparaître de la stratosphère –, puis retourne me glisser au côté de Billie. Berlin se réveille et vient se loger contre mon ventre bouillonnant de ces dernières vingt-quatre heures.

Sur le point de m'endormir, ça fait tilt dans ma tête et boom dans mon cœur : je ne suis plus seule à avoir été l'anonyme de ce père.

Chapitre 4

D'habitude, je passe mes dimanches à ronfler sous la couette et à comater devant des séries. Mais comme depuis hier rien n'est comme avant, je me suis réveillée avec les premiers rayons du soleil, malgré le peu d'heures de sommeil au compteur.

Ce matin a un goût nouveau : la fatigue s'est dissipée, ma mémoire est intacte et une ribambelle de points d'interrogation virevoltent dans ma boîte crânienne, qui, pour une fois, ne souffre pas de maux de tête, mais brûle de désir d'en savoir plus.

Mon café coule, tandis que j'observe l'horizon par la fenêtre de la cuisine. La vue me propose un enchaînement d'immeubles et deux grandes tours en fond semblent toucher le ciel. Au loin, un avion traverse le bleu pastel, laissant derrière lui une trace blanche et le souvenir de mes jeux d'enfant. Gamine, je leurs inventais une destination. C'était ma façon à moi de voyager. Grâce à eux, j'ai fait le tour du monde : Rome, Barcelone, Bali, Cuba, les Bahamas, Tokyo, Le Caire, Édimbourg… Tout ça, sans dépenser une thune. Il me suffisait d'en voir un pour m'imaginer à bord ou assise à califourchon sur son fuselage, avec un costume digne des Marvel. À l'époque, je rêvais d'être une super-héroïne capable de l'impossible. Je me demande à quel moment j'ai perdu ces réflexes aux joies simples.

L'envie de jouer me gagne à nouveau. Ce Boeing est le mien. Il est ma chance. Sa feuille de route : l'inconnu. Hors de question d'attendre que Billie soit installée confortablement en première classe pour reprendre ma vie en main.

Décidée à faire de cette journée un nouveau départ, je saute dans ma douche avec la détermination d'une sportive de haut niveau. Sous l'eau tiède, j'essaye de déconnecter. Visiblement, mon cerveau n'est pas du même avis. Les images s'enchaînent : la réapparition de Kléber, Mamie Gangsta, la bague, la dame bizarre, Billie en Marilyn, Berlin en cadeau, New York, la mystérieuse Ava et toujours cette sempiternelle question : comment faire et par où commencer ? À peine suis-je sortie de la salle de bains que Billie, qui jusqu'alors dormait en étoile de mer, m'interpelle.

– Mars, t'es sérieuse ? Ta mère vient de me réveiller après quinze appels en absence. Et maintenant elle me harcèle de textos. Je pensais que tu lui avais envoyé un message, moi, quelque chose, un mail, un pigeon voyageur, un télégramme… Tu sais très bien qu'elle s'angoisse pour tout. Je te préviens, à ce que je lis, elle est furieuse, inquiète et menaçante. Ce qui, si je puis me permettre, peut se comprendre. T'es le genre de nana qui a son portable greffé à la main, même ivre morte, tu décroches. Du coup, je lui réponds quoi ? Que tu as perdu ton téléphone ou qu'on t'a coupé les doigts ?

– Ni l'un, ni l'autre, lui dis-je en enfilant un jean et un débardeur, c'est fini, les mensonges.

– Je lui écris ça, « Fini les mensonges, Marguerite » ? propose-t-elle ironiquement.

Subitement, mon humeur change. La question me brûle les lèvres, si fort qu'elle m'échappe :

– Tu étais au courant pour Ava Harrison ?

Un long silence plane.

– Avant-hier, j'ai croisé Kléber au restaurant et…

– Pardon ! m'apostrophe Billie en se redressant d'un bond, et tu ne me le dis que maintenant ?

– Et toi ? Tu allais me le dire quand pour Ava ?

– Tu te moques de moi, j'espère ! Ça fait quinze ans que tu évites le sujet Kléber. Quinze ans que tu refuses toute conversation. La preuve, hier soir, tu t'es effondrée en mille morceaux, mais tu t'es bien gardée de m'en parler.

– Ça m'était sorti de la tête… Et ce n'est pas le propos !

Réponse à ma mauvaise foi, le ton monte d'un cran. Je perds le contrôle de la conversation que Billie tient fermement en main :

– On a discuté pendant deux heures sur le balcon. On a philosophé, cherché un plan d'attaque pour ton bonheur. Et tu me dis que ce n'est pas le propos ? Tu me racontes ta rencontre avec une dame bizarre en bas de chez toi, mais, ton père, ça te sort de la tête ?

Billie a raison. Hier, j'ai été incapable de lui parler de Kléber. Je n'ai su que pleurer. Je lui ai même caché les noces improvisées par Mamie Gangsta, alors qu'en temps normal je lui confie ma vie dans les moindres détails. Je n'ai pas le temps d'intervenir. Billie est remontée. Une véhémence que je ne lui connais pas me remet à ma place.

– Quinze ans, appuie-t-elle, ulcérée, que tu fais comme si ce mec n'existait pas, que tu te fâches quand on essaye de t'en parler, et tu oses me regarder droit dans les yeux en insinuant que je t'ai caché quelque chose. C'est toi qui ne voulais rien savoir, toi seule.

Ma maladresse m'a échappée et ma rancœur a ricoché sur la mauvaise personne. Je m'apprête à m'excuser quand elle assène le coup de grâce :

– Tu passes ton temps à rejeter la faute sur les autres, mais à quel moment tu te remets en question ?

Elle saute dans son pantalon et s'habille à la vitesse de sa colère.

– Pour info, c'est sorti dans la presse, juste avant les grandes vacances. J'ai essayé de t'en parler, mais tu m'as envoyée balader.

Elle est sur le point de franchir la porte. Soudain, elle se retourne vers moi les yeux pleins de larmes.

– Tu sais ce que je donnerais pour revoir mon père ne serait-ce que cinq minutes ?

– Je sais, ma Billie…

– Non, tu ne sais pas, me coupe-t-elle, et tant mieux… parce que ça veut dire que, pour toi, tout est encore possible.

J'aimerais la prendre dans mes bras, la consoler, lui dire que je m'en veux. Mais je suis comme paralysée. Électrocutée par ses mots, je reste sans voix. Face à mon désarroi, Billie se radoucit :

– Tu sais, Mars, toutes les nuits sont belles pour changer de vie, à condition qu'on en ait envie, me confie-t-elle en essuyant la larme qui coule le long de ma joue. Ton père vient dîner, là où tu travailles, la veille de ton anniversaire, et tu penses sincèrement que c'est le hasard ?

Je n'avais pas envisagé une seule seconde que la présence de Kléber puisse être autre chose qu'une simple coïncidence.

– Qu'est-ce que ça pourrait être, alors ?

– Mais, la VIE, Mars ! Tu ne comprends pas qu'elle t'offre une chance ?

Chapitre 5

M. Dubot, le directeur du restaurant dans lequel je travaille, n'a pas été difficile à convaincre. Mon « urgence familiale » de vendredi dernier était si persuasive qu'il m'a accordé quelques jours de repos, sans rechigner. Depuis une semaine, je me suis mise au vert : zéro alcool, cinq fruits et légumes par jour, deux balades journalières matin et soir, pas de mecs ni de fêtes, plus de réseaux sociaux, de la solitude pour réfléchir et de nouvelles habitudes en point de départ.

Dans ce périple, Berlin a pris ses marques en un rien de temps. Il passe ses nuits à ronfler en couronne au-dessus de ma tête et ses journées à me suivre partout où le vent me porte. Notre duo fonctionne à merveille et c'est bien la seule chose qui m'apaise. Malheureusement, cette parenthèse touche à sa fin. Je devrais me réveiller fière de ce bilan. À la place, une boule d'angoisse me tord le ventre.

Comme beaucoup de gens, j'ai abandonné mes rêves sans m'en apercevoir. Au début, j'essuyais des verres derrière un bar du 18e, en chantant « La Serveuse automate », dans l'espoir qu'un producteur me repérerait et que mon destin prendrait une autre tournure. J'étais jeune, naïve. Je croyais en ma chance. Elle s'est pointée à plusieurs reprises, mais je n'ai pas su la saisir. Au fur et à mesure, mes ratures se sont transformées en ratés, puis j'ai sauté à pieds joints dans le vortex de la restauration : nuits courtes, blanches, shots de vodka pendant le service, fêtes jusqu'au bout de la nuit, et ainsi de suite.

À peine vingt-quatre heures me séparent de cette réalité. Du fond de mon lit, je regarde mon dernier jour de sursis se lever. Demain, je reprends le travail et j'ai la fâcheuse impression que je n'ai fait que contourner le problème. Après la confrontation avec Billie, je me suis recroquevillée dans ma coquille et, face à mes contradictions, j'ai fait demi-tour. Mon cerveau a verrouillé les portes comme un réflexe de survie. La vérité n'est pas évidente quand elle est encombrée de douleur. La fierté a pris le dessus et m'a interdit de continuer à fourrer mon nez dans le passé. J'ai donc refermé le dossier Ava Harrison et Philippe Kléber, préférant me concentrer sur mon rythme et mon hygiène de vie. Mais je crains que ces changements soient éphémères et qu'ils s'évanouissent avec mon retour au monde réel.

La grande aiguille a fait un tour de cadran et je n'ai pas bougé d'un iota. Désespérée, je frotte mon alliance de la pulpe de mon pouce, comme une lampe magique. J'aimerais tant que Mamie Gangsta ait raison, qu'il suffise d'y croire pour qu'il y ait un génie au bout des bougies. Le temps presse, je n'ai plus d'autre choix. En boule sous les draps, je reformule mon vœu plusieurs fois à voix basse. Berlin se met à aboyer et me fait sursauter. Ce chien m'entend penser ou quoi ?

– Je sais, moi aussi, j'aimerais bien qu'il se bouge le cul, lui dis-je en relevant la tête, avant de retourner à ma prière. Allez, petit génie, un peu de magie dans ma vie. Promis, j'y crois.

Berlin aboie de plus belle et finit par tourner en rond dans le salon. Amusée par tant d'implication de sa part, je le rejoins. Voilà que je pousse des cris de louve et danse comme si j'étais possédée. Cette invocation impromptue me fait un bien fou. Je gigote dans tous les sens pour évacuer mon stress et j'atterris sur le sol à rire de mes cabrioles. Berlin frétille tel un ver de terre et ne cesse de me donner des coups de museau pour que je me relève.

Une fois debout, je comprends que, en réalité, il m'indique la présence de quelqu'un sur le palier. J'espère que ce n'est pas ma mère. Je regrette de ne pas lui avoir donné de nouvelles. Le plus silencieusement possible, je me dirige vers l'entrée et regarde par l'œil-de-bœuf. À part la lumière du couloir allumée, personne. Berlin a dû entendre un voisin. Je le rassure d'une caresse sur la tête et retourne vers mon lit. Il insiste, couine et renifle sous la porte comme si une friandise était cachée de l'autre côté. Je me décide à l'ouvrir pour lui prouver qu'il n'y a rien, quand un paquet heurte mes pieds.

Sur le palier, pas un chat. Qui dépose un colis sans frapper ni sonner et se barre dans la foulée ? Normalement, les gens font des surprises pour le plaisir d'y assister. Ça ne peut pas être le facteur, nous sommes dimanche. Mamie Gangsta est partie en week-end au bord de la mer avec les jumelles, Billie est en déplacement à Oslo pour les affaires et ma mère n'est pas du genre à me faire un cadeau alors que je persiste à ignorer ses appels et ses messages. C'est sûrement une erreur. Je me penche pour le ramasser et découvre mon prénom écrit en minuscules sur le papier kraft. Mon pouls s'accélère. Je le saisis d'un geste brusque et referme la porte aussi sec.

Je déchire l'emballage et me retrouve avec un carnet Moleskine entre les mains. Sa couverture bleu nuit est intacte. Je l'inspecte sous tous les angles. Il a l'air neuf. Super ! Si c'est ça, ta solution, monsieur le génie, on n'est pas sortis de l'auberge. Je jette ma frustration sur la table basse. L'objet ricoche, tombe sur le sol et s'ouvre comme par enchantement. Une plume mystérieuse me parle en encre noire.

Chère Mars,

Tu t'es demandé comment faire et par où commencer. Et me voilà, enfin ! Il fallait que je sois sûre que tu le veuilles profondément, et cette semaine, bien que maladroite, a prouvé ta détermination.

Dès les premières lignes, mes yeux s'écarquillent. Je n'ai pourtant parlé à personne de mon souhait, ni de mes récentes résolutions. Berlin est le seul à avoir vécu ces derniers jours avec moi. À moins que ce chien soit un espion équipé de micros et de caméras, je ne vois pas comment l'auteur de ces lignes est au courant.

À partir de maintenant, je suis ton guide. (Ce que tu demandes avec foi et cœur, l'univers te le donne avec plaisir.)

Respire, le voyage peut commencer…

Mais, bien sûr ! Et si je demande une Lamborghini, on va me déposer les clefs sur le paillasson, c'est ça ? Si c'était si simple, ça se saurait. Je suis partagée entre l'envie de foutre ce carnet à la poubelle et celle de le lire jusqu'au bout. Ma curiosité gagne la partie.

1ère étape : Faire un bilan du cœur

Connecte-toi à ce moteur précieux. Pose tes mains sur ta poitrine, laisse venir ce qui vient, puis note tout cela dans ce carnet. Ne cherche pas à faire joli. La main est d'une honnêteté que la bouche ignore.

– Quelle est ta plus grande peur ?

– Quels sont tes manques ?

– Quels sont tes rêves ?

1ère leçon : L'amour en point de départ

Sans amour pour soi, il est compliqué de se souhaiter le meilleur. C'est pour cela qu'il te faut faire le point avec ce que j'appelle ton « trèfle à quatre feuilles » : amour, confiance, estime et valeur de soi. Ce trèfle est un peu comme un gâteau magique, composé d'ingrédients indispensables. C'est à partir d'eux que tu vas créer ta chance et rencontrer tes rêves.

Avant toute chose, il faut que tu sois capable d'honnêteté envers toi-même, cela va sans dire. Je ne suis pas là pour te juger, mais pour t'aider.

– Attribue une note, entre 0 et 10, à chacun de tes ingrédients. À partir de là, cherche les événements qui font baisser ou augmenter la note.

– Puis médite sur cette phrase : À quoi ressemblerait ma vie, si je m'aimais pleinement ? Prends le

temps de visualiser… L'imagination est une machine à créer incroyable ! Malheureusement, on la met trop souvent au service de nos peurs, plutôt que de nos désirs. Entraîne-toi à inverser le processus.

Bien sûr, l'ingrédient magique, celui qui nourrit et fait grandir tous les autres, n'est rien d'autre que : L'AMOUR (je vois ce mot te piquer les yeux et pourtant), car il est bien plus qu'un concept guimauve ou une invention cucul la praline. C'est une énergie, une vibration créatrice.

À toi de jouer… N'oublie jamais que tout commence par une décision ! (C'est une belle journée pour changer le cours des choses.)

Complète cette phrase : « Parce que j'ai de l'amour en moi et pour moi, je décide de… »

P-S : Les mots sont puissants, l'écriture est un outil magique. Quand tu seras prête à passer à la deuxième leçon, dépose le cahier au bar à l'angle de la rue, dis-leur que c'est pour la « magicienne », ils comprendront.

Bienvenue dans la quatrième dimension… Moi qui pensais être arrivée au bout de mes surprises, le répit n'a été que de courte durée. Tout se bouscule à l'intérieur. Des pieds à la tête, une valse de sentiments à mille temps résonne. Mes yeux font autant d'allers-retours sur le papier que mes jambes sur le plancher. Mon vœu se serait-il exaucé comme par magie ? Je peine à y croire. Pourtant, mon souhait est là, entre mes mains. J'ai prié, imploré le ciel pour qu'il me donne un coup de pouce, un mode d'emploi, et me voilà servie. C'est louche. L'auteur de ce mystère ne dévoile pas son identité et prétend être une magicienne. Il y a de quoi se méfier. Dans quel monde existe-t-il encore des personnes qui te tendent la main par pur altruisme ? À d'autres. Je ne vais tout de même pas confier ma vie, pire, mon cœur à quelqu'un dont je ne sais rien. Malgré tout, une petite voix me chuchote de saisir ma chance. Le défi est inédit, il demande du courage. Et pour le coup, je n'en ai jamais manqué. Refuser ce rendez-vous serait comme tourner le dos au bonheur, et je ne suis pas en position de décliner une telle proposition.

Je lutte. Mon instinct me dit de foncer, tandis que ma raison exige une explication. J'ai beau chercher, je n'en trouve aucune. L'appartement n'est pas à mon nom, j'y vis depuis à peine deux mois, les voisins ne me connaissent pas, et même ma famille ignore ma nouvelle adresse. La seule à savoir où je crèche, c'est Billie, et ça ne ressemble en rien à ses mots et encore moins à sa plume. Elle me prendrait pour une folle, si je lui racontais. D'ailleurs, tout le monde le penserait. Moi, la première. En même temps, je parle à mon chien.

– Tu ferais quoi, toi, si t'étais moi ?

Berlin me fixe et se met à gratter mes pieds de ses pattes molletonnées. Je cède à sa demande. Une fois dans mes bras, il ne cesse de renifler les pages du carnet.

– Tu as trouvé un indice, mon Berlinito ?

Cette fois-ci, il aboie.

– Tu as raison, il doit bien y avoir un détail qui m'a échappé à la première lecture.

Je m'assois sur le canapé, rassemble mes esprits et reprends depuis le début. Je lis et relis avec attention, pas l'ombre d'une piste en perspective. Je suis sur le point d'abandonner, quand, soudain, une phrase m'interpelle. J'ai l'impression de l'avoir déjà lue ou entendue. Pour aider ma mémoire, je la prononce à voix haute : « C'est une belle journée pour changer le cours des choses. » Sa gouaille retentit, l'évidence se glisse entre les lignes, son visage apparaît : la dame bizarre.

Mon intuition m'indique que je suis sur la bonne piste. Pour autant, ça ne m'explique pas pourquoi elle souhaiterait m'aider. Mais, si je ne tente pas l'aventure, je ne le saurai jamais. Et si je commençais par croire que mon vœu s'est réalisé, que l'univers m'a entendue ? C'est le thème de cette première leçon, après tout. Puis, tout bien réfléchi, qu'est-ce que j'ai à perdre ?

Par précaution, je préfère en parler à Mamie Gangsta. Elle a toujours été de bon conseil et elle est la seule qui puisse entendre pareille histoire. J'attrape mon téléphone et compose son numéro. Une sonnerie, deux, trois. *S'il te plaît, décroche.*

– Bonjour, ma petite chérie, comment vas-tu ?

– Mamie, il vient de m'arriver quelque chose d'étonnant, voire surréaliste… Tu te souviens, tu m'avais dit de faire un vœu avant de souffler mes bougies et que, si j'y croyais suffisamment fort, il allait se réaliser ?

– Bien sûr que je m'en souviens, je ne suis pas sénile. Du moins, pas encore.

– Il semblerait que ça ait fonctionné. Ce matin, quelqu'un a déposé au pied de ma porte un carnet dans lequel il y a des enseignements, des leçons, des exercices, des étapes. C'est complètement fou.

– Va moins vite, s'il te plaît. Tu me prends au saut du lit.

– En gros, une personne qui se dit « magicienne » veut m'aider. T'en penses quoi, toi ?

– Mars, tu as dormi cette nuit ? Ou tu as encore fait la fête jusqu'à pas d'heure ?

Sa réflexion me braque instantanément. Cela dit, je ne peux pas lui en vouloir. Ce que je lui raconte est tellement improbable et ma vie si décousue ces dernières années qu'elle ne peut s'imaginer autre chose.

– Mamie, je te le promets : je n'ai pas une goutte d'alcool dans le sang et je suis en pleine forme. Depuis une semaine, je me suis transformée en bonne sœur, crois-moi, ça requinque. Cette histoire de carnet est dingue, je sais, mais c'est la stricte vérité.

– Elle t'a réclamé quelque chose en retour ? De l'argent ? Un service ?

– Justement, rien ! Je me suis fait la réflexion, moi aussi. Et y a une question qui me turlupine : comment sait-elle que j'ai besoin d'aide ? C'est quand même pas écrit sur mon front, rassure-moi ?

– Ça, ce n'est pas dit !

– Arrête, je suis sérieuse. Je ne comprends rien à ce qu'il m'arrive.

– Faut-il toujours tout comprendre, ma petite chérie ?

– Non, mais tout de même !

– Tu as une idée de qui aurait pu te faire ce cadeau ?

– À part l'univers, je t'avoue que je sèche. Enfin, j'ai bien une piste concernant la magicienne, mais ça n'explique ni pourquoi elle fait ça, ni comment. Je t'assure, j'ai l'impression qu'elle me connaît… La semaine dernière, en rentrant de chez toi, j'ai croisé une femme dans le hall de mon immeuble. Elle avait une dégaine particulière. On aurait dit une gentille sorcière. Je pense que c'est elle.

– Tout ça est étrange, en effet...

– À qui le dis-tu !

– Et à la fois, qu'est-ce que ça te coûte d'essayer ?

– T'es pas ma grand-mère pour rien. C'est exactement ce que je me disais avant de t'appeler.

– Mais à ta place je garderais ça pour moi. Je ne suis pas sûre que les gens comprendraient.

– T'inquiète pas, ce n'est pas le genre de truc qu'on crie sur tous les toits. Je n'ai pas envie qu'on m'interne, lui dis-je en ne rigolant qu'à moitié. Allez, je te laisse. J'ai une première leçon qui m'attend, et crois-moi, j'ai du boulot.

Mamie Gangsta a raison. Certaines choses ne se partagent pas.

Je saute dans un jean et me faufile dans un sweat, sans soutif ni culotte. D'habitude je recouvre ma peau de fond de teint et de poudre pour cacher mes vilains boutons. Aujourd'hui, il n'en est rien. Je suis à nu, mes complexes à vue. Rien à foutre de plaire ou déplaire. Pour une fois, je m'occupe du contenu. L'emballage, ça sera pour plus tard. L'heure est à la liberté. Toi aussi, Berlin, tu as le droit à l'émancipation. Pas de laisse. Royal au bar, ce matin. Envie d'un petit-déj au soleil. Le fameux bistrot évoqué dans le carnet possède une magnifique terrasse, avec vue sur le bassin de la Villette. Peut-être aurai-je la chance de croiser cette mystérieuse magicienne ?

Je dévale les quatre étages à toute vitesse. Dans la rue, Berlin me passe devant, fou de joie. Il trottine fièrement, oreilles dressées, pendant que je guette les alentours. Le troquet est à moitié plein. Du trottoir d'en face, je scrute les lieux, à l'affût d'un indice. Rien à signaler. Une table à l'écart me tend les bras, je m'y assois. Clope au bec, je lève le nez vers le beau temps. Berlin m'imite. Son museau se tord légèrement et ses yeux se plissent.

Maintenant que nous sommes installés, reprenons depuis le début et procédons par étapes, comme c'est indiqué. Pour commencer : *faire un bilan du cœur*. Bonne écolière, j'applique la consigne à la lettre. En douce, je glisse la main sous mon tee-shirt large et la pose entre mes seins. Mon rythme cardiaque est élevé. J'inspire à pleins poumons pour le calmer, lorsque le serveur vient perturber ma mission. Je fais mine d'avoir un chat dans la gorge, toussote et commande un brunch, sans même relever la tête. Je dois avoir l'air d'une cruche. Puis, merde ! Qu'est-ce que j'en ai à foutre ? Je retourne à la tâche.

Cinq minutes se sont écoulées. À part des pulsations, je n'entends pas grand-chose. Elle en a de bonnes, la magicienne. Tout cela est ridicule. Jusqu'à preuve du contraire, mon cœur n'a apparemment rien à me dire. Ça se saurait s'il nous alertait au moindre danger : *« Mayday, mayday, ce mec n'est pas fait pour toi ! »*, *« Alerte rouge ! »*, *« Prendre la rue à droite, puis la deuxième à gauche, le bonheur est au bout »*. Ça me paraît trop facile pour être vrai et en même temps pas si simple.

Malgré mes réticences, j'appuie plus fort sur ma cage thoracique et ferme les yeux. Peu à peu, les bruits extérieurs diminuent et mon cerveau semble se calmer. Isolée dans ma bulle, je me concentre sur le silence… Ma petite voix, celle que je n'écoute que rarement et défie tout le temps, me souffle de lâcher prise.

J'aimerais, mais je n'y parviens pas. Ça bloque, ça résiste, ça coince. Mon moteur a l'air d'être rouillé. À moins qu'il ne soit sourd et muet ? Avec le bol que j'ai, à tous les coups, je suis née avec un défaut de fabrication. *Lâche prise, Mars !* me répète cette voix, que moi seule entends. Elle me fait rire, avec ses conseils. C'est bien gentil de me proposer des solutions, seulement je ne sais pas faire. Et pour dire vrai, j'ai peur. Car, certes, je tiens sur une montagne de mensonges, mais je suis debout. À cloche-pied, peut-être, mais debout. Et si je m'écroule, qui sera là pour me ramasser ? *Toi !* insiste-t-elle.

Peu à peu, je cède, je laisse venir la vague. Ça vient, ça monte. Je saisis mon stylo.

Je m'appelle Mars, j'ai 29 piges. Mais j'ai la sensation d'en avoir 18, mélangé à une quarantaine désabusée. Je n'ai plus de rêves, plus d'espoir et une joie en rupture de stock. Bilan du cœur : vide, lourd, muet, furieux, cassé, abîmé, hors service ! Puis, comment croire en l'amour quand le premier homme de ma vie n'a pas voulu de moi ?

Ce que je n'ai jamais avoué prend forme.

J'aurais voulu qu'il m'aime un peu, rien qu'un peu, pour souffrir moins et vivre mieux. C'est si injuste de penser à quelqu'un à qui l'on ne manque pas, si douloureux. D'ailleurs, je crois bien que c'est ça, ma plus grande peur : être abandonnée. Rien que de l'écrire, j'en tremble.

Une boule d'angoisse me serre la gorge et mes yeux brûlent de ce chagrin que je tais et ravale depuis tant d'années. J'hésite à poursuivre, mais mon stylo n'en fait qu'à sa tête.

Et puis un jour, l'amour m'est tombé dessus avec son prince charmant. Alexandre. Je l'ai rencontré, j'avais à peine 15 ans. On s'est aimés de toutes nos forces, on voulait grandir, vieillir et mourir ensemble. Du jour au lendemain, il m'a laissée seule, sans explications et surtout sans lui. C'est à partir de là que j'ai rayé l'amour de mon existence et sombré dans le désert des filles perdues.

Saisie d'un vertige, je m'accroche à la chaise. Berlin le sent et vient se lover contre moi. J'ai peur de me briser sous le poids des prises de conscience. Elles sont pourtant nécessaires. Sans, je ne pourrais pas avancer.

Les heures passent et les déclics s'enchaînent à mesure que les pages se tournent. À chaque phrase, un poids se soulève, un souvenir revient. Mes pensées se matérialisent, mes paradoxes s'imposent, le déni rétrécit, les vérités explosent.

J'ai besoin d'une pause. Le temps d'une clope, j'observe le paysage. Le long du canal, des amoureux se baladent main dans la main, des enfants font la course, les vélos se faufilent entre les passants et des groupes d'amis picolent assis par terre à profiter de cette fin d'été. J'ai l'impression d'être au milieu d'une carte postale avec pour titre « Le bonheur du dimanche ». J'écrase ma cigarette et replonge mon nez dans le carnet. Avançons.

J'ai rempli mon trèfle à quatre feuilles : je ne possède aucun des ingrédients indispensables. Mon estime est au ras des pâquerettes. Quant à ma valeur, je manque de m'étouffer d'un rire jaune, tant j'ai la sensation d'être nulle en tout, à part au désastre. Et concernant l'amour, je n'en ai plus en réserve. Autant l'avouer, j'ai du boulot.

Berlin me donne des coups de museau sous le bras. Quelle heure est-il ? Aucune idée. Je n'ai encore noté aucune décision, cet exercice me donne du fil à retordre. *Parce que j'ai de l'amour en moi et pour moi, je décide…* Sachant que je me sens vide de ce sentiment, pas évident de compléter la phrase. Je me mets à penser à celles que j'aime. Mamie Gangsta apparaît la première, suivie de mon armée de femmes. Attendrie, je caresse mon alliance. Je la retire, l'observe à travers les derniers rayons et passe mon doigt dessus. Sur la paroi intérieure, je sens une gravure. J'approche la bague de ma myopie : *Princesse autonome.*

Là, je patauge dans l'incompréhension la plus totale. Mamie Gangsta connaît mon aversion pour les princesses. Cendrillon et sa pantoufle de vair m'exaspèrent. Tout comme la Belle au bois dormant, Blanche-Neige et toutes les autres. Rien que d'y penser, j'ai la nausée. Puis ces tartes n'ont rien d'autonome, leur vie et leur mort dépendent de ces princes à la con. Je n'ai aucune envie de leur ressembler. Quelle mouche a piqué ma grand-mère ? Je commence à en avoir ma claque, des énigmes.

J'appelle Mamie Gangsta. À mon tour de lui demander des comptes. Elle n'a pas le temps de dire ouf que j'attaque de front :

– PRINCESSE AUTONOME ! Sérieusement ? Je peux retrouver ma grand-mère, s'il te plaît. Le délire *Fort Boyard* et Père Fouras, ça va deux minutes !

– Je vois que ton sens de l'humour est intact, ma petite chérie.

– Mamie, ce n'est pas drôle. Explique-moi !

– L'amour n'est pas ton ennemi, Mars. Ni les hommes, d'ailleurs. Toi aussi, tu as droit à ton conte de fées. Et je ne t'ai jamais demandé de ressembler aux princesses qui existent déjà, surtout pas !

Mon souffle se coupe. *La Casa de Papel* vient de s'introduire dans mon cerveau pour un braquage pas commun, car, aujourd'hui, la banque, c'est moi. Les cliquetis du code secret bourdonnent dans mes oreilles, tandis que Mamie Gangsta clôt la conversation :

– Je suis dans le train, ça capte mal. On se rappelle plus tard. Je t'embrasse fort ma petite-fille.

Ma main tremble, les liens se font. Je reprends le carnet et mon stylo. Besoin de déposer ce que je viens de comprendre :

Je déteste les hommes, autant que je les aime. Je leur fais payer pour celui qui n'est pas là et je me perds dans leurs bras pour oublier. Je suis pire que ces connes de princesses. Elles, au moins, se font traiter comme telles. Moi, je les laisse faire de moi un objet de fantasme, prétextant la liberté sexuelle. Mais la vérité est ailleurs et elle n'est pas belle. Des mecs, je n'autorise que leurs mots crus et leurs mains sales pour mieux me détester et justifier ma défiance à les aimer. Je les choisis bien pour ce que je mérite, c'est-à-dire rien. Du vide, du manque, du moche. Le manque d'amour a fait de moi une mendiante, déguisée en putain.

Je laisse faire ma main et complète la phrase, comme si c'était une évidence :

Je décide de devenir une princesse autonome et, même si je ne sais pas faire, j'apprendrai.

Berlin frétille et moi je pétille, je sens une excitation oubliée renaître dans mon ventre. Une flamme retrouvée, prête à se réveiller. Qui l'eût cru. La bonne mine se faufile le long de mes joues bouffies par les excès. Ça faisait une éternité que je n'avais pas laissé parler mon cœur.

La journée a été longue, il est temps de rentrer. Avant de refermer mon carnet, je me relis. Je ne veux pas que la force me quitte ou que l'amnésie revienne.

Sur mes pages danse une colère immense. Nous avons cohabité si longtemps qu'elle a fini par me bouffer les entrailles. À faire semblant, je me suis abîmée. Mes lignes ne parlent que de lui. Lui, que je n'ai jamais appelé papa. Même si ma mère a une sacrée paire de couilles, ça ne fait pas d'elle un père, et c'est bien tout le problème. J'ai voulu croire que ça n'en était pas un, que je pouvais faire avec. Ou plutôt sans. Seulement, tout me prouve le contraire. Je ne vais pas pouvoir ignorer le dossier Kléber encore longtemps. Alors que je suis en plein débat avec moi-même, le serveur dont je n'ai vu que les mains débarrasse mon dixième café.

– Vous avez besoin d'autre chose, mademoiselle ?

Sa question résonne, cogne contre ma poitrine et ma réponse ricoche dans ses yeux d'un bleu jamais vu.

– Un père ! J'ai besoin d'un père, mais je doute que vous puissiez m'aider.

Jouer cartes sur table, plus de *poker face*, ni de double jeu. Envie de vérités crues, sans chichis, sans commentaires. Il me regarde avec intensité, ne me lâche pas. Une mimique laisse deviner des fossettes au creux de ses joues. En silence, l'inconnu a embarqué un bout de ma tristesse.

Chapitre 6

Mercredi 7 septembre 2022, 20 h 12
Du haut de mon HLM

Chère magicienne,

Jouer aux devinettes ou à cache-cache ne m'amuse guère, j'ai passé l'âge ! Bien que certains éléments m'échappent, à commencer par pourquoi vous me tendez cette main (et arrêtez avec vos conneries d'univers, ça fait un bail que je ne crois plus au père Noël et à la petite souris), je ne vois pas d'autre option que d'accepter ce voyage initiatique. Je me suis fait une promesse le jour de mon anniversaire et je compte bien l'honorer.

Comme vous avez pu le lire avant, j'ai décidé de devenir une princesse autonome. Je dois bien avouer que c'est ma grand-mère qui m'a glissé l'idée au bout du doigt. Moi, la rebelle, la grande gueule, l'irrévérencieuse, je désire être une princesse pas comme les autres. Seulement, une question me taraude : est-ce compatible de vouloir l'indépendance et d'avoir besoin d'aide pour la conquérir ?

Dire que, toutes ces années, j'étais persuadée d'être une femme libre et libérée, convaincue de n'avoir peur de rien ni personne. J'avais même réussi à me faire croire que je ne connaissais pas le manque. Et maintenant, avec vos exercices à la con et vos grandes phrases sur la vie et l'amour, je me sens démunie, à poil et fébrile. Le but, c'était d'aller mieux, je vous rappelle. Or, plus j'écris mon histoire noir sur blanc, plus l'impuissance m'envahit. Entre vous et moi, pas sûr que vous ayez misé sur le bon cheval. Je suis une arnaque, madame la magicienne, une putain d'angoissée. J'ai tellement peur de la vie que je ne sais pas la vivre. J'ai mal partout et à la fois nulle part, parce que, si je suis sincère, je ne suis même pas certaine d'exister. Vous pensez que c'est pour cette raison que je fous le bordel là où je passe ? Pour avoir une preuve que je ne suis pas totalement invisible ?

Depuis trois jours, je ne dors plus. Depuis que vous m'avez proposé d'écouter mon cœur, je redoute de fermer les yeux. J'ai beau avoir repris le travail, ma tête est ailleurs, et ça mouline à plein régime dans ma calebasse.

Votre histoire d'amour en point de départ me donne du souci : mon point de départ à moi, c'est un père qui ne m'a pas voulue. J'avais rien demandé, je voulais juste être une petite fille « normale ». C'est si injuste d'être différente quand on rêve d'être comme tout le monde. Je ne sais pas d'où je viens, alors comment savoir où je vais ? Puis l'amour ça ramollit, ça aveugle, ça rend con, ça brouille, ça embrouille. L'amour ça fait mal, alors pourquoi voudrais-je le trouver, que ce soit dans mon for intérieur ou extérieur ? Certains le cherchent à tout prix, moi je le fuis coûte que coûte et je ne vois pas pourquoi ça changerait. À moins que vous me donniez une bonne raison...

Maintenant, qu'est-ce que je fais, moi, avec tout ça ?

P-S : si un jour vous étiez tentée de répéter quoi que ce soit de ce que je vous livre, je vous ferais regretter de m'avoir tendu la main en vous coupant la langue !

Mars.

Dès que j'ai été en âge de tenir un stylo et de faire des phrases avec, j'ai eu un journal intime. Mamie Gangsta m'avait offert le premier pour mes 9 ans. Sur la couverture était dessiné un papillon doré sur un fond vert d'eau et il se fermait à l'aide d'un cadenas et d'une clef de la plus petite taille. J'y consignais mes rêves, mes histoires de gamine, mes bêtises inavouées, mes petits secrets et toutes les questions que je n'osais poser à ma mère concernant ce père volatil. J'écrivais aussi des poèmes et des chansons. J'avais complètement oublié d'où était né mon rêve d'artiste, qu'il avait pris forme sur les pages de mon intimité. Chaque fois que je terminais un carnet, ma grand-mère se faisait un plaisir de m'offrir le suivant. Elle m'emmenait dans la plus jolie papeterie du centre-ville de Dreux, et nous prenions le temps de choisir mon prochain confident. Quand j'ai emménagé chez elle, rue Montorgueil, elle avait pris soin de me faire un cadeau pour célébrer mon arrivée dans la capitale : un sublime cahier aux allures de grimoire trônait sur sa table basse. Il était en cuir fait main, couleur cuivre avec un phœnix orné de quelques pierres. Ce fut le dernier de ma longue collection. Je ne suis jamais allée au bout de celui-ci, il reste encore quelques pages blanches qui n'ont pas été noircies. Mes journaux intimes sont rangés soigneusement dans un carton que je n'ai jamais rouvert et que je trimballe avec moi à chaque déménagement.

J'ai cessé d'écrire au départ d'Alexandre, j'avais trop mal et certainement trop peur de ce que j'aurais pu lire entre mes propres lignes.

Des bruits de voix dans le couloir me sortent de mes souvenirs. Quelques secondes plus tard, on toque à la porte. Je n'attends pourtant personne. Pendant que Berlin s'agite et aboie à pleins poumons, je glisse le carnet dans mon sac à main avant de me diriger vers l'entrée. Ça glousse, ça rit, ça chuchote. Je n'ai pas encore ouvert, je les reconnais déjà. Je jette un œil dans le judas : les jumelles. Leurs deux têtes blondes et leurs billes rondes trépignent d'impatience.

– On sait que tu es là ! s'exclame Judith.

– On veut juste te donner ton cadeau, rajoute Lili.

J'ai à peine saisi la poignée et déverrouillé le loquet qu'elles se ruent sur moi. Faut dire, on ne s'est pas vues depuis le mois de juin, ça commençait à faire long. En bon gardien, Berlin grogne et me rappelle qu'il n'a pas encore fait leur connaissance. Ce qui n'effraie pas les cousines pour un sou, c'est à se demander si elles ont remarqué sa présence. Tandis que je tente de m'extirper de leurs câlins adorables, mais quelque peu étouffants, Berlin attend mon feu vert pour arrêter de brailler.

– Calme-toi, Berlinito, je te présente Judith et Lili.

– C'est donc toi, le nouvel arrivant, s'émerveille Lili en s'agenouillant à son niveau. Elle avait raison, Billie, il est trop mignon, un peu difforme quand même, mais mignon tout plein.

– Je vois que les nouvelles vont vite. J'imagine que c'est aussi Billie qui vous a donné ma nouvelle adresse ?

– Parfaitement ! Tu réponds plus au téléphone, fallait bien qu'on trouve une solution, répond Judith, mi-figue mi-raisin. Bon ! On peut savoir ce qui te prend ?

– Rien, j'ai juste besoin de me retrouver, de me mettre un peu au vert. J'ai légèrement tiré sur la corde cet été.

– Si ce n'était que l'été !

– Si t'es venue pour me faire la morale, Judith, tu peux faire demi-tour.

Si Lili a toujours eu la tête dans la lune, Judith, elle, est bien ancrée au sol, rien ne lui échappe. Les jumelles ont beau avoir un physique à l'identique, au grain de beauté près, elles ont pourtant des personnalités diamétralement opposées. Lili est une utopiste, Judith une révoltée. L'une rêve d'être « inventeuse », l'autre travaille dans le social. Leurs différences les complètent et font de ces deux êtres un mélange aussi étonnant qu'évident. Cependant, la lucidité de Judith ne m'arrange pas, je n'ai aucune envie de m'expliquer ou de raconter les derniers rebondissements de ma vie.

– Je sais que je ne suis pas très disponible en ce moment et je ne voudrais pas vous presser, mais j'ai des choses à faire…

– T'inquiète pas, Mars, c'est moi qui ai insisté, s'excuse Lili. Je t'ai fabriqué quelque chose pour ton anniversaire, je ne pouvais plus attendre. Promis, après on s'en va.

La douceur de Lili me fait culpabiliser. Non seulement je ne suis pas un modèle, mais en plus je ne leur accorde que des miettes de mon temps.

– Désolée, les filles, je suis un peu fatiguée en ce moment et légèrement chamboulée.

– On sait, me répondent-elles à l'unisson.

Mon corps entier se contracte. J'espère que Mamie Gangsta n'a pas cafté. Je reste muette, attends la suite.

– Billie nous a dit qu'elle partait vivre à New York, ça a dû te faire un choc.

– Ta meilleure amie réalise son rêve, et toi, t'es devenue la serveuse automate, assène Judith.

Elle n'a jamais eu la langue dans sa poche, mais pour une fois, j'aurais préféré qu'elle y reste. Judith, voyant le sang me monter à la tête, m'arrête net avant que je ne démarre.

– Pardon, je ne voulais pas dire les choses de cette façon. C'est juste que, du coup, ça a donné une idée à Lili.

Lili retourne alors sur le palier et tire un énorme paquet emballé d'un papier cadeau qu'elle a elle-même confectionné. Depuis toute petite, elle aime créer de ses mains ce qu'elle imagine avec sa tête. Je m'approche de plus près afin d'admirer sa création : elle a collé des unes de magazines toutes datées de mon mois de naissance. L'emballage est si beau que c'est un sacrilège de le déchirer.

– Pas de panique, j'ai pensé à tout. J'ai rajouté des boutons à pression. Il suffit d'ouvrir par là et de faire glisser le cadeau. Comme ça, tu peux soit le réutiliser, soit l'exposer comme une œuvre d'art. C'est ma nouvelle invention : le papier cadeau personnalisé et réutilisable. Mais, le mieux, c'est ce qu'il y a dedans. Allez, ouvre-le, j'en peux plus.

Je m'exécute et découvre un grand tableau à craie noir et visiblement magnétique. Au milieu, un portrait de moi bébé y a été accroché. Je souris de toutes mes dents, c'est-à-dire quatre, et mes yeux pétillent d'une joie nouvelle. Les cousines ne disent plus un mot. Je me rapproche de mes souvenirs et pose ma main sur ma grosse joue de poupon comme pour caresser ce qu'il reste de tendresse en moi. Quelques indices ont été parsemés de chaque côté : des notes de musique, un micro, un soleil, un avion, ainsi que d'autres photos choisies avec soin.

Sur l'une d'entre elles, je danse au milieu du salon de Mamie Gangsta, déguisée en Gitane, devant ses grandes armoires à glace. Je dois avoir à peine 14 ans. Elle était solaire, cette jeune fille. Les larmes me montent aux yeux, je les essuie discrètement d'un revers de la manche. Mon regard poursuit la découverte et tombe sur un cliché de ma mère avec son gros ventre entourée de ma grand-mère et de mon unique tante, Claudine, oreilles collées de part et d'autre de son nombril. Dire que le bonheur transpire est un faible mot : c'est de l'amour que je vois tout autour de ce têtard qu'elles attendaient. Et si c'était ça, mon point de départ ?

À mesure que j'observe mon passé figé sur du papier, une étincelle renaît à l'intérieur de moi, mon cœur se gorge de ce sentiment que je pensais mort et l'espoir frappe à nouveau à sa porte. Soudain, je croise le sourire d'Alexandre. Il me porte sur son dos et je fais l'avion, bras tendus. Lili avait pris cette photo de nous dans le jardin de Dreux, on venait d'obtenir notre bac. À l'époque, ma cousine passait son temps à capturer des instants avec un appareil jetable. Jusqu'à maintenant, je n'avais jamais vu les tirages de cette journée qui reste gravée dans ma mémoire : c'est le jour où Alexandre m'avait convaincue de partir vivre à Paris…

Lili glisse sa main dans la mienne pour calmer ses secousses, je ne m'étais pas rendu compte qu'elle tremblait. J'ai du mal à déglutir, la douleur semble coincée dans ma gorge. Je ferme les yeux tandis que Lili resserre fort ses doigts entre les miens. Judith vient dans mon dos, m'enveloppe de ses bras et me berce. Personne ne parle, mais tout le monde entend le bruit du chagrin. Lili se décide à briser ce silence :

– C'est un tableau « concrétisateur », et j'y ai glissé des moteurs pour te donner la force de rendre réels tes désirs, si petits ou grands soient-ils, précise-t-elle. Je voulais te rappeler les étapes de ta vie et le chemin parcouru parce que, moi, je suis fière de toi. J'aimerais bien que tu le sois aussi… En cherchant des images, je suis tombée sur cet appareil jetable que j'avais complètement oublié de faire développer. Je ne me souvenais même plus de ce qu'il y avait à l'intérieur. Quand j'ai récupéré les tirages, j'ai découvert cette photo d'Alexandre et toi. Je ne l'ai pas mise pour te faire mal, mais pour que tu te souviennes qu'il voulait que tu réalises tes rêves, lui aussi.

Mes larmes débordent et ricochent sur nos trois mains entrelacées. À présent, ce sont mes lèvres qui tressaillent et ma voix chevrote.

– Merci mes lucioles, merci, soufflé-je en les serrant de toutes mes forces contre moi. Ce cadeau arrive à point nommé, vous n'avez pas idée.

– Avant de partir, il faut quand même que je t'explique rapidement comment ça marche.

– Vous savez quoi ? Je vous invite à dîner dans le bistrot en bas de la rue.

– Je croyais que tu étais pressée, souligne Judith d'un air amusé.

– Eh bien, je ne le suis plus. Profitons de nous.

J'attrape mon sac, enfile à Berlin son collier, lui accroche sa laisse, et on dévale l'escalier.

Dix minutes plus tard, nous voilà installées en terrasse à siroter une coupe de champagne en attendant notre côte de bœuf. Ce soir, je m'autorise un léger écart. Après tout, ce n'est pas vraiment de l'alcool. Disons que ce sont des bulles de joie, légèrement fermentées. Le tout est de ne pas tomber dans le seau.

Le serveur de l'autre jour est là, sauf qu'il n'a pas l'air de travailler. Il boit un verre en charmante compagnie à quelques tables de la nôtre, mais lance régulièrement des coups d'œil en ma direction. Je me demande bien ce qu'il me veut, il ferait mieux de se concentrer sur la jeune femme qui lui fait face et qui ne sait plus quoi faire pour attirer son attention.

– Tu le connais ? m'interroge Judith.

– Qui ?

– Le beau gosse qui n'arrête pas de te mater.

– Beau, beau, t'exagères un peu ! Moi, je ne lui trouve rien de particulier. Ça devient gênant pour la pauvre fille qui bave devant lui, et non, je ne le connais pas. Il m'a juste servi un brunch et des cafés, dimanche dernier, c'est tout. Bref, on s'en fout de lui. Alors Lili, explique-moi ton tableau concret !

– Con-cré-ti-sa-teur, me reprend-elle, fière de sa trouvaille. En gros, c'est pour t'aider à visualiser et à concrétiser ton imagination. Plus tu vas rendre réel ce que tu désires, plus ça va arriver. C'est pour mieux te connecter à tes rêves et faire travailler ton subconscient dans leur sens.

Perdue dans ses explications, Lili prend des allures de savant fou. Elle est si passionnée, elle me subjugue. Elle résiste à ce monde de plus en plus bancal en continuant à vivre dans sa bulle faite d'idéaux et d'inventions pour le rendre plus beau.

– C'est pas compliqué, tu peux écrire des phrases pour te motiver, je t'ai mis des craies ainsi que des magnets si tu souhaites accrocher d'autres photos ou les changer. Tu peux aussi dessiner ou faire des schémas. Bref, tu peux tout faire. Considère-le comme un accélérateur de désirs. Par exemple : si tu rêves de chanter à l'Olympia, tu peux faire un montage, tu mets un cliché de la salle mythique et tu te dessines sur la scène ou tu colles dessus ta tête ; si tu veux rencontrer ton mec idéal, tu lui fais prendre vie sur ce tableau comme tu l'imagines, avec toutes les caractéristiques que tu souhaites. Plus tu seras concise plus ça marchera, plus tu vas le faire plus tu vas y croire, et plus tu y crois plus ça va arriver, et plus…

– Lili, calme-toi. Je pense que Mars a compris le principe, reprends ton souffle s'il te plaît. Puis en vrai ça existe déjà, c'est un *vision board,* ton truc !

– Tu me soûles, faut toujours que tu sois désagréable, et en plus tu comprends rien. C'est une version améliorée parce que là tu fais exister tous les temps de ta vie : le passé pour te donner de la force et te rappeler ce qui se cache derrière tes désirs ; le présent qui va te permettre de voir l'évolution et ce qu'il te reste à parcourir ou à rectifier ; puis le futur que tu vas concrétiser. Avec mon tableau, le passé et le présent fusionnent dans l'idée de booster et de concrétiser le futur.

Lili est rouge pivoine de colère et Judith, morte de rire. Son jeu préféré, pousser à bout sa petite sœur, plus jeune de seulement quelques minutes. Heureusement, l'odeur de la côte de bœuf grillée au beurre persillé nous ramène à la raison de notre présence ici : un bon dîner entre cousines. La serveuse dépose une énorme planche au milieu de la table et nous souhaite une bonne dégustation.

Une bonne heure plus tard, le dîner touche à sa fin. Lili a mangé une glace en dessert tandis que Judith et moi avons partagé un fondant au chocolat comme quand nous étions gamines. Silencieuses, on savoure la clope post-festin. Le bœuf a eu raison de nous et la digestion s'annonce plus difficile que la dégustation. La fatigue se fait sentir, il est temps de rentrer dormir.

– Allez les lucioles, filez ! J'aime pas vous savoir dans le métro après 23 heures.

– Ça m'a fait plaisir de te voir, me glisse Lili dans l'oreille en se blottissant contre moi.

– Merci encore pour ton incroyable cadeau et n'écoute pas ta vilaine sœur. Dis-moi, la magicienne, ça te parle ?

– La magicienne de quoi ? Ce n'est pas de la magie, mon truc, Mars. Ça a été prouvé scientifiquement, tu sais à quel point ça me passionne, la réalisation du futur. J'ai énormément lu à ce sujet. En ce moment, je travaille sur une nouvelle idée : une machine à créer des rêves pour ceux qui n'en ont pas ou plus. En fait, tu ne me prends pas au sérieux, c'est ça ?

– Mais, non, pas du tout ! Laisse tomber, c'était une question idiote. Bien sûr que je te prends au sérieux, tu es très talentueuse et très intelligente. Un jour, tes inventions feront le tour du monde.

– Je sais, je l'ai mis sur mon tableau concrétisateur. J'ai voulu en faire un aussi pour Judith, mais elle refuse. Elle pense que c'est bidon…

– J'ai pas dit ça.

– Si, tu l'as dit !

– Ça suffit, les filles, vous vous prendrez la tête plus tard.

Elles m'embrassent et s'en vont tout en continuant à se chamailler. Je les regarde s'éloigner le long du canal pendant que je ramasse mon sac et mon Berlin endormi. Je franchis le seuil du bistrot, avance en direction du comptoir et demande la note. La serveuse n'a pas encore imprimé l'addition que l'autre « beau gosse » débarque comme un cheveu sur la soupe.

– Laisse, Jeanne, je vais m'en occuper. Tu peux avancer sur le ménage de la salle, s'il te plaît ?

S'il croit m'impressionner en jouant au patron, il se fout un doigt dans l'œil et un gros. Puis il complique mon projet. Je voulais déposer le carnet, j'aurais préféré que ce soit auprès de la discrète Jeanne. Elle fait son job, ne pose pas de questions, n'écoute pas les conversations et surtout elle n'a pas passé sa soirée à me lancer des regards de braise.

Alors que je m'impatiente, il me tend enfin le bout de papier avec le montant.

– Tu règles comment ?

– Parce qu'on se tutoie maintenant ? C'est pas parce que j'ai eu l'imprudence de vous dire que j'avais besoin d'un père qu'on a élevé les cochons ensemble. Par carte, s'il vous plaît.

Il me fixe, surpris, puis esquisse un petit sourire tout en saisissant le terminal de paiement. Ce mec m'agace, il a la désinvolture de ceux qui ne sont pas habitués au refus.

– Avec ou sans contact ?

– Sans et sans hésiter.

Je pose ma carte sur l'écran et récupère le ticket, réflexe de serveuse, puis m'engage vers la sortie. Soudain, je m'arrête net. Je veux des réponses à mes questions, je veux une deuxième leçon, je veux avancer. Pas question d'attendre une nuit de plus. Je reviens au bar, sors le carnet et le pose dessus.

– Au lieu de me reluquer, passe ça à la magicienne.

Je ne lui laisse pas le temps de dire quoi que ce soit et tourne les talons. Alors que je suis sur le point de passer la porte, il m'interpelle :

– Je ne te reluquais pas, je voulais juste savoir si tu allais mieux, mais à ce que je vois tu as repris du poil de la bête.

– Et encore, t'as rien vu !

Chapitre 7

Quelle idiote ! Maintenant que j'ai déposé le carnet, je n'ai aucune idée de comment le récupérer. C'est avec cette pensée que je me suis réveillée ce matin. Je voulais tellement remettre à sa place ce prétentieux que j'en ai oublié de poser la question essentielle. Je n'ai plus qu'à croiser les doigts, espérons que je le retrouve au pied de ma porte quand je rentrerai du travail. Pas le mec hein, le Moleskine.

En attendant, cette journée est interminable. Les heures passent à la vitesse d'un escargot au galop et tout ce qui m'excitait, il y a encore quelques jours, m'ennuie au plus haut point : la course aux pourboires, les plus gros clients, être la chef de rang redoutable, faire le meilleur chiffre, emmerder mon manager M. Gadissieux, donner mes plus beaux sourires, cambrer les reins, serrer les fesses, rentrer mon ventre…

Alors que le service bat son plein, j'observe la mascarade à laquelle je participe depuis des années. Je me suis trompée de vie, mais comment faire pour en changer ? Je dispose d'un carnet avec les enseignements d'une soi-disant magicienne et d'un tableau concrétisateur, est-ce suffisant ou complètement ridicule ? Un rire nerveux m'échappe et résonne dans la salle. Plantée au milieu du restaurant, des plats à la main, j'ai oublié leur destination tant j'ai la tête ailleurs. M. Gadissieux me fusille du regard et fonce dans ma direction.

– Ressaisissez-vous, Mars ! m'ordonne-t-il entre ses dents serrées.

– Sinon, quoi ?

La revêche est de retour, c'est plus fort que moi. Ce petit bonhomme engoncé dans son costume de mauvais goût écarquille les yeux, une fumée imaginaire sort de ses naseaux et sa bouche se contracte si fort qu'elle ressemble à un cul de poule. Lui et moi n'avons jamais filé le parfait amour, il m'a toujours eue dans le collimateur, et moi, dans le pif. Ce qui a souvent fait des étincelles. Or, aujourd'hui, je n'ai qu'une envie : qu'il me foute la paix. Je baisse la tête, en même temps que les armes, et me ravise.

– Excusez-moi, vous avez raison, je ne suis pas dans mon assiette.

La sincérité a parlé pour moi. C'est la première fois que je mets les formes. Visiblement décontenancé, il passe sa main sur son menton parsemé de poils blonds, puis esquisse un rictus de réflexion du bout de ses lèvres.

– Quand votre rang sera vide, faites votre caisse et rentrez chez vous. Je préfère que vous vous reposiez et que vous soyez en forme demain.

J'hallucine. Ce mec est capable de compréhension, il ne serait donc pas qu'un petit chef belliqueux ? Ou bien est-ce moi qui ne serais pas qu'une rebelle provocatrice ?

Après trente minutes de métro bondé sur la ligne 7, je parviens en bas de mon immeuble. Il est à peine 16 heures, quel soulagement de ne pas travailler ce soir. Je n'ai pas confiance en mes démons et, comme ils se réveillent la nuit, mieux vaut que je sois chez moi avec Berlin, loin des tentations.

Dans l'ascenseur, je fais une dernière prière. J'espère que le carnet sera là. Quatrième étage, les portes s'ouvrent. Rien en vue, à part le vacarme de mon compagnon qui célèbre déjà mon retour de l'autre côté du mur. Un coup de clef dans la serrure, Berlin me fait la danse de la joie, je saisis sa laisse posée dans l'entrée et l'embarque pour un tour.

– Allez, petit fou, on va se balader.

On a marché jusqu'aux Buttes-Chaumont, puis on est revenus en se promenant le long du canal. Plus que quelques mètres avant de passer devant le fameux bistrot. De loin, je crois apercevoir la silhouette de la dame bizarre, qui vient tout juste de sortir du troquet. Elle marche et tourne à l'angle de la rue. J'accélère, tente de courir avec mes poumons noircis de clopes. Si je pouvais, je volerais ou me téléporterais. Je me retrouve à l'intersection, sur le trottoir de la terrasse, où je scrute les alentours, pas l'ombre d'une magicienne. Alors que je galère à reprendre mon souffle, une voix me fait sursauter.

– C'est ça que tu cherches ? me dit-il, agitant le carnet dans sa main.

– Tu la connais ?

– Je ne répondrai qu'en la présence de mon avocat.

– C'est ce que disent les coupables.

– Non, les cohérents. Un jour tu me vouvoies, l'autre tu me tutoies. Tu changes d'avis comme de chemise, dis-moi ?

Tandis que je lui arrache le Moleskine des doigts, Berlin frétille comme un beignet plongé dans l'huile et réclame, à ce serveur de pacotille, son attention. Il s'agenouille, le caresse, et ce traître de toutou se met sur le dos pour lui offrir son ventre.

– Tel maître, tel chien, pas si vrai.

Qu'est-ce qu'il raconte ? Encore heureux que je ne ressemble pas à Berlin. Certes, il est adorable, mais je n'envie pas son physique disgracieux. Le serveur relève la tête et découvre mes sourcils relevés, qui soulignent mon incompréhension.

– Il est largement plus aimable que sa maîtresse, ponctue-t-il avec un sourire, fier de sa vanne.

– Qu'est-ce que tu me veux ? Parce que, je te préviens, tu ne me plais pas du tout.

– Ça tombe bien, je ne t'ai rien proposé et puis j'aime pas les chieuses, alors, tu vois, y a aucun risque.

– Parfait !

Je me rue vers mon immeuble et m'engouffre à l'intérieur.

J'allume une cigarette ainsi que la bougie parfumée, puis m'installe sur la table à rabat de la cuisine. J'attrape ma tasse brûlante, ouvre la fenêtre et jette un dernier coup d'œil au tableau de Lili, que j'ai accroché sur le mur du salon au-dessus de mon lit, en rentrant du restaurant hier soir. La petite fille que j'étais me sourit, en elle je retrouve une force qui me faisait défaut. Je souffle un bon coup et me plonge dans le carnet.

Chère Mars,

Pour commencer, tu peux tout de suite augmenter ta note, concernant la confiance, car il en faut pour confier sa vie et son cœur dans les mains d'une inconnue (et je t'en remercie).

Petite piste à ce sujet :

– C'est une graine en toi qui ne demande qu'à être arrosée et à grandir.

– Elle se construit avec l'estime de soi.

– Contrairement aux idées reçues, la confiance n'est pas quelque chose qui se donne, se retire ou se trahit. Chacun s'occupe de la sienne et en est responsable.

À propos de la confidentialité de tes écrits, aie foi en toi et en l'univers (d'ailleurs, tu ferais mieux d'y croire, car le père Noël et la petite souris, à côté, c'est de la gnognote !). Cependant, si ça peut te rassurer, il ne sera pas nécessaire de me couper la langue. Il va falloir que tu apprennes à arrêter de mordre les mains que le monde te tend. Certes, la méchanceté et la malveillance existent, mais l'inverse aussi.

Tu m'as demandé une bonne raison de chercher l'amour. Sache que ce que tu prends pour des vérités à son sujet ne sont que des croyances. Je sais que tu as souffert et je comprends que tu aies peur, pourtant, il y a un endroit, en toi, où le beau a résisté au moche, au sale, au dégueulasse, où la perfection et l'éternité cohabitent pour retrouver ce sentiment d'amour. Cet endroit, toi seule peux y accéder, toi seule en connais le chemin.

J'ai lu avec attention tes peines, tes blessures, tes chagrins, et ils sont légitimes. Maintenant tu es grande, à toi de les réparer.

Il n'y a pas de mode d'emploi au bonheur que je puisse te donner, car il y en a autant que d'êtres sur cette planète. Imagine ! À toi de trouver le tien !

Chaque fois que tu seras tentée de chercher ailleurs que dans ton propre royaume, chère Princesse autonome, reviens à toi et relis ces lignes.

Pour répondre à ta question : vouloir la liberté, l'indépendance, l'autonomie (appelle ça comme ça te chante), n'est pas incompatible avec le fait d'accepter de l'aide ! Nous sommes huit milliards sur terre, il faut bien que cela serve à quelque chose, ne penses-tu pas ? Les autres sont un miroir, un support et parfois un soutien. Une phrase, une situation, une réaction peut créer un déclic. Il n'en reste pas moins que c'est toi qui décides enfin d'entendre ou de voir et surtout toi seule qui décideras d'en faire quelque chose ou pas.

2ème leçon : Ton cerveau est de la pâte à créer

Sache que le saligot ne fait pas la différence entre le réel et l'imaginaire, ce qui est à la fois tout le problème et la magie de cet organe. Par conséquent, il crée à partir de tes « vérités ». Autant te dire que tu as du pain sur la planche.

Nous sommes comme des ordinateurs. Depuis notre plus tendre enfance, nous emmagasinons une flopée d'informations, qui émanent dans un premier temps de notre cercle le plus proche : les parents, la famille, les amis. Puis, avec les années, du monde extérieur : l'école, les camarades de classe, les profs, les amoureux, les journaux, la télé… Le souci dans tout ça, c'est que personne ne nous apprend vraiment à penser.

La bonne nouvelle : tout se déprogramme et se reprogramme, car ton cerveau est de la pâte à modeler. Tu peux lui faire faire ce que tu veux. C'est comme la gymnastique : au début, c'est douloureux, après, ça devient naturel.

Comprends bien que tu as du pouvoir sur tes pensées. Trie-les et choisis les bien. Car comme disait ce bon vieux Marc Aurèle : « Le bonheur dépend de la qualité de tes pensées. »

Exercice du jour :

– Écris ce que tu crois être des « vérités », en complétant cette phrase : Je suis persuadée d'être…

Va à la découverte de ce que tu penses de toi, de tes croyances les plus intimes à ton sujet. Je te préviens, au début, poser noir sur blanc ce qu'on se raconte de soi peut être violent, mais laisse venir tes émotions, ne les bloque pas, au contraire. Prends conscience des sentiments engendrés par tes pensées. Après, c'est à toi de décider si tu continues à y croire ou non. Garde à l'esprit que ce sont tes croyances qui forgent la réalité dans laquelle tu vis.

C'est fou, je ne m'étais jamais interrogée sur le fonctionnement de notre cerveau, sur le fait que nos pensées pouvaient créer quoi que ce soit. L'idée me plaît et, en même temps, m'inquiète.

Je me penche sur l'exercice proposé :

Je suis persuadée d'être…

Je n'arrive pas à compléter la phrase, car les seules choses qui me viennent à l'esprit sont si moches que je refuse de les poser sur le papier. Je crains qu'en les écrivant elles ne deviennent plus réelles qu'elles ne le sont, ou peut-être suis-je simplement effrayée de me regarder en face. Ce carnet est comme un miroir, il dévoile ce que je cache. Je prends mon courage à deux mains et saute le pas.

Je suis persuadée d'être :
- *une bonne à rien*
- *soit trop ou pas assez*
- *de ne pas mériter le bonheur*
- *excessive, chiante et bordélique*
- *incapable d'aimer et d'être aimée*
- *une ratée*

En effet, c'est violent. La colère s'est installée à ma table, je la sens monter. Ma jambe gigote nerveusement, ma petite voix intervient : *Calme-toi, respire, Mars. Ce ne sont que des pensées.*

Chapitre 8

Ces dix derniers jours sont passés à une vitesse folle. Entre la reprise du boulot et mes tentatives de reconversion au bonheur, mes journées sont bien chargées. Je me lève aux aurores, promène Berlin, fonce au restaurant, bosse jusqu'à 19 heures et rentre directement au bercail.

Moi qui n'ai jamais travaillé sur moi, je me découvre peu à peu une passion. Je ne me reconnais pas. Tous les soirs, je m'exerce à écouter mon cœur, je m'applique à comprendre le fonctionnement de mon cerveau, je décortique mes pensées, tente d'identifier leur provenance et essaye de démêler le faux du vrai. L'écriture est redevenue un rituel et l'introspection, un réflexe. À force de m'entraîner, je commence à ressentir les bienfaits de cet apprentissage. Même si certaines choses m'échappent encore, mes peurs sont moins intenses et mon trèfle grandit, peu à peu. C'est d'ailleurs la première chose que j'ai ajoutée à mon tableau concrétisateur. Je l'ai dessiné à la craie blanche dans la colonne du présent et le rectifie chaque fois qu'il pousse. Pour le moment, il a gagné en épaisseur, mais on n'est pas encore sur un trèfle digne de ce nom. Puis j'ai tiré des flèches aux angles de chacune de ses feuilles afin de déterminer des actions susceptibles d'augmenter les notes de mes ingrédients indispensables. Au bout de l'une d'entre elles, j'ai écrit : « changer de rythme, demander à bosser uniquement de jour, c'est par tendresse envers moi » – je n'arrive pas encore à utiliser le mot « amour », j'en ai donc trouvé un autre. Bref, le pire, c'est que ça marche ! L'une de mes collègues a accepté d'échanger nos horaires sans même demander d'explications. Soulagée de dire « au revoir » aux services du soir et au monde de la nuit, j'ai pu tirer un trait sur le tableau suivi de la mention « concrétisé ». J'aurais préféré envoyer valser mon métier de serveuse, mais faut bien payer les factures.

Cette décision a permis de me stabiliser, d'ancrer les habitudes de ces dernières semaines et d'être davantage fière de moi. Je me sens plus solide. L'envie de faire la fête m'a quasiment quittée et j'ai moins peur d'être seule. Berlin est d'une grande aide dans cette aventure. Pour la première fois, j'ai des obligations et je m'y tiens. Je suis responsable d'un être qui a besoin de moi et prends mon rôle de « maman chien » très au sérieux. Sa présence me rassure, me cadre. Parfois, je me surprends à lui raconter des anecdotes, à lui lire des passages du carnet, à lui demander son avis. Depuis son arrivée, la solitude n'est plus autant un problème. J'en aurais presque oublié le reste du monde. Faut dire aussi que je n'ai pas eu un seul jour de repos. Pour compenser le déficit de mon congé sans solde, j'ai enchaîné les heures. Aujourd'hui, je suis *off*. Je vais pouvoir me rattraper.

Dans la famille, seule Mamie Gangsta comprend mon silence. Les jumelles m'envoient des SMS régulièrement pour qu'on se voie, Judith se vexe à chacun de mes refus, tandis que Lili m'encourage et me demande si mon tableau avance. Quant à ma mère, elle boude, car je n'ai répondu à ses appels que par un simple texto tardif, lui expliquant mon besoin de recul. J'avais envie d'aller mieux, avant de réapparaître.

Pour ce week-end, je me suis préparé une liste de choses à faire :

– *Ranger l'appartement*
– *Faire des courses*
– *Passer voir Mamie Gangsta*
– *Inviter Billie à dîner dans un joli restaurant avant son départ et lui trouver un cadeau*
– *Kléber, contact, Ava*
– *Déposer le carnet*

Je me sens prête à passer à la troisième leçon et à rouvrir le dossier Kléber. J'ai réfléchi, je veux le revoir. J'ai besoin de réponses, besoin qu'il me parle d'Ava. J'ai cherché un moyen de le contacter, mais je n'ai trouvé aucune piste. Peut-être que Mamie Gangsta aura une idée, elle n'en a jamais manqué. Je lui en parlerai tout à l'heure, pas envie de le faire par téléphone. À sa réaction, je saurai si elle était au courant ou non.

À part ça, je n'ai pas réaperçu la magicienne. J'espérais la croiser en baladant Berlin, mais mes multiples tours de pâtés de maisons n'ont rien donné. À se demander si cette femme habite le quartier. J'ai bien songé à retourner questionner le serveur, mais je préfère patienter plutôt que de lui faire ce plaisir. Puis, quand je pars le matin, le bistrot n'est pas ouvert. Et comme je me suis interdit de mettre une guibole dans un quelconque lieu de tentations après 19 heures, je n'ai pas encore trouvé l'opportunité de déposer le Moleskine. Je le ferai cet après-midi et en profiterai pour tirer subtilement les vers du nez de ce mec aux yeux bleus qui se croit irrésistible. Et pourquoi pas prendre ma revanche. Il n'aime pas les chieuses ? Il va être gâté. Mais, avant, direction Mamie Gangsta.

Converse aux pieds, je foule les pavés de la rue Montorgueil. Cette fois-ci, l'équilibre est parfait. De part et d'autre, les terrasses se vident. Le déjeuner touche à sa fin. J'ai un léger retard sur mon planning. J'accélère, quand Marco m'interpelle :

– Ben, dis donc, c'est bien la première fois que je te croise à cette heure-ci ?

– Comme quoi, tout est possible ! lui réponds-je sans m'arrêter.

– Attends, un petit cadeau pour Huguette.

– Désolée, capitaine, je suis pressée. Ce sera pour une prochaine fois.

– En tout cas, tu es resplendissante. Ça fait plaisir de te voir comme ça ! crie-t-il à travers le bal des passants.

Comme une gamine, je rougis. Pas pour le compliment en lui-même, pour ce qu'il signifie. Apparemment, mes progrès se lisent sur mon visage. Quelle joie ! Je lui envoie un baiser de loin et continue mon chemin.

Sur le point de passer la porte cochère, j'avise la superbe pizzeria en bas de chez ma grand-mère. Mon frigo est vide, je n'ai pas pris de petit déjeuner et mon estomac crie famine. L'odeur de la *trufficciata* me décide à en commander une, format familial. Mamie Gangsta prétend ne jamais avoir faim, or, dès que je me pointe une pizza à la main, elle n'y résiste pas.

Le temps qu'elle cuise, je mate la vitrine d'en face. Une robe vintage irait à merveille à ma Gangsta. Un cadeau pour la remercier de m'avoir botté le cul au bon moment. La vendeuse, Josiane, me connaît bien. Du temps où je travaillais le soir, je chinais régulièrement des tenues en catastrophe. Passionnée, elle me filait des astuces pour remettre au goût du jour un jean usé ou une vieille jupe. C'est une encyclopédie de la mode. Elle aime son métier et prend soin de ses clients. Sans même avoir besoin de la lui préciser, elle devine la raison de ma venue.

– C'est pour ta grand-mère, j'imagine.

– Exactement ! Rien ne t'échappe.

Josiane emballe la robe dans du papier de soie, glisse le tout dans un sac et me le tend.

– Tu es rayonnante, Mars, aujourd'hui.

Décidément ! Guillerette, je lui fais un clin d'œil, sors de la boutique, récupère le déjeuner et disparais derrière le 34 de la rue Montorgueil.

À ma grande surprise, Mamie Gangsta n'est pas seule. Ma mère est assise sur le canapé, alternant entre se ronger les ongles et fumer sa cigarette frénétiquement. En temps normal, elle rend visite à sa mère le mercredi et nous sommes lundi. Un silence pesant règne dans la pièce. J'ai la sensation d'être de trop. Ma grand-mère est mal à l'aise et ma mère n'a même pas relevé la tête.

– Ma petite-fille, tu n'es pas au travail ?

– Non, j'ai changé mes horaires. Maintenant, je bosse de 8 à 18 heures, et aujourd'hui, je suis de repos. Désolée, je n'ai pas eu le temps de venir te voir ces derniers jours…

– Être désolée, c'est ta spécialité, non ? intervient ma mère, d'un ton sec.

– Bonjour, maman…

– J'imagine que tu es aussi désolée de m'ignorer depuis trois semaines ?

– Je t'ai envoyé un message, ma petite maman. S'il te plaît, je n'ai pas du tout envie de me crêper le chignon avec toi.

– Fallait y penser avant ! Mais ça, tu ne sais pas faire, Mars.

Ses yeux noisette aux éclats de citrine me fusillent. J'aimerais tout lui raconter, mais je suis tétanisée, percutée de plein fouet par ses mots. Ils me ramènent en arrière, alors que je fais tout pour aller de l'avant. Face à ma mère, mes blessures d'enfant se réveillent. Je ne contrôle plus rien.

– Et toi ? T'as réfléchi avant de faire un bébé toute seule ? Tu as pourtant eu un père, toi. Ça ne t'a jamais effleuré l'esprit que, moi aussi, je pourrais en avoir besoin. Non ! Tu as préféré me faire croire que tu étais le centre du monde. Eh oui, maman, encore une fois, je suis désolée… Désolée de te décevoir, mais tout ne tourne pas autour de toi.

– Mars, arrête ! m'ordonne Mamie Gangsta. Ce n'est pas le moment !

– Crois-moi, il y a plus grave dans la vie que tes petits problèmes existentiels, me lance ma mère.

– Marguerite !

– Pardonne-moi, maman, c'est trop pour moi, je vais pas pouvoir…

– Marguerite, tu m'as fait une promesse, alors garde tes états d'âme pour toi et tais-toi, tranche Mamie Gangsta de son ton le plus autoritaire.

Ma mère s'écroule en sanglots derrière sa frange blonde. Son corps frêle tremble de chagrin dans ses vêtements amples. Ne supportant pas qu'on la voie en état de fragilité, elle se lève, ouvre la fenêtre du salon et, tout en nous tournant le dos, s'allume une énième cigarette. La situation m'échappe. Ma mère semble habitée par une peine dont j'ignore la cause et ma grand-mère est aussi tendue qu'une arbalète. À tâtons, je me risque.

– Qu'est-ce qui se passe, mamie ?

– Rien ! C'est une affaire entre ta mère et moi.

Plantée au milieu de l'entrée, je fixe Mamie Gangsta, qui me supplie de ne pas en rajouter. Je ne sais pas si je dois faire demi-tour ou m'asseoir. Ma mère m'aide à prendre une décision :

– C'est quoi, ta vie, Mars ? me demande-t-elle en se retournant vers moi.

Je ne réponds rien. La fleur a ravalé ses larmes et sorti ses épines.

– Te bourrer la gueule et donner de la confiture à des cochons ? Je n'ai pas tout bien fait, je te l'accorde. Seulement, tu verras quand tu seras maman, ce n'est pas si simple. Ton père ne peut plus être une excuse pour tout et n'importe quoi.

Lasse, elle recrache la fumée de sa cigarette et conclut comme une fatalité :

– Décidément, tu ne changeras jamais.

Mon cœur rafistolé est en train de craqueler. Les yeux et la gorge me brûlent. La rayonnante n'est plus qu'un tableau foiré d'un apprenti peintre, aux prétentions d'artiste. Je dépose le cadeau sur le bar de la cuisine, tourne les talons et claque la porte. Le bonheur, ce sera pour plus tard.

Chapitre 9

Trou noir. Mes pieds et mes doigts bougent, c'est déjà ça. J'ouvre un œil, je suis chez moi. La guirlande est allumée, ma bougie senteur poudre de riz crépite et Berlin n'est ni dans son panier, ni au-dessus de ma tête. Je tente de siffler, ma bouche pâteuse m'en empêche. C'est fou ce qu'on ne peut plus faire sans salive. J'ai l'impression d'être un poisson échoué hors du bocal. Besoin d'eau, d'un Doliprane et d'un citrate de bétaïne.

Je tapote le rebord de mon lit à la recherche d'une bouteille. À défaut, je tombe sur mon téléphone, visiblement en charge. Étrange. Dernière relique de mémoire : shots de tequila dans un bar branché du Marais, un taxi hélé rue des Francs-Bourgeois, puis… plus rien.

J'appuie sur l'écran de mon portable : 22 h 22. Merde ! On est encore jeudi. Moi qui espérais dire « Aujourd'hui est un autre jour », c'est raté ! À l'image de cette journée, échec et mat. Princesse autonome, mon cul ! Je n'en ai que la bague. J'ai réduit mes efforts en cendres, en colère et en vapeur d'alcool. Tout ce que je ne voulais plus.

Bon sang, où est Berlin ? L'appartement n'est pourtant pas si grand. Je me décide à passer à la verticale, la tête me tourne et mon équilibre est incertain. Péniblement, je parviens à la cuisine. Deuxième étrangeté : la vaisselle est faite. Qui est entré chez moi ?

J'inspecte mon corps ainsi que les lieux : je flotte dans mon grand tee-shirt noir panda rock'n'roll, ma robe d'été aux couleurs d'Almodovar est pliée sur le canapé, les clefs ne sont pas sur la porte et Berlin manque définitivement à l'appel, tout comme sa laisse, qui, je l'espère, est autour de son cou. Où est-il ? Et qui est au bout ? Je commence vraiment à flipper.

Le cachet se dilue dans un fond d'eau pendant que je vide une bouteille de Cristalline au goulot. Le poisson revit. Cependant, je meurs de faim, je n'ai rien mangé depuis vingt-quatre heures. Je commence à regretter la pizza à la truffe abandonnée sur le bar de Mamie Gangsta. Si je pensais avoir changé, mon frigo me rappelle que tout est comme avant : vide.

Un haut-le-cœur survient sans prévenir, juste le temps de me tourner vers l'évier. Tête baissée, j'expulse mes trop-pleins. Ça brûle fort, ça racle, ça pique. Mon œsophage est en PLS. La tequila en aller-retour, mauvaise idée. À ne pas refaire. Malgré la douleur, ça va mieux. Je me rince la bouche et me traîne prendre une douche pour me remettre les idées en place.

Enroulée dans une serviette, je reviens dans le salon, quand, surprise ! Berlin est de retour, en train de dormir paisiblement dans son panier. La porte-fenêtre donnant sur le mini-balcon est entrouverte, une fine odeur de beuh s'en échappe. Sur la pointe des pieds, je m'approche et entraperçois une silhouette masculine. Alors, là, j'hallucine ! Je n'ai jamais ramené de mec chez moi, même ivre morte, et encore moins un qui promène mon chien, me met en pyjama, plie mes affaires, fait la vaisselle et allume une petite bougie. Parfois ma myopie me joue des tours. Je fais quelques pas supplémentaires. Il est de dos, les coudes adossés à la rambarde, tête vers le ciel. Il me semble le connaître, mais d'où ? À sa posture, je devine cette personne très à l'aise de s'être invité chez moi. Bien qu'un *serial killer* ne se donnerait pas tant de mal, du moins j'imagine, je ne suis pas rassurée pour autant. Je coupe ma respiration et zieute la pièce dans l'espoir de trouver un objet à saisir. S'il m'attaque, je ne ferai pas le poids avec mes petits bras. Mieux vaut prévenir que guérir. Alors que je me contorsionne dans la plus grande des discrétions pour attraper le balai appuyé contre le télévisieur, l'inconnu s'adresse à moi.

– Ça va mieux ? me demande-t-il sans bouger.

Je sursaute et lâche ce que je tenais entre mes mains, à savoir : ma serviette. Nue comme un ver, je ramasse le bout de tissu et m'enveloppe à nouveau dedans avant qu'il ne se décide à me dévoiler son identité. Je connais cette voix, sans parvenir à mettre un visage dessus. Décidément, ma mémoire ne supporte plus les écarts.

Après quelques secondes, il se retourne, enfin, joint au bec. Nom de Dieu ! C'est lui, le serveur du troquet à l'angle de la rue.

– Je peux savoir ce que tu fous ici et qui t'a autorisé à rentrer chez moi ?

– Toi, me répond-il avec flegme.

Ah. Je ne me souviens de rien. J'ignore s'il dit vrai, mais je refuse de perdre la face.

– Ça m'étonnerait fort que je t'aie demandé de faire le ménage, de promener mon chien et de me mettre en pyjama. Et puis quoi encore ? Bientôt tu vas me faire croire que je t'ai supplié de me bercer et de me chanter une comptine pour m'endormir ? Parce que c'est pas mon genre.

– Et visiblement, la politesse, ce n'est pas ton truc, non plus ! Tu devrais apprendre à dire merci, tu sais, ça peut servir, rétorque-t-il en souriant.

Je l'agresse et le gars se marre. Qu'est-ce qui ne tourne pas rond chez ce mec ? D'habitude, je déstabilise avec mon franc-parler et ma provocation légendaire. Lui, semble imperturbable. Je le dévisage, à l'affût d'un signe, d'un indice, d'une faille. Ce n'est tout de même pas RoboCop ! Pourquoi semble-t-il si serein face à moi, si victorieux ? Soudain, une pensée me traverse et le malaise me gagne. Je resserre plus fort ma serviette contre mon corps.

– Te fais pas de film, il ne s'est rien passé entre toi et moi. Ce n'est pas mon genre de profiter de la tristesse d'une jeune femme, encore moins quand elle est complètement raide.

C'est bien la première fois que j'entends ce discours. Mon alcoolémie n'a jamais empêché un homme de me déshabiller.

Il écrase son joint dans le cendrier, me frôle pour se faufiler à l'intérieur et traverse le salon en direction de la cuisine. Il en ressort un plat à la main.

– À ce que j'ai compris, t'avais envie d'une pizza à la truffe. Je n'ai pas tout pigé à ce que tu me racontais, car je dois avouer que c'était pas toujours très clair, mais, apparemment t'as pas mangé depuis hier. Du coup, je t'ai rapporté des frites maison et un burger du bistrot.

Il pose l'assiette sur la table basse, puis se dirige vers la sortie. Au moment d'ouvrir la porte, il s'arrête dans son élan et se retourne vers moi.

– Pour ta gouverne, j'ai fait un brin de ménage parce que tu dormais et je ne savais pas quoi faire pendant ce temps. Tu parlais dans ton sommeil, tu étais agitée, je ne voulais pas te laisser seule. Quand tu t'es apaisée, j'ai sorti ton chien, il était sur le point de redécorer ton appart, ce n'est pas pour toi que je l'ai fait, mais pour lui. Puis, à vrai dire, si je t'ai mis en pyjama, c'était… tu… enfin… bref, je voulais juste t'aider…

– Pour ta gouverne, ma mémoire me fait défaut, alors, si tu veux réellement m'aider, dis les choses au lieu de tourner autour du pot.

– À peine arrivée chez toi, tu as retiré ta robe, tu pleurais, beaucoup, et tu tenais des propos… incohérents, on va dire…

À mesure qu'il me remémore la scène, des images et des phrases me reviennent : *« Je suis bonne à rien, à part à baiser, alors fais-toi plaisir, je t'en prie ! »*, *« De toute façon, je sens rien, plus rien »*. Une légère grimace m'échappe. Il passe sa main dans son cou puis dans ses cheveux en bataille. Il est gêné, moi aussi. Je connais mes turbulences quand je suis blessée, la violence dont je suis capable à mon égard. Un lourd silence nous enveloppe, il n'ose plus bouger, je n'arrive plus à le regarder.

– En tout cas, pour ce que ça vaut, même si je ne te connais pas, sache que ce n'est pas comme ça que je te vois.

Je relève la tête et le fixe de mes yeux pleins de honte. Elle avait raison, Judith, il est plutôt beau, ce mec, et en plus il a l'air doux, sensible, intelligent. C'est peut-être ça qui m'exaspère. Y a forcément un truc qui cloche chez lui, ça n'existe pas les hommes de cette espèce.

– Et comment tu me vois alors ? lui demandé-je d'une voix mal assurée.

– Comme…

Il cherche ses mots, je suis suspendue à ses lèvres.

– Rien, laisse tomber. Il se fait tard, je ferais mieux d'y aller.

Il déverrouille la porte et l'ouvre.

– Attends, je ne sais même pas comment tu t'appelles.

– Hugo, je m'appelle Hugo.

J'hésite à baisser les armes. Je jette un regard furtif à mon tableau concrétisateur. Avec cette soirée « retour dans le passé », mon trèfle s'est ratatiné en peau de chagrin. Minuit n'a pas encore sonné, cette journée a pris une drôle de tournure, mais je peux encore faire en sorte qu'elle se termine sur une note, disons, plus positive. Et si je commençais par arrêter de mordre les mains que l'on me tend, comme me l'a suggéré la magicienne ?

– Merci de t'être occupé de moi…

Il ne répond rien et disparaît.

Chapitre 10

Malgré le citrate de bétaïne, je m'extirpe de mon sommeil avec une sacrée gueule de bois. Ce matin, ce ne sont pas les oiseaux qui chantent, mais les marteaux-piqueurs dans la cour de l'immeuble. Aujourd'hui commencent les travaux de réhabilitation et rénovation énergétiques, comme l'indiquait le papier affiché dans l'ascenseur. On dirait que le monde entier veut me faire payer cette cuite au prix fort. Assise dans mon lit, je me masse les tempes et tente de refaire le fil de cet après-midi catastrophe. Mes souvenirs s'évanouissent aux alentours de 18 heures quand je suis montée dans le taxi et refont surface vers 22 h 30, au moment où je me suis réveillée chez moi, avec une soif de cheval et une faim d'ogre. J'ignore encore pourquoi Hugo a fait tout ça, mais ce n'est pas le plus important. La priorité est de ne pas m'arrêter en si bon chemin. Certes, je suis retombée dans mes travers, mais hors de question de me lamenter.

Je me redresse, saisis la craie et complète mon tableau : *« 20/09/22, mécanismes : quand j'ai mal, je bois pour de mauvaises raisons : oublier, fuir et me punir. Quand j'ai peur : j'attaque, j'agresse, je suis sur la défensive. »* Je relis ces quelques lignes, déglutis, souffle un bon coup, puis prends une décision. Je pose les mains sur mon cœur, ferme les yeux et me répète en boucle mon nouveau mantra : « *Par tendresse envers moi, je refuse de continuer à réagir de cette façon.* » Ma petite voix est de retour et me susurre son soutien : *C'est bien, Mars, tu es sur la bonne voie.* Mon corps se gonfle d'une autre énergie. Je rouvre mes paupières et laisse faire mon instinct. J'attrape une craie d'une couleur différente, ce sera la rouge, puis tire une énorme croix sur ce que je viens d'écrire, avec cette fois-ci la mention : « *REFUSÉ* ». Je ris. J'ai l'impression de devenir la maîtresse de ma propre école. Je prends la mini-brosse que m'a confectionnée Lili, efface mon gribouillis et dépose ce que ma petite voix me souffle : « *Ce n'est pas parce qu'on fait des pas en arrière ou de côté, qu'on ne peut pas aller de l'avant !* »

Ce tableau est en train de devenir une extension de mon carnet. Où est-il, d'ailleurs ? Cet objet contient ma vie, il ne manquerait plus qu'il tombe dans des mains mal intentionnées. Je me précipite et fouille dans mon sac, ouf, il est là ! Dans tout ce bazar, j'en ai oublié ma mission d'hier : le déposer au bistrot pour une nouvelle leçon.

Je saute dans mon 501, mes Converse, mon tee-shirt blanc, à la Birkin. Pas de parfum, pas de maquillage, ma peau me suffit. Carnet en main, Berlin avec moi, je descends vers l'inconnu.

Au loin, j'aperçois la terrasse, quasiment vide. Il est là, à fumer une clope le nez dans son téléphone, et je me rappelle que j'ai encore oublié le mien. Berlin me devance d'un trot pressé pour lui faire la fête. Je les observe discrètement et m'assois à la table d'à côté, comme si j'étais une cliente lambda et que l'on ne se connaissait pas, comme si on pouvait se rencontrer une deuxième fois. Hugo me fixe d'un œil amusé.

– Un allongé ? lance-t-il d'un air assuré.

– Presque. Un double.

En même temps que le café, il me dépose un Post-it : « Est-ce que tu te sens mieux ? » Je relève la tête. Il est planté devant moi, fossettes en coin. Ce mec est aussi cliché que surprenant. Il me tend un paquet de papiers jaune fluo et un stylo. J'hésite à rentrer dans son jeu. Après quelques secondes, j'attrape le bloc-notes, écris et me plaque l'autocollant sur le front : « Mieux qu'hier et j'espère moins bien que tout à l'heure ». Hugo esquisse un sourire. Je prends une deuxième feuille et y inscris une question à mon tour : « Et toi ? Tu t'es remis de ta rencontre avec ma jumelle maléfique ? » S'en suit alors un dialogue muet que l'on dispose chacun sur des parties de notre corps.

– Je crois bien que je la trouve attachante, cette fille.

– Je pensais que tu n'aimais pas les chieuses ?

– En effet ! Mais j'adore les « attachiantes ».

– Je suis sûre que tu n'auras aucun mal à en trouver une.

– Et qui te dit que je n'ai pas déjà trouvé ?

Il vient de me clouer le bec ou plutôt la main. Je n'ai pas le temps de répondre que des habitués fraîchement installés à ma droite interrompent notre conversation silencieuse. Ça tombe bien, je n'avais plus d'inspiration.

– Salut, Hugo, deux crèmes et deux jus d'orange pressé s'il te plaît ! commande un monsieur aux traits fatigués et à la voix éraillée.

– Je te fais ça tout de suite, Guillaume.

Hugo se penche une dernière fois sur le pense-bête, griffonne à toute vitesse et cette fois-ci le colle sur mon carnet posé sur la table, avant de s'engouffrer dans le troquet : « Tu devrais jeter un œil à ton Moleskine. »

L'angoisse me submerge à l'instant même où je lis ces mots. Je m'accroche à la banquette pour masquer la panique qui me gagne. Et s'il avait eu le culot d'ouvrir mon jardin secret et de le lire ? L'idée est si insupportable que la colère fait son come-back. À toute vitesse, je cherche dans ma mémoire en gruyère. J'ai beau me concentrer, tout reste flou. Je suis tétanisée, je n'ose même pas ouvrir mon carnet, maintenant que le sentiment de trahison m'assaille. Comment ai-je pu être aussi inconsciente ? Tout d'un coup, des voix grondent à l'intérieur : *Faut que tu arrêtes avec tes niaiseries d'amour de soi et de confiance en l'univers, t'es en train de te ramollir, tu deviens faible ! Et en plus, t'as vraiment cru qu'un mec bien s'intéresserait à toi ?*

Mais qui me parle ? Je prends un instant pour faire le point. Ces voix sont nombreuses, elles sont lourdes, autoritaires, moqueuses. Peu à peu, je desserre les griffes qui étaient en train de me pousser à réagir comme un chien enragé. Un rictus de fierté se dessine sur mon visage. Pour la première fois, j'ai détecté mes peurs avant qu'elles ne me dépassent. Je repense aux mécanismes que j'ai identifiés ce matin sur mon beau tableau. La violence, quelle qu'elle soit, ne me fait pas du bien. C'est le moment d'apprendre à me protéger autrement.

Hugo finit de servir le Guillaume et sa dame, puis retourne derrière le bar. J'en profite pour le suivre, escortée par Berlin. La tête dans les frigos, il n'a pas remarqué ma présence. Je la lui signifie en me raclant le fond de la gorge.

– T'as besoin d'autre chose ? me demande-t-il.

– D'avoir confiance.

À la seconde où je prononce cette phrase, la dernière leçon me revient en tête : ma confiance m'appartient. C'est à moi de la faire grandir, ce n'est pas à lui de me rassurer. Je me mords les lèvres, comme quand je suis en quête de solution, et triture l'une de mes boucles entre mes doigts soucieux.

– Mars, t'es là ou t'es partie sur la Lune ?

– Comment tu connais mon prénom ?

– Ah oui ! Toi, quand tu dis que tu as la mémoire endommagée, ce n'est pas une blague.

– À vrai dire, je rigole rarement avec ce genre de choses.

– T'es arrivée dans le bistrot, il devait être 19 heures, tu avais tes Converse à la main et tu as crié : « Mars est de sortie, c'est la guerre, c'est ma tournée, shots pour tout le monde ! », voilà comment je le sais.

– Mon Dieu… Je comprends mieux pourquoi mon cerveau préfère oublier.

– L'alcool, c'est pas réputé pour rendre intelligent, t'inquiète pas. Tu m'excuseras, j'ai des clients qui viennent de s'installer en terrasse. Je reviens dans quelques minutes.

Seule au bar, j'observe la salle. Une odeur de café et de bière ravive mes souvenirs perdus. Je me retourne vers la vieille porte vitrée et me revois débarquer la veille, scandant à tue-tête : « Je veux voir la magicienne. Où es-tu ? Qui es-tu ? » Une nouvelle image apparaît. Hugo est assis à la table à l'angle de l'entrée, en train de boire un verre, je fonce sur lui : « Dis, James Dean, tu peux filer ça à la magicienne, à ce qu'il paraît, ils comprendront. Perso, je comprends rien du tout, tu comprends, toi ? En tout cas, ça marche pas, son truc ! » Je lui tends le Moleskine, il le prend puis… je cherche la suite. Rien. Écran noir. C'est donc moi qui ai donné le Moleskine à Hugo. Il a dû le remettre dans mon sac quand j'étais sous la douche. Je retourne m'asseoir à ma place et me décide à ouvrir le carnet.

Chère Mars,

3ème leçon : Tout le monde est responsable, personne n'est coupable !

La culpabilité est inutile. Ce sentiment ronge, alourdit et ne fait que perpétuer un passé douloureux. Or, la responsabilité va te permettre d'être le capitaine de ton bateau. Accabler les autres de son désordre ne sert à rien. Ce sont tes blessures qui te poussent à rejeter la faute sur ceux qui t'entourent. Sors de ta position de victime. Car, chaque fois que tu accuses autrui de tes maux, tu remets ton pouvoir entre ses mains. Le bonheur, ça se choisit, ça se construit, ça s'entretient.

Deviens l'autrice, la réalisatrice et la productrice de ta vie. Et la première chose dont tu es responsable, ce sont tes pensées ! Car tu crées à partir de ce que tu crois. Elles engendrent tes émotions, qui te poussent à l'action et t'amènent à un résultat.

Le schéma est le suivant :

Pensées → Émotions → Actions → Résultats

Alors commence par penser !

Travaille sur ton système de croyances, c'est ta banque d'informations, l'une de tes sources de création. Tout est énergie. Tes pensées vibrent dans l'espace et avec le monde. Tout est interconnecté.

Décide de ta vie, plutôt que de la subir.

Bien sûr, tu as une histoire, Mars, et des parents qui y ont participé par leur absence ou leur surprotection, mais la vraie question est : que vas-tu en faire ? Chaque histoire a son écrin de beauté. À toi de trouver le tien…

Exercices du jour :

– Noter tes fiertés du quotidien (même celles qui te paraissent les plus insignifiantes).

– Faire le rituel d'amour, tous les jours : choisis une crème ou une huile dont tu apprécies l'odeur et la consistance, et masse ton corps pendant cinq minutes, en te disant des mots doux, de tendresse, de reconnaissance et d'amour. (Ne ris pas, ça marche !)

P-S : Continue de discuter avec tes pensées, tes peurs, tes rêves, tes doutes et tes désirs par écrit. Plus tu parles avec tes peurs, plus elles se meurent… Plus tu parles avec tes désirs, plus tu les vis !

NB : On se rencontrera bientôt, Mars. Tout arrive au bon moment.

S'il faut, je torturerai Hugo ou ferai le pied de grue devant le bar, mais crois-moi, magicienne, on se rencontrera. Je referme mon carnet et prends le temps de la réflexion. Pour le moment, j'ai d'autres chats à fouetter. Je salue de loin Hugo en guise de merci et m'en vais d'un pas pressé, suivie de Berlin.

Hier, je n'ai pas pu lui parler. Aujourd'hui, rien ne m'arrêtera.

Chapitre 11

Un coup d'épaule, la porte s'ouvre. Mamie Gangsta est assise sur son canapé face à sa télé volubile et son petit-déjeuner des grands jours : œuf à la coque, biscotte beurrée, thé noir avec un nuage de lait. Même au réveil, en pyjama, cheveux ébouriffés, elle est coquette. Elle a des airs de Claire Chazal et de Nathalie Baye. Quand je regarde ses murs décorés de photos, je lui trouve même des ressemblances avec Monica Vitti, jeune.

Elle ne m'a pas entendue entrer, Berlin ne moufte pas, ça m'arrange bien. Je l'observe, m'imprègne des moindres détails, pour ne jamais les oublier quand il ne restera plus qu'eux. Je nous revois assises sur son canapé, du temps où nous vivions ensemble, à discuter, à boire ses souvenirs d'enfance et son vin chaud à la cannelle que j'aime tant. Quand elle me parlait de sa mère, de ses grands-mères, de ses femmes dont je suis faite, de sa vie de petite fille, dans une famille de pieds-noirs comme on dit.

Née en Algérie, entre deux guerres et des lits de camp au milieu d'une salle remplie de petits vieux, Mamie Gangsta a vu le jour sous l'œil avisé de sa grand-mère, Germaine, une autoritaire décorée d'un diplôme d'infirmière. À peine arrivée sur terre, elle subissait déjà les croyances de la dure femme. Horrifiée, celle-ci lui avait remodelé le crâne du bout de ses gros doigts abîmés par la guerre. Depuis, ma Gangsta en déteste la forme et répète à l'envi : « Heureusement que je ne suis pas chauve ! »

Les souvenirs défilent. J'ai l'impression d'avoir fait un arrêt sur image et une marche arrière dans le temps. Tout me revient. L'époque où elle me parlait d'Henri, de sa vie d'épouse à attendre que l'homme rentre déjeuner, dîner, dormir. De ces longs après-midi pleins d'ennui, à tel point qu'elle appelait les pompiers pour faire croire au feu et se distraire. Sur son profil de trois quarts, je projette le film de nos moments partagés. Ses mots me ramènent au moment présent :

– Bon, tu viens t'asseoir, oui ou merde !

– Mais, comment tu sais ?

J'ai l'impression d'être un enfant pris la main dans le sac.

– Mes oreilles déconnent, pas mon nez. Ton odeur de café-clope s'est mélangée à mon thé. D'ailleurs, tu ferais mieux d'arrêter de fumer, ça n'a aucun intérêt !

Berlin se jette sur elle. Elle rit, en le repoussant :

– NON ! Pas sur la bouche ! C'est fini les pelles pour moi et depuis bien longtemps.

Il saute de canapé en fauteuil et finit par se loger sur ses cuisses de grenouille. J'en profite pour déposer un baiser sur son front bon à repasser.

– Ça va ?

– Mieux, mamie ! En tout cas, mieux qu'hier.

– C'est déjà ça. Tu es bien matinale, dis-moi ! Je te préviens, si tu viens t'affaler sur mon canapé, le temps d'une trêve à tes nuits blanches, tu peux faire demi-tour, ma chérie.

– Tu es armée de bon matin, chère Gangsta !

– Armée d'amour, ma petite-fille.

– Rassure-toi. Hier, j'ai fait un pas en arrière, mais Hugo m'a empêchée d'en faire plus…

– C'est qui celui-là encore ?

– Bonne question !

– Je connais ce sourire. T'emballe pas, ma petite…

– Arrête, mamie. C'est le serveur du bar à l'angle de ma rue, il fait juste le lien entre la magicienne et moi. D'ailleurs, elle a écrit une nouvelle leçon.

Elle ne semble pas prêter attention à ce que je lui raconte et se lève pour se diriger vers la cuisine.

– Veux-tu une orange pressée ?

– Je veux bien, et un…

– Un allongé, je sais !

Après quelques minutes derrière son comptoir, Mamie Gangsta revient avec mon jus à la main, des mouillettes et des œufs à la coque. Elle connaît mes mauvaises habitudes et mon régime à base de café et de nicotine. Je vois dans ses attentions de toujours une invitation à prendre soin de moi.

Tandis qu'on petit-déjeune dans le silence, je cherche la bonne manière pour lui parler de Kléber et d'Ava. Elle me devance avant que je ne me lance.

– Bon, je ne vais pas y aller par quatre chemins. Cela dit, respire avant, ça risque de te surprendre.

– Tu me fais peur.

Elle hésite, triture sa serviette. Je la vois enfiler ses gants invisibles.

– Quelqu'un m'a envoyé un message sur Instagram… D'ailleurs, tu ne lis plus les tiens ?

– Non, j'ai coupé avec les réseaux. Tu sais bien que je suis en mode détox depuis que tu m'as passé la bague au doigt, lui précisé-je, en remuant l'annulaire.

– Tu devrais t'y rendre de temps en temps, ça pourrait être important.

– Tu tournes autour du pot, mamie.

– Une jeune femme du nom de Ava Harrison cherche à te joindre…

Mon sang ne fait qu'un tour, mes jambes refusent de rester immobiles. Je me lève, arpente la pièce. L'irréel vient encore de frapper à ma porte.

– Ce n'est pas possible, je nage en plein délire, ça ne va jamais s'arrêter…

Mamie Gangsta et Berlin tentent de suivre mon rythme, digne d'une finale à Roland-Garros. Ils m'observent faire les cent pas, de part et d'autre du canapé. Le choc me fait perler de sueur et perdre mon latin. À ma réaction, Mamie Gangsta s'étonne :

– Attends, tu sais qui est Ava ?

– Beh, oui ! Sinon, je ne serais pas dans cet état-là. Toi aussi, tu as l'air de savoir, visiblement.

– Ne t'énerve pas, Mars.

– J'ai appris son existence le week-end de mon anniversaire. J'étais venue, aujourd'hui, spécialement pour te le dire et, comme par hasard, tu m'annonces qu'elle est entrée en contact avec toi !

– Calme-toi ! Tu me donnes le tournis.

– Tu ne vois pas que je suis terrorisée ?

– Mais respire, nom de Zeus, tu es rouge comme une pivoine, tu vas finir par t'étouffer ! Tout va bien. Ça allait arriver, tu le savais...

– Qu'est-ce que tu racontes ?

– Oh, tu m'agaces ! Tu fais semblant de ne pas comprendre. Tu te doutais bien qu'un jour ou l'autre l'un des enfants de ton père te contacterait.

– Mais pourquoi elle t'envoie un message à toi ? Ça n'a pas de sens... Mamie, tu me caches quelque chose, je le sens.

– Voilà qu'elle devient parano, maintenant ! Elle a simplement dû me trouver sur Instagram. Je te rappelle qu'à une époque avec tes cousines votre jeu préféré était de mettre des photos de moi.

Le stress redescend d'un cran, cette explication semble plausible. Il y a plusieurs années, nous avions créé un compte au nom de Mamie Gangsta. Judith et Lili s'étaient mis en tête d'en faire une star. Devenue notre muse, elle posait dans des tenues et des situations rock'n'roll, puis on postait les photos sur sa page et sur les nôtres. Ça nous a valu de sacrés fous rires. Surtout quand les jumelles ont décidé de lancer une série de vidéos drôles, en la filmant à son insu. Ça n'a pas duré longtemps : à partir du jour où des personnes l'ont reconnue dans la rue, Mamie Gangsta nous a ordonné d'arrêter. Depuis, elle utilise les réseaux, mais uniquement pour suivre nos aventures.

Il me faut voir ce message de mes propres yeux. Je saisis son iPad. Sous mes yeux, les mots de celle que j'espérais rencontrer s'affichent : « Bonjour, je suis Ava Harrison, la fille de Philippe. J'ai envoyé plusieurs messages à Mars, sur son compte Instagram, mais elle ne semble pas les lire. C'est pourquoi je vous écris. Pourriez-vous lui transmettre mon numéro, s'il vous plaît ? Je vous remercie d'avance. » Pas étonnant que je n'aie trouvé aucune trace d'Ava l'autre nuit, elle possède un compte sous pseudo. Figée au milieu du salon, je réfléchis. Mamie Gangsta me prend par le bras et m'invite à m'asseoir à côté d'elle. Avec toute la tendresse du monde, elle caresse mon visage.

– Ma star, ma Mars, ça va aller. Tu sais, la vie fait bien les choses, parfois…

– Ou pas ! La vie a rarement bien fait les choses me concernant.

Je vois le chapeau de Calimero se déposer sur le haut de mon crâne. Je suis très exactement en train de faire l'inverse de ce que vient de me suggérer la magicienne par écrit. Fichu réflexe de victime ! À force d'avoir été surprotégée par les femmes de ma vie, je n'ai aucune notion de responsabilité. *À travailler de toute urgence*, me noté-je dans un coin de la tête.

Besoin de raconter l'improbable à ma Billie. Son numéro étant ancré dans ma mémoire, je lui envoie un message de l'iPad : « ÉTAT D'URGENCE ! CRISE AU SOMMET ! REJOINS-MOI À LA MAISON ! J'Y SERAI D'ICI 30 MINUTES. MARS. P-S : PRENDS LE DOUBLE DES CLEFS, AU CAS OÙ J'AIE UN PEU DE RETARD. »

Je m'agenouille face à mon adorée et enfonce mes émeraudes persuasives dans ses billes rondes.

– Je vais devoir y aller, mais avant j'ai des questions. N'aie pas peur de me blesser, je peux entendre, je suis prête.

– D'accord, ma chérie. Si je sais, je te répondrai.
– Depuis quand étais-tu au courant pour Ava ?
– Depuis le début. Je ne t'en ai pas parlé avant, parce que j'avais fait une promesse.
– À maman ?
– Non, à ton père.

Je suis abasourdie. J'ai toujours pensé que ma grand-mère ne connaissait pas Kléber personnellement. Pourtant, il est vrai que je n'ai jamais posé la question. Mon cerveau avait fait des raccourcis, sans que je le lui demande. Soudain, ça connecte.

– Ce n'était pas un hasard, nos vacances à Courchevel, n'est-ce pas ?
– Tu avais besoin de le voir en chair et en os, j'ai aidé le destin…
– Tu es encore en contact avec lui ?

Mamie Gangsta semble ailleurs, elle a dans le regard une lueur bancale. Depuis un certain temps, elle n'est plus comme avant. Quelque chose a changé, sans que je sois capable de l'identifier. Comme si elle était là, mais loin. Je prends ses mains dans les miennes, pour la ramener à moi.

– Mamie, s'il te plaît, dis-moi ce qui se passe.

Son menton tremble.

– Sache que j'espérais faire au mieux, ne l'oublie jamais.
– Pourquoi tu me dis ça ? lui demandé-je, une vague d'émotions dans la voix.
– Parle avec ta sœur, Mars. Vous avez beaucoup de choses à vous dire.

À présent, ses larmes ruissellent le long de ses rides. D'habitude, elle les retient. C'est la première fois que je les vois couler. Je n'ai plus envie de rejoindre Billie, je veux rester avec ma grand-mère pour la vie. De mes doigts malhabiles, j'essuie ses joues.

– Tu veux qu'on se fasse un après-midi vin chaud à la cannelle ?

– Ne t'en fais pas pour moi. C'est la vieillerie, ça me rend émotive. Va, ma petite-fille. Au cas où, je t'ai noté le numéro d'Ava sur un Post-it, collé sur la porte d'entrée.

L'amour que je ressens pour elle est si fort que j'en déplacerais des montagnes. Je la serre contre moi, attrape le papier jaune fluo et siffle Berlin. Billie doit être en chemin. Alors que je suis sur le point de passer la porte, Mamie Gangsta m'interpelle :

– Mars… J'avais peur de te voir grandir, parce que je sais ce que c'est que d'avoir mal. Je me rends compte à présent qu'à force de vouloir te retenir de tomber, je t'ai aussi empêchée de te relever.

– Rassure-toi mamie, je suis debout et, si je tombe, je me relèverai…

Chapitre 12

Réunion de crise au 5, rue de l'Argonne, bâtiment B, appartement 37. J'arrive avec une bonne heure de retard. En sortant de chez Mamie Gangsta, j'étais incapable de prendre le métro, j'ai préféré rentrer à pied. Maintenant, il va falloir que j'assume mon insolence à demander de l'aide en urgence et à me pointer en dilettante.

Quand j'ouvre la porte, Billie est assise sur le mini-canap' au milieu d'un nuage de fumée. En m'attendant, elle a dû enchaîner les clopes. Je le devine au cendrier saturé de Vogue teintées du rouge de ses lèvres, qui crèvent d'envie de me disputer. Depuis mon anniversaire, on ne s'est pas revues. Quelques messages échangés, rien de plus. Elle m'accuse de ses jaspes noirs en pistolet, je me défends avec des yeux de cocker. Berlin, à la rescousse, vient alléger l'ambiance en célébrant sa présence.

– C'est bon, c'est bon ! Tu sais très bien que je suis incapable de t'en vouloir plus de cinq minutes. Raconte-moi ce qui se passe.

J'hésite, ne sais par où commencer. Chez Mamie Gangsta, je me sentais prête à tout affronter, maintenant, je n'ai qu'une envie : remettre à plus tard. Une fois au courant, Billie ne me laissera pas faire marche arrière. Je joue la montre.

– Tu veux un café ?

– Si seulement tu en avais !

– Un bol d'eau chaude, alors, lui proposé-je avec un sourire crispé.

Une casserole, de la flotte, du gaz. Vite ! Le temps de l'ébullition, je jette les mégots pour faire de la place aux prochains et chasse les possibles questions qu'elle serait tentée de me poser.

– Les préparations pour New York se passent bien ? Crois pas que tu vas te débarrasser de moi comme ça. Dès que je peux, je débarque.

– Mars, tu me fais venir en urgence et, maintenant, tu me parles de…

Sauvée ! L'eau déborde. Je coupe le feu et cherche désespérément quelque chose à mettre dedans pour donner un peu de douceur à cette conversation salée. Une orange fripée au fond de ma corbeille à fruits, parfait, ça fera l'affaire.

Je lui tends une tasse de mon infusion détox. Billie s'impatiente.

– C'est bon, t'as gagné, je me casse ! Tu me demandes de l'aide, tu me fais poireauter une heure et maintenant tu joues à la conne ? Tu ne me l'avais encore jamais faite, celle-là.

Elle me tourne déjà le dos, quand enfin les mots sortent de ma bouche :

– Ava aurait essayé de me joindre sur Instagram et a même contacté Mamie Gangsta. Je suis pétée de trouille.

– Ava Harrison ?

– Ben, oui ! Pas Ava Gardner.

Billie referme la porte qu'elle venait d'ouvrir. Elle se rapproche, m'observe longuement. Elle connaît les dégâts de cette famille inexistante et ma tristesse qu'aucun de ses membres n'ait jamais cherché à me joindre Ce jour est arrivé et, maintenant qu'il est là, je tremble. Billie m'enlace de réconfort. Je savoure l'instant et la force qu'elle me donne. Nos petites filles endommagées par le manque se connaissent bien, elles savent faire quand il s'agit de s'aimer fort, et juste.

Quelques minutes plus tard, nous voilà au-dessus de mon téléphone. Aucune de nous deux n'ose le déverrouiller, car une fois le code PIN composé, les messages s'afficheront et tout deviendra réel. Tant qu'il est éteint, cette sœur n'existe pas vraiment, elle reste une ligne dans la page Wikipédia de Philippe Kléber.

– Si tu veux je l'allume et je lis avant ?

– Oui, bonne idée ! Comme ça, si ça craint, tu me ménages, t'arrondis les angles, voire tu mens.

– Mais pas du tout ! Ça va bien se passer. C'est bon ? Je peux ? me demande-t-elle en pointant le portable de son doigt manucuré de rouge.

– Oui, vas-y !

Billie saisit l'objet de notre attention. Un cri s'échappe sans que je puisse le retenir :

– NON ! Je suis pas prête. J'ai besoin d'un tout petit peu plus de temps.

– Mars, ça va faire dix minutes qu'on le regarde. Ava Harrison ne s'est pas téléportée, elle ne va pas en sortir si on l'allume…

– C'est vrai, mais repose-le sur la table, s'il te plaît. On va le faire ensemble, je préfère.

Déverrouillage enclenché. Ça commence : texto, WhatsApp, Messenger… Ça défile, c'est la Fashion Week sur mon écran d'accueil. Ça bipe dans tous les sens et tous les sons. Je balaye les notifications qui ne m'intéressent pas et me connecte directement à Instagram. Mes peurs se disputent la première place. Pas de panique, mesdames, vous serez sur le podium. Après une grande inspiration, je clique pour basculer dans les MP. Ava est là, en tête de liste. Billie ne me laisse pas le temps d'hésiter et appuie : « Bonjour Mars, je suis Ava, l'une des filles de Philippe. J'aimerais te rencontrer, si tu es d'accord, bien sûr. », « Bonjour Mars, j'ai trouvé ta grand-mère sur Instagram, je me suis permis de la contacter, car je ne suis pas sûre que tu lises tes messages. J'aimerais vraiment te voir. »

Silencieuse, je relis ces quelques lignes. Billie glisse sa main dans la mienne et pose sa tête contre mon épaule. Même si j'ai le cerveau dans le blizzard, le moment est doux, propice aux confidences :

– Je ne sais pas quoi faire, j'ai peur de ce que je pourrais découvrir.

– Tu n'es pas obligée de te décider maintenant. Rien ne presse. Tiens, j'ai une idée ! me dit-elle en se redressant. Il paraît que pour réfléchir il n'y a rien de mieux que de prendre de la hauteur.

– Super, encore un concept. Et on fait comment ?

– Eh bien tu montes, tiens. Parfois, il suffit de changer son angle de vue, d'élargir les perspectives. Je t'assure, tu devrais essayer, ça marche du tonnerre.

– Tu sors ça d'où ?

– Je ne sais plus, une vidéo sur Instagram, peut-être.

– Waouh ! Merci pour la fiabilité de ta source.

Chapitre 13

Billie a fini par me convaincre. À trois sur sa Vespa rouge Babybel, elle nous a embarqués, Berlin et moi, au sommet de la butte Montmartre. Puis elle s'est éclipsée, m'assurant que je devais prendre cette décision seule.

Ma meilleure amie n'a pas choisi cette destination au hasard. Quand nous avons quitté Dreux pour la capitale, nous avions des rêves plein la tête et une foi inébranlable. Billie voulait être manager de star et, moi, chanteuse. Les deux provinciales naïves que nous étions étaient bien décidées à conquérir Paris. Alors, Montmartre était devenu notre point de chute, notre carrefour de la chance. Au début, nous venions tous les jours. Je poussais la chansonnette a cappella et Billie rameutait les badauds, leur tendant des cartes de visite faites maison. Très vite, on s'est fait chasser par la police. Il fallait avoir une autorisation, et bien évidemment, nous n'en avions aucune. Ce village est un business lucratif. Qui veut ne vient pas faire fructifier ses œufs. C'est fini, le temps d'Édith Piaf. Quand j'y repense, nous étions certes crédules, mais nous avions de l'audace.

Depuis une heure, je suis assise sur les marches du Sacré-Cœur à contempler la ville. De là-haut, je regarde mes pensées encombrantes danser dans les airs – ces ballerines maladroites chancellent au gré du vent. Face à l'immensité je devrais me sentir petite, pourtant l'inverse se produit. À chaque respiration je me sens grandir, à chaque battement de cils je pousse de l'intérieur. Je lâche un peu plus prise, m'accroche un peu moins et pense un peu mieux, la justesse en métronome. C'est donc ça, méditer ? Moi qui me suis toujours moquée de tous ces délires à la mode, moi la rebelle au silence, moi la tempétueuse, moi qui me croyais incapable de tout un tas de choses, à commencer par apprécier le temps passé avec moi-même, je suis en train de me prouver le contraire.

– Tu te rends compte, Berlin ? Je médite. Regarde ! Je respire, je me tais et laisse venir la sérénité se balader dans les couloirs de mon royaume. Si ça, ce n'est pas un pas en avant ? N'est-ce pas, mon Berlinito ?

Il jappe. Il est d'accord. Tandis que je le caresse d'une main, de l'autre je relis les enseignements de la magicienne, tout en laissant la hauteur faire son travail.

Des notes de guitare accompagnent cet instant de poésie sur le toit du monde. Le célèbre duo Joe et Tito. Deux mythos aux belles gueules et aux voix d'or, que nous avions rencontrés avec Billie, à l'époque. Ils sont là depuis plus de quinze ans. Leur passe-droit, ils l'ont gagné à la sueur de leur front. Tous les jours, ils chantent. Qu'il pleuve, qu'il neige, qu'il vente. Ils bercent les passants, guitare à la main.

Je les écoute d'une oreille, tout en écrivant dans mon carnet ce qu'il me vient.

Mardi 20 septembre 2022
Du haut de la butte Montmartre

Aujourd'hui est le premier jour de mon existence où l'un des enfants de Kléber demande à me voir. J'ai peur de ce que je pourrais apprendre et, à la fois, je crève d'envie d'en savoir plus. Pourquoi sommes-nous si paradoxaux ?

Moi qui agis toujours en réaction, dans la vitesse de mes émotions, je m'autorise à prendre le temps avant de lui répondre. J'ai bien le droit, non ? Mon cœur et ma petite voix me soufflent que « oui », alors j'imagine que c'est juste. En tout cas, ça l'est pour moi. Puis, je crois avoir compris quelque chose d'important, madame la magicienne (d'ailleurs, vous pourriez au moins me donner votre prénom) : toutes les décisions ne se prennent pas au même rythme, à la même allure, tout ne se décide pas de la même façon, n'est-ce pas ?

La vie est faite de tellement de choix, de tant de possibilités. Comment savoir que ce sont les bons ? Je sais, vous allez me dire que les réponses sont à l'intérieur de moi. En parlant de ça, je crois bien que j'ai médité tout à l'heure. J'ai respiré, calmé mon esprit et profité du moment présent. C'est bon d'être dans l'instant quand on sait le faire.

Mars.

P-S : Je vais aller m'acheter cette crème pour votre fameux rituel d'amour. Je suis sceptique, mais je vais essayer, je ne vous garantis rien en revanche.

Dernière cigarette sur les marches de la basilique. Je me retourne pour lui faire face, sa beauté me gifle. Dressée devant moi, majestueuse et lumineuse dans la pénombre. Le tableau est divin, ça donnerait presque envie de croire en Dieu. Les démons dorment, les anges s'éveillent. Pas de jumelle maléfique en perspective. Balade du soir, bonsoir. Berlin et moi rentrons à la maison.

Un carrousel de lumières éclaire la ville. Quelques amis, amours, amants sirotent un verre en terrasse, des odeurs de plats chauds émanent des restaurants et Berlin trottine, fier comme Artaban, à mes côtés. La lune éclaire la multitude d'escaliers à descendre. Entre deux paliers, je m'arrête sur une petite place au charme du vieux Paris, où une vieille dame déguisée en Piaf chante, son accordéon dans les bras, et je profite de ce cliché parfaitement orchestré pour les touristes. La dame ne me lâche pas des yeux, je l'écoute me chanter « La Complainte de la Butte », le sourire aux lèvres, et repars.

Changement de décor : deux salles, deux ambiances, me voilà dans l'autre 18e, celui qui vend des clopes à la sauvette, qui fume du crack rue Myrha, celui qui ternit la carte postale du Paris « Moulin Rouge ». Je me dépêche de traverser la Goutte d'Or, qui n'a rien de doré, mon 19e en ligne de mire. Rue Riquet, jonction des deux arrondissements, les voies ferrées sous mes baskets, je m'interroge sur leur direction.

J'ai toujours aimé les gares et leur symbole. Je repense à tous mes trains ratés, à toutes ces occasions déviées par les peurs qui te clouent le cul sur le quai, à finir par regarder les wagons de possibilités te passer sous le pif. Ai-je encore le droit de rêver ? N'ai-je pas dépassé l'âge limite ? 29 ans, c'est à la fois beaucoup et peu, pas assez et trop. À l'âge où tant d'autres femmes se marient, font leur premier ou deuxième enfant, achètent leur première maison, je m'apprête à peine à devenir grande. Pourquoi mon conte devrait-il ressembler aux autres ? C'est peut-être ça, une princesse autonome : une femme qui redéfinit les codes, crée de nouvelles définitions et dépoussière ces vieux contes. Je ne veux plus attendre que quelqu'un se penche sur mon berceau, je veux tenir la baguette magique et devenir ma propre fée.

Je poursuis mon chemin et rejoins enfin l'avenue de Flandre. Son immense Monoprix est encore ouvert, j'accroche la laisse de Berlin au crochet placé là à cet effet et demande gentiment au gars de la sécurité s'il peut y jeter un œil. Même s'il y a peu de risques qu'on me vole mon chien de race inconnue, on ne sait jamais. Quelques minutes plus tard, j'en ressors avec un pot à la senteur poudrée. Pour une fois, je n'ai pas remis à plus tard mes promesses. Je tiens mes engagements envers moi-même et ça me fait du bien. Je crois bien que ça me rend fière. Certes, je ne vais pas entrer au Panthéon pour ça, mais elle a précisé de les noter, *si petites soient-elles*. Ce sentiment me donne envie de faire quelque chose que je n'ai jamais osé. Je reprends en main mon Berlinito, qui me fait une fête comme si on ne s'était pas vus depuis des lustres, puis change de direction. Excitée comme une enfant qui va à Disneyland, je m'engouffre dans le métro.

La magie parisienne : en une demi-heure, j'ai traversé la capitale et ressors à un autre port et celui-ci est royal.

À l'intersection du boulevard du Montparnasse et de l'avenue de l'Observatoire, je contemple la magnifique Closerie des Lilas, sa véranda et ses bosquets touffus. À vrai dire, je ne vais jamais dans ce genre d'endroits mythiques et prestigieux, si je n'y suis pas invitée. Comme si je n'en avais pas le droit. Et il est grand temps que ça change.

– Ça te dit, on se la joue grandes princesses, ce soir ?

Berlin semble perplexe.

– Je sais que tu es un mec, mais que veux-tu, par rébellion envers le monde, j'ai décidé de refaire la grammaire.

Je pénètre à l'intérieur du restaurant, un peu hésitante. Pas l'ombre d'un doute, ce lieu est magique. L'âme d'Hemingway parfume l'air, la dépression de Renaud traîne dans un coin avec ses plus belles chansons. Gatsby le Magnifique n'est pas loin, Fitzgerald veille sur lui. Oscar Wilde rature sur un bout de table et Verlaine écrit un poème pendant que Paul Fort et Lénine disputent une partie d'échecs. Ils sont tous là. Y ont-ils laissé un peu de leur talent ? Ce lieu respire la testostérone ! Et les femmes dans tout ça ? Où étaient-elles, nos génies au féminin ?

Un homme d'un certain âge, accoutré d'un costume aussi raffiné que l'établissement, m'accueille avec un sourire chaleureux.

– Bienvenue mademoiselle, vous serez combien ?

– Bonsoir monsieur, ce soir, je dîne en tête-à-tête avec moi-même.

– Vous avez raison. S'il y a une personne avec qui on passe toute notre vie, c'est bien nous. Alors autant savoir s'inviter dans les plus beaux endroits, si je puis me permettre, me confie-t-il en se penchant vers moi. Regardez, il y a une très jolie table qui vous attend.

Tandis que je m'installe sur la banquette, Berlin se faufile sous mes pieds et le gentil monsieur me tend le menu.

– Une coupe de champagne pour commencer ?

– Je vous remercie, mais je préférerais un verre de vin blanc. Vous auriez un bon savagnin ? Peut-être un arbois de chez Tissot ?

– Je vois que madame est connaisseuse.

– J'ai eu la chance qu'on m'apprenne le goût du bon vin, malheureusement je ne m'y autorise que rarement…

– Vous devriez le faire plus souvent. Les gens attendent toujours que les autres leur offrent ce qu'ils désirent, alors qu'on n'est jamais mieux servi que par soi-même, me dit-il en concluant son discours par un clin d'œil. Je vous rapporte ça tout de suite et un petit bol d'eau pour le chien.

C'est à se demander si ce monsieur est serveur ou moine bouddhiste. Peu importe, je vais suivre ses conseils et mettre les petits plats dans les grands.

Une heure plus tard, je viens de finir un magnifique plateau de fruits de mer, accompagné d'un nectar divin. Silencieuse, je discute avec mes pensées. Il n'a pas tort cet homme, c'est une aberration de réclamer à quelqu'un ce qu'on n'est même pas foutu de se donner. L'autonomie, ce n'est pas vivre reclus sur soi-même, mais trouver l'équilibre entre nous et le monde. Et être une princesse, c'est s'autoriser le meilleur dans son quotidien et les moindres détails, sans attendre qu'un homme nous donne sa bénédiction.

Peu à peu ma définition s'affine, les contours de la femme que je souhaite devenir se dessinent et les anciens codes se brisent. Je lève mon verre et trinque avec Berlin qui tend la patte sous la table.

– À la nôtre, mon petit prince, et vive les princesses autonomes !

Berlin acquiesce en sautant sur mes genoux.

– T'abuses, je te rappelle qu'on est au restaurant. Tu ne veux pas lécher l'assiette, non plus ?

Il tend sa truffe, je le stoppe net. Ce chien est incroyable, il comprend tout ce que je lui dis et même ce que je tais. En quelques semaines, il est devenu mon meilleur ami, mon allié, mon co-équipier. Avec lui, la vie est plus tendre. Son amour pour moi est si sincère. J'aimerais m'aimer à sa manière, je devrais peut-être prendre exemple sur lui.

Minuit n'a pas encore sonné, je paye l'addition, heureuse de m'être offert un tel plaisir, et remercie le maître d'hôtel pour son accueil. Sur le point de sortir, je frôle le piano, qui trône seul dans l'entrée. Je l'avais déjà repéré en entrant et épié pendant le repas, sans oser pour autant y toucher. Je m'arrête un moment face à lui. Mon désir est là, sous mes yeux. La sensation des touches sous la pulpe de mes doigts est intacte, comme si notre dernière entrevue datait d'hier, alors qu'elle remonte à des années. Je n'ai plus touché à un piano depuis que j'ai renoncé à mes rêves.

– Vous pouvez en jouer si vous le souhaitez, c'est un plaisir d'écouter le talent de nos clients, me propose le drôle de bonhomme, en tirant la banquette afin que je m'y installe.

Je n'ai pas le temps de répondre que je suis déjà assise. Sans réfléchir, mes mains reprennent leur droit et commencent à se balader sur les notes. À mesure que je joue, les souvenirs me percutent de plein fouet : ma première leçon, ma première chanson, nos longues nuits blanches à lui chanter mon amour… Mon Alexandre. Il me manque si fort, si durement. La vie ne devrait pas infliger de telles tortures. Soudain, je prends conscience que j'ai tout abandonné le soir de son départ. Un mélange de tristesse et de joie s'empare de moi, l'inspiration me submerge et me fait ouvrir la bouche. Ma voix se réveille, la douleur s'apaise…

Je rouvre les yeux, des applaudissements résonnent dans mes oreilles. Ils semblent lointains, pourtant, ils sont tout proches. Les derniers clients du restaurant me félicitent. Je les remercie d'un signe discret de la tête, ordonne à Berlin de me suivre et quitte la Closerie. Promis, je ne t'oublierai jamais.

Chapitre 14

En rentrant hier soir, je n'ai eu la force de rien, ni de noter mes fiertés, ni de faire le rituel d'amour. J'étais si exténuée par cette journée que je me suis endormie tout habillée, en papouillant Berlin.

Ce matin, la sonnerie de mon portable me réveille. Sans ouvrir les yeux, je tends le bras pour l'attraper et lui couper la chique. Ça insiste. Je me décide à ouvrir l'œil. Mon écran affiche le nom de Mamie Gangsta et l'heure : 7 h 23 ! Qu'est-ce qu'elle peut bien me vouloir à une heure pareille ?

– Allô, mamie…

– Mais tu dors ?

– Je ne vois pas ce qu'il y a d'extraordinaire, le soleil est à peine en train de se lever.

– Tu ne travailles pas aujourd'hui ?

– Non, ils m'ont donné un week-end de trois jours, réponds-je en bâillant à m'en décrocher la mâchoire.

– Mars, t'as encore fait la fête ?

– Pas du tout, enfin pas comme tu crois. T'as fini avec ton interrogatoire ? Tu veux que je grandisse et tu continues à agir comme si j'étais une petite fille, ce n'est plus possible.

– J'avais juste peur qu'en apprenant qu'Ava veuille te rencontrer tu ne réagisses pas très bien.

– Ça, je l'avais compris, mais as-tu entendu ce que je viens de te dire ?

Elle ne prononce plus un mot, j'entends son souffle résonner à travers le combiné. Je suis à deux doigts de me rendormir quand elle se décide à me répondre :

– Faut croire que grandir n'est pas une question d'âge, moi aussi, j'apprends, ce n'est pas toujours facile.

– Je sais, ma petite mamie, mais je te promets qu'un jour on sera fières de nous.

– Si je suis encore là…

– Ah, non ! Ton pessimisme de senior à 7 heures du mat', non merci. Tu pètes le feu et craches des flammes régulièrement, alors viens pas me foutre le trouillomètre à zéro pour rien. On est trop angoissé dans cette famille, ça aussi, faut que ça stoppe.

– Tu as raison ! s'exclame-t-elle revigorée. Dis, ça a l'air de fonctionner, ton truc de magicienne !

– Écoute, au début, j'y suis allée à reculons et maintenant j'en redemande.

On rit à l'unisson.

– Tu penseras à me passer son contact.

– Si seulement je l'avais !

– Tu ne l'as pas encore rencontrée ?

– Eh non ! Bon, faut que je te laisse…

– Attends, Mars, as-tu répondu à Ava ?

– Mamie, tu exagères. Moi aussi, j'ai le droit d'avoir des secrets. C'est une affaire entre Ava et moi.

– Je vois, tu te venges de la dernière fois avec ta mère.

– Pas du tout. Je fais comme toi, je mets des limites, rien de plus.

Je l'entends sourire à l'autre bout du fil.

– En tout cas, moi, je suis déjà fière de toi.

– Merci, je crois que moi aussi… je suis fière de moi.

L'émotion a fait trembler ma voix, mais, pour une fois, c'est la joie qui danse sur mes cordes vocales.

– En avant, marche et droite, prononce-t-elle en rythme.

– Haut les cœurs et bas les masques.

C'est notre rituel depuis toujours. À chaque montagne à gravir, cap à franchir, nous nous répétions ces deux phrases pour nous donner de l'élan. Et ça fonctionne encore. La conversation à peine terminée, je rédige un message à destination d'Ava. Je le lis plusieurs fois pour être sûre qu'il ne soit pas truffé de fautes d'orthographe (elle est quand même romancière) et appuie sur la flèche bleue. « Bonjour Ava, moi aussi, j'aimerais te rencontrer. Il me semble que tu habites à Londres ? As-tu prévu de venir à Paris prochainement ? Mars. »

Voilà, une bonne chose de faite. Maintenant, il me faut impérativement un café et une clope. Je saisis une cigarette dans mon paquet et me dirige vers la machine. Plus de capsules évidemment. Quelle plaie d'être aussi mal organisée. Soudain, Berlin se met à couiner et à frétiller, la truffe collée sous la porte d'entrée. Alors que je m'approche, un Post-it apparaît aux pieds de ses pattes impatientes : « Ça te dit un café avec moi ? »

Qu'est-ce qu'il fait ici ? Amusée, j'attrape une feuille volante et lui réponds : « Je croyais que tu l'avais trouvée ton attachiante ! T'as qu'à le boire avec elle, ton café. »

Il me renvoie sa réponse. Il a entouré ma deuxième phrase et tiré une flèche au bout de laquelle il a écrit : « C'est ce que j'essaye de faire... »

J'ouvre la porte d'un coup sec et plante mes yeux dans les siens. Je me surprends à penser tout bas : *ton bleu avec mon vert, ça ferait un sacré mélange.* N'importe quoi ! Tu perds la boule ou quoi, Mars ? Face à lui je me sens vulnérable, et c'est un sentiment que je gère avec difficulté pour le moment. Sans que je le veuille, la revêche refait surface.

– Primo, arrête avec tes tentatives de *lover* à deux balles, ça marche pas avec moi et, je te l'ai déjà dit, tu me plais pas.

– Ça tombe bien, moi non plus tu me plais pas... affirme-t-il de son ton le plus sérieux.

Avec lui, je ne sais jamais sur quel pied danser, moi qui suis pourtant habituée à mener la danse.

– Deuxio, je ne serai jamais TON attachiante. J'appartiens à personne et surtout pas à un mec, c'est clair ?

– On ne peut plus clair.

– Et tertio, je vais accepter ta proposition, mais c'est juste parce que je n'ai plus de café et que j'en crève d'envie. Ça n'a rien à voir avec toi, on est bien d'accord ?

– Détends-toi, je t'ai proposé un café, pas une demande en mariage. Puis t'as l'air bien nerveuse pour une nana aussi convaincue.

– On peut savoir ce qui te fait dire ça ? lui demandé-je, hallucinée par tant d'aplomb.

– Tu bouges ton pied droit de pointe en flex depuis tout à l'heure, dit-il en pointant ma cheville qui est justement en train d'exécuter le mouvement.

J'ordonne à ma jambe de se ressaisir expressément.

– J'ignorais que les hommes étaient observateurs.

– Visiblement, y a pas mal de choses que tu ne sais pas, et si tu pouvais arrêter de faire des généralités de tout, ce serait réellement sympa de ta part. Bon, je peux rentrer maintenant ?

Il agite une boîte de capsules comme une clef qui déverrouillerait l'accès. Je me décale pour le laisser passer et referme la porte derrière lui.

– Dis, t'arrives toujours au bon moment, toi ! T'as mis une caméra chez moi ou quoi ?

Tout en écoutant ses explications, je prépare notre breuvage.

– J'ai des yeux et je sais m'en servir, c'est tout. Quand j'ai fait la vaisselle l'autre jour, y en avait déjà plus. Hier matin, t'es venue en boire un au bar pour la même raison.

– Mouais, c'est quoi le délire ? On dirait bien que tu m'espionnes…

Bizarrement, je n'ai pas peur. J'y vois l'occasion d'en savoir plus à propos de la magicienne. Après tout, il est le seul qui puisse me communiquer des informations la concernant. Il lui remet mon carnet, il doit au moins savoir son nom. Je sors mes armes de séductrice et profite de la configuration exiguë de la cuisine pour me coller à lui. Je n'ai jamais été aussi proche de ses lèvres. Son souffle est chaud, il a une odeur d'essence, ça donnerait presque envie d'y goûter. Je n'ai pas le temps de me raisonner qu'il me repousse.

– À quoi tu joues, Mars ? On n'est pas dans un film.

Ce mec a l'art et la manière de me vexer, et de me déstabiliser. Je pensais le faire faiblir, mais c'est moi qui suis troublée.

– T'es venu pour quoi, alors ?

– Pour boire un café, je te l'ai dit, et éventuellement apprendre à te connaître… C'est bien aussi pour un début, tu crois pas ? On se fume une clope sur ton balcon et on se mate le lever du soleil ?

Assis côte à côte, le dos contre le mur, on grille notre première cigarette. Depuis la scène dans la cuisine, on ne s'est plus dit un mot. Ça fait plusieurs minutes que je cherche quelque chose d'intéressant à raconter, seulement rien ne me vient. Je me sens idiote tout d'un coup.

– Je suis désolée pour tout à l'heure, c'était ridicule de ma part…

– C'est quoi ta couleur préférée ?

Je tourne le visage pour le regarder. Le même désir de sincérité me revient que lors de notre première rencontre. Pourquoi je joue toujours à être une autre, quand je suis face à un homme ? Et si, pour une fois, je restais moi ? Je tire une longue latte et me lance :

– Le bleu.

– Pourquoi ?

– Parce que j'ai passé des jours et des nuits à chercher mon père dans l'immensité du ciel quand j'étais petite fille. Et j'ai toujours rêvé de vivre au bord de la mer. Et toi ?

– Les dégradés de rose au coucher et au lever du soleil. Gamin, chaque week-end, ma mère me faisait découvrir un nouvel endroit de notre région avec une vue imprenable, soit à l'aube, soit au crépuscule.

– À mon tour ! m'exclamé-je comme une enfant prise au jeu.

– Je t'en prie.

J'allais lui demander quelle est son odeur préférée, finalement c'est une tout autre question qui sort de ma bouche.

– Quelle est ta plus grande peur ?

– De mourir avant d'avoir réalisé mes rêves, répond-il sans la moindre hésitation. Et toi ?

Je fais mine de réfléchir, alors qu'en réalité je connais la réponse. Rien que d'y penser, mon corps tout entier se contracte. Elle a raison, la magicienne : nos pensées ont un impact direct sur nos émotions. Mes chevilles se sont remises à gigoter sans que je le demande.

– T'es pas obligée de répondre, tu sais.

– J'ai peur d'être abandonnée… et de voir mourir les gens que j'aime. Quelque chose m'a toujours échappé : pourquoi aimer et s'attacher à tant de gens et de choses dans ce monde, si un jour tout disparaît ?

– Peut-être que tout continue, mais autrement. En tout cas, je l'espère… me dit-il en caressant l'une de ses bagues ornée d'une grosse pierre verte. Allez, on reprendra une prochaine fois, je dois ouvrir le bar.

Il se met debout, frotte son jean et me tend une main pour m'aider à me relever. Le balcon étant aussi petit que la cuisine, on se retrouve face à face à quelques centimètres l'un de l'autre. Il ne me lâche pas des yeux.

– T'es belle quand t'es toi.

– C'est vrai ce mensonge ?

– Est-ce que j'ai le nez qui s'allonge ?

Je me hisse sur la pointe de mes pieds, l'inspecte sous tous les angles.

– Verdict ?

– En effet, rien à signaler. Mais c'est le problème avec les menteurs, au début ça ne se voit pas.

– Crois ce que tu veux, Mars.

Il me décale, se faufile à l'intérieur, dépose une caresse sur la tête de Berlin et claque la porte.

Chapitre 15

Samedi 1er octobre 2022
Sous la terre, ligne 7

Ava n'a toujours pas répondu à mon message après une semaine. Elle semblait pressée de me rencontrer et, maintenant, silence radio. Ma petite voix me souffle de mettre ma fierté de côté, me suggère la compréhension, et de l'autre mes « pipelettes » me poussent dans mes blessures. Ah oui ! Je ne vous ai pas dit, mais j'ai décidé de donner un petit nom à mes peurs : pipelettes. Ça leur va bien, non ?

Sinon, j'ai fait votre rituel avec la crème que je me suis offerte. Je n'arrive pas encore à lui dire des mots doux ; au début, je ne comprenais pas pourquoi, puis, à force de le faire, mon corps me donne des indices. Il a la mémoire de mes amnésies. Même si j'ai préféré oublier, lui se souvient de toutes ces fois où je lui ai infligé mon manque d'amour et de tendresse. Il souffre de mes dénis passés, de toutes ces nuits où je l'ai malmené de fatigue, d'excès et de sexe sans désir. À force de l'ignorer, il s'est dissocié de moi. J'ai peur qu'il ne me lâche, qu'il ne m'abandonne lui aussi…

Comme vous pouvez le constater, de ce côté-là, y a du boulot. Mais je m'y attelle.

Concernant mon système de croyances, ça bouge et j'ai trouvé une technique qui a l'air de ne pas trop mal fonctionner grâce au tableau concrétisateur de Lili. J'ai également réexaminé mon point de départ, j'ai décidé de me concentrer sur l'amour de ma mère, ma grand-mère et ma tante, au lieu de perpétuer le manque de mon père.

J'ai pris du temps pour vous retourner le carnet (cette fois-ci) car j'ai compris que ce temps n'est pas un ennemi, mais un allié qui m'aide à apprendre.

Alors voici mes fiertés depuis le début de notre collaboration :

– J'ai saisi la main que vous m'avez tendue et la mienne par la même occasion. (On en a deux, autant que ça serve !)

– Je suis capable d'identifier mes peurs et mes blessures, et parfois j'arrive à les raisonner. (Pas toujours, mais ça progresse sérieusement.)

– Je me précipite moins, je mords encore un peu, c'est plus fort que moi. Mais j'apprends à ravaler ma fierté mal placée et à m'excuser.

– J'apprends à mettre des limites, à m'émanciper de ces femmes que j'aime, et à avoir un jardin secret. (Je l'ai fait avec ma grand-mère, ça s'est très bien passé.)

– Je me suis offert un dîner-en-tête à tête avec moi-même.

– J'ai retouché un piano et j'ai chanté !!!

– Enfin, par tendresse envers moi, je décide :

- *de m'offrir du temps, je ne veux plus faire la serveuse, j'ai envie de raviver la flamme de mes envies, peut-être même de mes rêves. Je vais demander une rupture conventionnelle, on verra bien.*
- *d'ouvrir mon cœur, de retirer ma carapace et d'apprendre à m'aimer, que ce soit moi ou les autres. Apprendre aussi à me laisser aimer, tiens, tant qu'on y est !*

P-S : Vous aviez raison ! Y a un endroit à l'intérieur de moi qui a résisté au pire… Maintenant place au meilleur.

Tandis que je dépose mes victoires dans le carnet, je sens mon trèfle à quatre feuilles s'épaissir. L'amour grandit, la confiance gagne du terrain et mon estime commence à faire des bourgeons. Espérons qu'un jour il y aura des fleurs. Quant à ma valeur, c'est encore abstrait, je ne suis pas convaincue de valoir quelque chose. Mais je pense mériter mieux. C'est un bon début, non ?

Je referme le Moleskine, relève la tête et me faufile in extremis hors du wagon. Une seconde de plus et je loupais mon arrêt. Je suis exténuée, ce boulot m'ennuie et me tire dans les pattes. Plus qu'une journée et je suis en congé. Je n'ai pas pris de vraies vacances depuis Noël dernier, ça commence à faire long.

Sortie du métro, je fais une halte au bistrot pour faire passer le carnet. Malheureusement, Hugo n'est pas là. Je ressors déçue avec mon Moleskine dans mon sac. Déjà que j'ai eu du mal à faire confiance, hors de question qu'il voyage dans les mains d'une autre personne.

Depuis notre questionnaire de Proust improvisé, Hugo et moi avons pris l'habitude de boire un café avant qu'il n'ouvre le troquet. J'ignore ce qui se tisse entre nous, je crois bien qu'on laisse nos cœurs s'apprivoiser. On se découvre en Post-it, en petit-déj au coin du bar et en textos. Avant-hier, on a échangé nos numéros comme deux vieux potes, prétextant que c'était toujours utile d'avoir le contact de quelqu'un dans le quartier. J'hésite à lui envoyer un message et me ravise. Il ne faudrait pas qu'il s'imagine que je lui cours après !

Quand j'arrive chez moi, Berlin me célèbre comme il sait si bien le faire. Dans la foulée, je l'embarque pour sa balade du soir. Si je me pose, ne serait-ce que deux minutes, je n'aurais pas le courage de ressortir.

La promenade est plus longue que prévu. Marcher me fait un bien fou, ça me permet de lâcher les tensions et ça m'aide à réfléchir.

Après une bonne heure à flâner le long du canal, je me décide à relancer Ava : « Bonsoir Ava, je ne sais pas ce qu'il se passe de ton côté. J'espère que tout va bien. Sache que si c'est compliqué pour toi de venir, je peux aussi prendre le train. En plus, je ne suis jamais allée à Londres. Notre rencontre restera entre toi et moi, de toute façon je ne suis en contact avec personne du côté des Kléber comme tu dois le savoir. P-S : Bizarre de parler par textos à une sœur qu'on n'a jamais vue, veux-tu qu'on s'appelle pour commencer ? »

Vingt minutes plus tard, je m'apprête à rentrer dans l'ascenseur quand mon portable vibre : « J'ai honte ! C'est moi qui te lance et toi qui relances. Merci pour ton gentil message. En effet, la situation n'est pas simple. L'a-t-elle seulement été un jour ? J'ai toujours autant envie de te rencontrer, Mars. Où et quand ? Je l'ignore encore. Laisse-moi juste cette nuit et je te recontacte demain. P-S : Je ne te connais pas, pourtant je me sens déjà si proche de toi. Je suis complètement bouleversée de savoir qu'une femme du même âge que le mien souffre certainement des mêmes blessures. Merci papa (d'un ton ironique) ! »

Ses mots me foutent les larmes aux yeux, je les ravale en respirant un bon coup et lui envoie : « Merci de me faire sentir moins seule… »

À peine passée le seuil de ma porte, je file sous la douche. L'eau brûlante glisse sur ce corps que je déteste. Le mot « honte » dans le texto d'Ava a ravivé une douleur endormie. Je repense à tous ces hommes passés par là, pour une nuit, un matin, une heure, une minute, deux secondes… Pour un aller sans retour ni envie. À force, on s'habitue à l'amour mal fait qui défait le peu de tendresse à sauver. J'ai honte de lui et de celle que j'ai été toutes ces années. Celle qui donne du vide pour recevoir du rien, celle qui jouit fort pour finir vite, celle qui met son désir en sourdine pour leur plaire. Ce n'est pas à eux que j'en veux, mais à moi. Je dois me pardonner si je veux me réconcilier. Mais comment fait-on ?

Pour une fois, je décide de mettre du cœur à l'ouvrage pour effectuer le rituel. Je plonge le salon dans l'obscurité, allume guirlandes et bougies. J'active une playlist piano-voix en fond, puis, assise sur le rebord de mon lit, je commence à enduire mon corps de crème tout en respirant profondément. Je ferme les yeux, me laisse guider par la musique. Mes mains découvrent ma peau comme si c'était la première fois. Elle est douce. Par endroits je masse, à d'autres j'effleure. Je me reconnecte à lui avec douceur. *Parle-lui, Mars, à ce corps, il t'entend.* J'inspire et me mets à chuchoter : *Tu sais, quand j'étais enfant, je n'avais aucun problème avec toi. C'était naturel de prendre soin de toi, je savais écouter tes signaux, tes alertes, tes besoins, tes envies…*

Au fur et à mesure que je m'épanche, je réalise que c'est avec ma petite fille que je discute, celle que j'étais avant que je ne m'abîme. Les mots d'amour viennent à ma bouche : *Je te promets de ne plus jamais t'abandonner, je te demande pardon.* À présent, je me berce de réconfort et de tendresse. Je rouvre les paupières, le temps semble s'être suspendu. Je n'ai pas la moindre idée des minutes égrenées et tant mieux.

Je me relève, m'étire comme un chat et me décide à passer ma commande avant que le service de livraison ne ferme ses portes.

Une heure plus tard, je suis au comble du bonheur : ma magnifique pizza à la truffe est dans mon estomac, Berlin ronfle en boule au-dessus de ma tête et moi, je digère en matant une nouvelle série affalée dans mon pieu. Comme d'habitude quand je suis au travail, je suis épuisée et, une fois chez moi, je retrouve un sursaut d'énergie qui m'empêche de trouver le sommeil. Faudra qu'on m'explique ce syndrome.

Alors que je l'attrape pour programmer mon réveil, mon portable vibre entre mes mains :

Ça te dit un café ?

Je crois que tu as buggé,
Hugo, il est 23 h 42.

Je n'ai pas « bugger ». Si je t'avais écrit :
ça te dit une clope à la belle étoile ?
Tu m'aurais répondu que je suis un lover.

Pour le café c'est non, de toute façon,
je n'en ai plus.
Pour le reste, essaye ! Tu verras bien…

T'es vraiment la reine des attachiantes !

Non, je suis une princesse autonome !
C'est pire…

Tout de suite, les grands mots.
Et qu'est-ce donc ?

Une révolution !
Bon, tu viens la fumer cette clope ?
Comme ça tu pourras prendre le carnet,
ça fera d'une pierre deux coups.
Je suis passée au bar tout à l'heure,
mais tu n'étais pas là.

Allongés sur le balcon, on papote de tout et de rien. Notre spécialité : se raconter des choses qui en disent long, sans en dire plus.

– Bon ! C'est quoi ton truc de princesse autonome ?

– Secret-défense ! lui dis-je en mimant une bouche fermée à double tour.

– À ce point ?

– Malheureux ! On ne se connaît pas assez. Je ne fais que suivre tes conseils, je prends le temps.

Je suis d'humeur joyeuse. Mon rire résonne dans la cour de l'immeuble.

– T'exagères, je commence à en savoir des choses sur toi : t'aimes le bleu, le café, la mer, les œufs brouillés, la côte de bœuf, les bougies, tu perds la mémoire quand tu as trop bu, tu as besoin d'un père et de confiance, tu détestes les mensonges, t'es parano, quand tu es nerveuse tu bouges ta cheville et quand tu réfléchis tu tournicotes l'une de tes mèches entre tes doigts, t'aimes les fleurs, le musc, et ton chiffre, je pense que c'est le 3.

– Comment tu sais ?

– T'as un petit 3 sur ton poignet et les bras fleuris de tatouages.

– En effet ! Et j'ai quel âge ?

– Ça, tu ne me l'as pas dit.

– Ben tu vois, je ne peux pas confier mon secret à quelqu'un qui ignore ma date d'anniversaire, ce serait de la folie !

– Une aberration ! renchérit-il avec humour.

À présent, ce sont nos éclats de rire conjugués qui retentissent. J'ai l'impression de retrouver mon âme d'enfant et l'insouciance qui va avec. Je tourne la tête et m'aperçois qu'Hugo me regarde avec cette tendresse qui le caractérise par moments.

– Mais d'où viens-tu ? me demande-t-il, les yeux brillants.

– De Mars, à ce qu'il paraît !

Je me marre comme une gamine, fière de ma repartie.

– T'es belle, quand t'es heureuse.

Pour une fois, je ne le renvoie pas dans ses cordes. Je ne dis rien, je laisse faire le silence. Visiblement, il n'attendait pas de réponse. Il s'est remis à contempler le paysage. À mon tour, je le dévisage. Sa mâchoire est à la fois fine et puissante, un grain de beauté surplombe sa fossette sur la joue gauche et de longs cils noirs encadrent ses yeux bleus. Discrètement, je m'attarde sur le reste de son corps. C'est vrai que ce mec est à tomber. Heureusement pour moi, je suis à l'horizontale.

– Tu savais qu'on pouvait voir Mars à l'œil nu à certaines périodes ? Ça arrive tous les deux ans, quand la planète est à l'opposé du Soleil par rapport à la Terre et 2022 est une année placée sous le signe de Mars. Le 8 décembre, elle sera à ce qu'on appelle « l'opposition ». On aura un parfait alignement Soleil-Terre-Mars. Si tu veux, on pourra aller à la butte Montmartre cette nuit-là.

– Mais comment tu sais tout ça ? T'as fait des études dans ce domaine ?

Il se rallume une cigarette, tire une longue latte et poursuit :

– Ma mère était passionnée par les astres. C'est elle qui m'a appris à observer le ciel et aussi à regarder au-delà de ce que l'on voit.

– Elle s'appelle comment ?

– Silvia… elle s'appelait Silvia.

Un frisson me parcourt le dos, je m'en veux d'avoir posé la question. Je cherche quelque chose à dire, seulement, parfois il n'y a rien à dire de plus. Délicatement, je glisse ma main le long de sa paume, enlace ses doigts et me recroqueville en demi-lune. Il fait de même.

Nous voilà face à face. Je ne sais pas d'où ça me vient, j'aimerais qu'il colle son cœur contre le mien le temps d'une nuit, le temps d'être bien. Je m'approche de ses lèvres et de son souffle chaud. Des papillons semblent danser dans mon ventre. Je n'ai pas ressenti ça depuis Alexandre. La peur me fait reculer de quelques centimètres. Hugo saisit mon trouble et me rattrape de son autre bras pour me serrer contre lui. Il est tout aussi hésitant que moi. Je peux lire son désir dans ses yeux, mais quelque chose le retient. D'une voix éraillée, il brise notre silence :

– Ma mère est morte quand j'avais 13 ans. Je connais l'absence et la douleur qui font faire des conneries et je ne veux pas que tu sois une connerie de plus dans ma vie…

Ses mots… Il a tout pour me séduire, mais aussi tout pour me faire fuir. Pourtant, je n'ai pas bougé. Une sensation de destin qui s'enroule plane dans l'atmosphère. Je le regarde longuement.

– T'es beau, quand t'es sensible.

Je plonge ma tête dans son cou et découvre l'odeur de sa peau. Je sens sa respiration s'accélérer. D'un coup, il me bascule sur lui. Il mouille ses lèvres, se les mord, ferme ses yeux, contracte sa mâchoire. Il est en pleine lutte tandis que je suis en train de fondre comme une adolescente. Il rouvre ses paupières, son bleu est de la même intensité que cette nuit.

– Et puis, merde ! Si c'est une connerie, j'espère que tu seras la plus belle que j'aie jamais faite.

Je lui ai à peine laissé le temps de finir sa phrase que j'ai posé ma bouche contre la sienne. Nos langues se rencontrent, se caressent. Nos souffles s'entremêlent. Il saisit ma nuque et m'embrasse plus profondément.

Après un long baiser, il s'arrête. De ses doigts fins, il caresse mes joues et les contours de mon visage. En temps normal, les hommes se précipitent, vont droit au but. Lui semble différent et, sous ses caresses, je deviens une autre, plus douce, plus tendre. Il m'enveloppe de ses bras, nous tourne sur le côté et me glisse dans l'oreille :

– Je te préviens, je ne couche jamais le premier soir.

– Ça tombe bien, moi non plus. Toujours le premier matin.

Chapitre 16

Dieu merci, c'est le jour du Seigneur, les marteaux-piqueurs sont de repos aujourd'hui. Je pensais trouver Hugo à mes côtés, mais quand j'ouvre les yeux, c'est Berlin que je découvre allongé de tout son long contre moi. Ni une ni deux, mes vieux réflexes se mettent en marche et mes pipelettes grondent : *Il n'a même pas couché avec toi et il s'est déjà barré au milieu de la nuit...* Elles ricanent comme de vieilles sorcières. Mais vous allez vous taire bon sang ! Petite voix, tu ne veux pas me filer un coup de main, elles sont sacrément nombreuses. *Respire, il doit bien y avoir une raison.* Vous entendez, bande de hyènes ? Y a forcément une explication !

Je me relève toute courbatue d'avoir dormi sur le balcon, m'étire dans l'espoir de remettre en place mes côtes douloureuses et fonce à l'intérieur.

Un mot est posé sur la table basse. *Ah ! Vous voyez !* Tout en sautant dans un jean, je lis : « Merci pour ce bout de nuit, mais je ne pouvais pas rester. Je suis d'ouverture tout à l'heure, je dois me lever tôt. J'espère que tu comprendras, je t'embrasse sur la joue. P-S : je me suis permis de prendre ton carnet pour le passer, comme tu me l'avais demandé. » Pas de trois petits points, pas de « sur la bouche », il espère mal. Je fonce me brosser les dents et me passer un coup d'eau sur le visage.

Une fois ma toilette terminée, je me maquille à toute vitesse, juste le strict nécessaire, histoire que Gadissieux ne me fasse pas de réflexions, et enfile une chemise large mais chic que je rentre dans mon pantalon. Je jette un œil à mon téléphone : 7 h 15. Parfait ! Pile-poil le temps de passer un savon à ce goujat et de promener Berlin, avant d'aller au boulot.

Quand je débarque devant le bistrot, Hugo est en train de sortir la terrasse. Il ne m'a pas vue arriver. Il a les bras remplis de chaises empilées les unes sur les autres. Je ne lui laisse pas l'occasion de reprendre son souffle et l'attaque de front :

– Tu m'expliques ? lui dis-je froidement, en lui mettant sa feuille sous le nez.

– Mars, arrête s'il te plaît, je vais tout faire tomber.

– C'est le risque quand on me prend pour une conne ! Je te conseille de me répondre vite, sinon tu vas rencontrer la planète rouge plus tôt que prévu.

Tant bien que mal, il dépose son barda au sol, attrape son mot, le froisse et le balance dans la poubelle qui fait l'angle.

– On s'est précipités hier. Je suis désolé, j'aurais pas dû t'embrasser…

– Et je peux savoir pourquoi ?

– Parce que je suis pas prêt à m'engager dans une relation, dit-il en évitant mon regard.

Pour la première fois, je le découvre fuyant et froid. Il veut jouer à ça ?

– Détends-toi, Hugo, je ne t'ai pas demandé en mariage. Finalement, c'est juste une histoire de café qui a mal tourné, lancé-je avant de faire demi-tour.

Hugo me rattrape par le bras et me ramène contre lui. Instantanément, il redevient le mec d'hier, celui qui me plaît, celui pour lequel je pourrais retirer mon armure. Cette fois, il ne me lâche pas des yeux.

– Laisse nous un peu de temps, s'il te plaît.

– Alors, dis-moi la vérité, parce que ton histoire d'engagement, je n'y crois pas deux secondes.

– Si on commence une histoire tous les deux, je ne veux pas te mentir…

Sa réponse me coupe la respiration et me fait reculer de plusieurs pas.

– Comment ça, tu ne veux pas me mentir ?

Soudain, les liens se font.

– Si tu n'es pas resté dormir cette nuit, ce n'est pas parce que tu te lèves tôt, tu m'as dit que tu habitais juste à côté, elle est bidon ton excuse…Tu ne vis pas seul ?

– Plus ou moins, mais ce n'est pas ce que tu t'imagines.

– Mais, bien sûr ! réponds-je de mon ton le plus ironique. Je peux récupérer mon carnet ?

– Je le lui ai déjà donné. Mars, je te promets que dans pas longtemps je pourrais tout t'expliquer.

– Je crois qu'on s'est tout dit. Je le récupérerai en rentrant du travail, toi, fais passer le message à la magicienne qu'il va falloir trouver un autre moyen car il n'est plus question que ça passe par toi !

Mon menton se met à trembler sous le coup de l'émotion. Il manquerait plus que ça. J'ordonne à ma fierté de se ressaisir. Je serre la mâchoire, fronce les sourcils, siffle Berlin et file loin.

J'ai fait un tour du quartier en me jurant de ne pas pleurer pour ce con et en promettant qu'on ne m'y reprendrait plus, puis j'ai déposé Berlin à la maison. Depuis vingt minutes, je suis bloquée dans le métro. Décidément, cette journée s'annonce merveilleuse. Alors qu'il se remet enfin en marche, le vibreur de mon téléphone me sort de mes pensées tortueuses : « Tu vas me trouver indécise ou bizarre. Mais je dois venir en urgence à Paris, mon éditrice veut me voir. Mon train arrive à 13 h 23, gare du Nord, si jamais tu es disponible ? Ava. » Je ne m'attendais pas à ce qu'elle soit aussi rapide. D'un côté je la trouve culottée, de l'autre elle m'offre l'occasion de passer à l'action et de ne pas ressasser cette histoire avec Hugo. Ce n'est tout de même pas un mec qui va me détourner de mes objectifs.

Dès que je suis arrivée au restaurant, j'ai demandé à parler au directeur. Depuis dix minutes, j'ai engagé les négociations avec M. Dubot, qui semble tomber de dix étages. Il ne comprend pas, déploie toutes les stratégies de persuasion, se fâche, me flatte, me menace. Tout y passe ! Je reste droite dans mes pompes alignées avec mes désirs. Je n'oscille pas. La victoire sera pour moi. Je lui explique qu'il n'y est pour rien, le remercie de tout ce qu'il m'a appris, à commencer par obtenir le meilleur. Miraculeusement, je trouve les arguments pour qu'il cède, lui explique mes motivations avec une douceur que je ne me connaissais pas.

– Vous savez, monsieur Dubot, je me suis perdue avec les années. J'ai oublié ce pour quoi j'étais venue à Paris. Moi, je voulais être chanteuse, pas serveuse.

– Je sais, Mars. Je me souviens très bien de votre entretien d'embauche.

– J'ai conscience que je vous en demande beaucoup. Mais mon bonheur m'attend depuis longtemps, il commence à s'impatienter.

J'ignore pourquoi, mais j'ai toujours su que ce monsieur à l'apparence rigide et froide m'appréciait vraiment. Il me regarde longuement sans dire un mot. *Mars, ne baisse pas la tête ! Assume ! C'est par amour pour toi que tu demandes. Fais-toi confiance, respire et laisse agir la magie.*

– Vous avez du talent, Mars ! Celui de vous rendre attachante, malgré tout. Et aussi de la chance : l'une de vos collègues, Angela, devait prendre ses vacances aujourd'hui. Finalement, elle les a décalées au mois de décembre. Du coup… Voyons voir…

Nez dans le planning et stylo à la main, il cherche une solution.

– Vous étiez censée être en congé pour quatre semaines, à partir de demain. Eh bien, c'est parfait ! Vous les prenez dès maintenant. De cette façon, ça laisse le temps à la comptable de préparer les papiers. Cela va sans dire, je compte sur votre discrétion.

– Bien sûr, monsieur Dubot ! Je vous remercie.

– Maintenant filez, avant que je ne change d'avis.

– Je peux vous embrasser ?

– N'exagérez pas, Mars !

Je lui souris avec une joie discrète et photographie la scène pour garder en mémoire que tout est possible à qui ose le demander. Je me faufile hors du restaurant. Sur l'immense terrasse du toit de Paris, un vent de liberté danse dans mes cheveux dorés. J'attends l'ascenseur, un dernier coup d'œil dans le rétro, sans regret de m'autoriser autre chose. Un pincement de mélancolie me picote, celui qui fait du bien, celui qui permet de se souvenir d'où l'on vient et où l'on veut aller.

Je sors mon téléphone pour répondre à Ava et découvre qu'Hugo m'a envoyé plusieurs messages. Sans même les lire, je les efface et bloque son numéro. Je ressens même de la fierté à ne pas tomber dans ce piège. Avant, l'interdit m'excitait trop pour y résister, aujourd'hui je privilégie mon bien-être. Je pianote à toute vitesse sur les touches de mon téléphone : « Je serai là, à la gare, à 13 h 23 pétantes. »

Chapitre 17

Au bout du quai, je gigote d'impatience, mains dans les poches arrière, puis avant. Je regarde l'heure sur mon téléphone : 13 h 20. Toujours pas de train en vue.

Deux minutes plus tard, il entre en gare. Dans un de ses wagons se cache ma moitié d'histoire, ma moitié de sœur ! L'envie soudaine d'appeler ma mère me prend.

– Maman, c'est moi. S'il te plaît, laisse-moi parler. Je suis gare du Nord, sur le quai de ma nouvelle vie. J'ai arrêté mon travail de serveuse… Ce que je vais faire ? Quelque chose de bien ! Enfin, j'espère. Je veux dire, j'y crois. Bref ! Je voulais te prévenir que dans moins d'une minute je serai face à ma sœur, Ava. Maman ? Tu es là ? Et sache que peu importe ce que j'apprendrai, je t'aime aussi fort que tu m'aimes. Même si j'ai peur, je sais qu'on s'aimera mieux après ça… Maman, je dois te laisser. Rassure-toi, je suis forte.

Une nuée de personnes s'engouffrent en direction de la sortie. Je tremble fort, mon cœur doit être à 120. Le quai se vide peu à peu, quand je l'aperçois. Je ne l'ai jamais vue, pourtant je sais. Elle est là, tout aussi tremblante que moi. Son regard se pose. Elle m'a reconnue. Ni l'une ni l'autre ne bougent. Chacune essaye de contenir son émotion dans un écrin de pudeur. Je finis par m'avancer, elle aussi.

Ava me regarde de ses yeux embués de larmes, aux éclats de ce vert que l'on partage. Ses cheveux sont longs et épais, son teint est mat, quelques taches de rousseur se dessinent par endroits le long de ses pommettes saillantes et son nez est légèrement retroussé. Après un long moment d'observation, je lui trouve finalement une ressemblance avec le père : son charisme. Ava est magnétique, cela ne fait aucun doute. Elle a ce truc des gens qui impressionnent sans rien faire. Leur présence suffit à s'en souvenir.

Son visage trahit sa surprise de découvrir le portrait craché, presque parfait, du fugitif. Un voile de reconnaissance se dépose sur ma blessure. Elle me sourit. Timidement, nos fossettes jumelles se répondent. Je ne sais pas quoi faire : lui tendre la main, lui claquer une bise ? Ava le devine et m'enlace de ses bras fluets. Elle sent bon, une odeur d'ambre se perd dans sa tignasse brune. Elle sèche mes larmes, qui ont débordé malgré moi. Ses mains sont froides, comparées à la température ambiante, Ava saisit mon étonnement :

– C'est le problème avec les cœurs tristes, ça se sent jusqu'au bout des doigts. Et si on commençait par boire un coup ?

À la terrasse d'une brasserie attrape-touristes, on commande de quoi délier nos langues : deux verres de vin blanc pas trop sucré, plutôt sec et minéral. Après un échange de banalités et une deuxième tournée, Ava ouvre le bal :

– Tout d'abord, sache que j'ai appris pour toi il y a à peine quelques mois. Sinon, crois-moi, j'aurais cherché à te parler bien avant.

– Pour ma part, j'ai découvert ton existence le 28 août dernier, le soir de mon anniversaire. Je surfais sur Internet et je suis tombée sur un article à propos de Kléber, enfin, Philippe. Je t'avoue que ça m'a un peu chamboulée, et je n'ai pas compris pourquoi la presse n'avait pas parlé de toi plus tôt.

– Ma mère m'a éduquée loin du star-system, elle voulait me protéger de tout ça et de lui aussi. Philippe est quelqu'un de très maladroit. Les bébés et les enfants, ce n'est pas vraiment son truc. La douceur et la diplomatie, il ne connaît pas.

– J'avais remarqué, en effet…

– Tu sais, je n'ai jamais vécu avec lui. J'habite à Londres depuis toujours, on ne se voit que très rarement. C'était pas compliqué de passer inaperçue… Mais, maintenant que mon roman va être publié, j'ai décidé d'assumer. Puis, à vrai dire, il ne s'est jamais occupé de moi, ni préoccupé, d'ailleurs. Le problème, quand on impose une grossesse à un homme, c'est l'enfant qui en paie les conséquences. Je lui avais réservé le rôle principal, il a répondu par une faible participation : un PUTAIN de figurant ! me lance-t-elle, désabusée, en écrasant un énième mégot dans le cendrier débordant de notre anxiété commune.

Soudain, je comprends que ce sont nos blessures et notre chagrin qui nous lient. Ava maquille sa tristesse derrière un sourire lumineux et commande une bouteille de champagne.

– On ne va pas rester au vin blanc. Ça se fête de rencontrer sa sœur ! S'il vous plaît, un peu de bulles dans tout ce bordel.

Je sais le sujet douloureux, mais j'ai besoin d'en savoir plus. J'enfile des gants de velours pour poursuivre la conversation.

– Philippe ne voulait pas de toi, non plus ?

– T'as tout compris ! Et crois-moi, il me l'a bien fait savoir. À chaque occasion, il me le répétait. Je me suis toujours sentie rejetée, à part, différente dans cette famille. Forcément ! Les trois autres, il les avait désirés, pas moi. Toutes ces années à penser que c'était ma faute s'il m'aimait moins et à en vouloir à ma mère d'avoir eu un enfant toute seule.

Son histoire résonne si fort avec la mienne qu'une vague d'émotions s'empare de moi. Ça brûle dans mon plexus solaire, ma jambe gigote nerveusement et ma cheville se tord. Ava pose sa main sur la mienne.

– Même si je le connais, je sais ce que c'est de se sentir seule et de chercher un père qu'on ne trouve pas…

Je ressens quelque chose d'inexplicable. Notre connaissance l'une de l'autre ne se comptera jamais en années, en rendez-vous ou en souvenirs communs. Peu importe si nos physiques ne racontent pas notre lien, nos cœurs se comprennent. Ce sont nos âmes qui sont jumelles. Sa présence m'apaise.

– Et ta mère dans toute cette histoire ? Elle assume de lui avoir fait un bébé dans le dos ?

– Pas du tout ! Soi-disant, il était très amoureux d'elle et se serait même réjoui de ma venue, ponctue-t-elle d'une moue dubitative. Mais lui me rapportait tout le contraire.

Ma mère n'aurait été qu'un coup vite fait. Moi qui ai été bercée dans l'illusion d'être une enfant de l'amour, autant te dire que la chute fut vertigineuse et m'a valu de me péter la gueule plus d'une fois.

– Tu sais comment ils se sont rencontrés ?

– Ma mère finissait sa tournée à Paris, dans la prestigieuse salle Pleyel, et ce soir-là, mon père était là, pardon, notre père.

– Je n'ai jamais dit « papa » ou « mon père ». Alors, te gêne pas pour moi. Je t'en prie, continue, ça m'intéresse.

– Il serait tombé sous le charme et aurait insisté pour l'inviter à dîner, un hachis Parmentier. Ma mère a succombé à son tour et, quelques jours plus tard, ils s'envolaient pour Goa. Soi-disant, il en avait marre de la grisaille parisienne, il...

– Il voulait du soleil.

Ava me regarde d'un air halluciné, et moi, je commence à comprendre.

– C'est ce qu'il a dit à ma mère pour la quitter et, apparemment, à la tienne pour la charmer. Les histoires ont dû se chevaucher. Du coup, ça s'est fini comment ?

– Encore une fois, ils n'ont pas la même version. Ma mère prétend qu'elle l'a plaqué parce qu'il était trop chiant et lui affirme l'inverse. À la Kléber, quoi ! « Ta mère ? Une vraie casse-couilles, je peux te dire qu'elle me les a brisées menu. J'avais l'impression de sortir avec la reine d'Angleterre. »

En quelques mimiques et intonations de voix, Ava se transforme en Philippe. L'imitation est stupéfiante. Je ne peux m'empêcher de rire. Elle rendrait presque ce père drôle et attachant.

Pendant que nous sirotons nos verres, l'interrogatoire continue.

– Tu ne portes pas son nom ?

– Si, mais loin derrière, en nom d'usage. Tu veux que je te raconte ? Je te préviens, c'est long et bizarre.

– Maintenant qu'on est là, autant en profiter.

Ava sort sa carte d'identité pour me montrer le combo de la dispute de ses parents et de la revanche de sa mère.

Nom : HARRISON
Nom d'usage : HARRISON-KLÉBER
Prénom(s) : AVA, DOLORÈS
Sexe : F
Né(e) le : 15.12.1993

Sous mes yeux, une piqûre de rappel du peu de mois qui nous séparent. Ça devient palpable, concret. De la même année, l'une Sagittaire, l'autre Vierge. Pas du même ventre mais de la même couille de ce père, plus couille molle qu'autre chose. Ava poursuit son récit improbable. Sa mère, fâchée des lapins posés par ce dernier, serait partie la reconnaître avant sa naissance, lui donnant son nom en pied de nez.

– Attends, j'ai du mal à suivre. Kate et Philippe sont restés combien de temps ensemble ?

– Quelques mois. Je suis née, ils étaient déjà séparés. Et pour l'anecdote : elle ne lui a pas dit qu'elle m'avait reconnue, jusqu'à ce qu'il demande les papiers à la maternité, enfin, jusqu'à ce qu'il se pointe comme un con à la mairie, la gueule enfarinée, et que la dame lui apprenne que c'était déjà fait, mais qu'il pouvait accoler son nom à celui de mon grand-père. Que mon père ne peut pas saquer au passage.

– Donc Philippe était là pour ta naissance ?

– Oui ! Il a même pris des photos, complètement dingues d'ailleurs. On me voit sortir du ventre. Je te les montrerai à l'occasion, si tu veux.

Pourquoi n'a-t-il jamais été là pour moi ? Il ne voulait pas de nous a priori, pourtant elle porte son nom. Même si c'est loin derrière, comme elle dit, c'est toujours plus proche que moi ! Dans sa vie, il n'a pas fait comme si elle n'existait pas. Il a été nul, en retard, maladroit, mais là ! La colère et la tristesse me rattrapent, je les noie d'une traite dans ce mousseux bon marché. Une mimique trahit mon malaise, Ava s'en rend compte.

– Il y a des questions auxquelles je n'ai pas de réponse. Je me suis également demandé pourquoi moi et pas toi. Comme je me suis demandé pourquoi Audrey, César et Léo avaient toujours eu plus. Tu vois de qui je parle ?

– Très bien, ce sont ses enfants. Comment les louper ! Ils sont sur toutes les photos.

– Nous ne sommes pas si différentes que ça, Mars. Ce qui nous sépare n'est qu'un trait d'union sur un bout de papier, suivi d'un nom qui n'a pas plus de sens pour moi que pour toi.

Sa voix s'est éraillée d'une infinie mélancolie.

Après un long silence à observer le bal des passants et à fumer une cigarette, elle dépose sa tête contre mon épaule, comme une enfant épuisée. N'a-t-elle pas plus souffert de sa présence en dents de scie que moi de son absence en continu ? D'un coup, je me sens presque chanceuse d'avoir été protégée de ses phrases assassines. Ava a mal. Ça se voit, ça se sent, ça s'entend. Je connais ces détails qui trahissent ce que l'on cache. Elle a le lever de coude facile. La bouteille est vide, elle demande qu'on nous apporte la petite sœur. Je vois venir le danger. Pas de piste noire, ni de hors-piste, Mars. Piste bleue à la rigueur, vu que la verte, c'est foutu pour aujourd'hui. *Cette journée doit te faire du bien*, me rappelle ma petite voix, soucieuse de me savoir en dégustation d'éthanol bas de gamme au milieu de l'après-midi. *Respirer, réfléchir, ne pas se détruire.*

Le serveur fait sauter le bouchon, le champagne coule à flots. J'en profite pour lui commander de quoi remplir nos estomacs.

– On va prendre une planche de charcuterie-fromage, un camembert rôti au miel et une grande bouteille d'eau pétillante, s'il vous plaît.

Ça aidera à ralentir le rythme et à tenir le cap. Rien ne gâchera mes bonnes résolutions, certainement pas moi et encore moins ce mousseux pas à la hauteur. Quelques minutes plus tard, j'aperçois la fin du naufrage. Je nous sers et l'invite à boire.

– T'as raison, Mars, trinquons à l'eau fraîche notre rencontre inespérée, me lance-t-elle en se sifflant deux verres, coup sur coup.

Les plats arrivent sur la table. Entre deux bouchées, on se parle de tout et de rien, de nos mecs, de nos familles maternelles, de nos parties moins abîmées. Elle me détaille sa passion pour l'écriture et son rêve qui va bientôt se concrétiser avec la sortie de son premier roman.

– C'est quoi, l'histoire de ton livre ?

– Pour le moment, c'est confidentiel. Puis ça a beaucoup évolué ces derniers mois. Mais parle-moi de toi ! Depuis le début, je prends toute la place avec mes histoires.

– Pas du tout, c'est moi. Je n'arrête pas de te questionner, on dirait un agent du FBI.

L'alcool commence à faire son effet. Juste ce qu'il faut pour déshabiller ma pudeur. Je lui raconte mon incroyable grand-mère, sa gangsta attitude, l'amour que je lui porte, et lui parle de ce dernier mois : la venue de Kléber dans le restaurant, mon cœur réveillé par Hugo et ma déception au réveil, la magicienne et ses enseignements.

Pour la première fois, je partage cette histoire de carnet avec quelqu'un d'autre que Mamie Gangsta. Si Billie m'entendait, elle m'en voudrait. Depuis le début, je lui cache son existence. Ava m'écoute avec attention. Une fois mon monologue terminé, elle me fait partager ses impressions :

– Alors ! Concernant ce Hugo, si je puis me permettre, tu pourrais quand même lui laisser une chance de s'expliquer. Ce n'est peut-être qu'un gros malentendu.

– Tu penses ?

– Tu sais, le problème avec notre passé, c'est qu'on a tendance à les mettre tous dans le même panier. Mais tous les mecs ne sont pas menteurs, queutards et infidèles. Quant au reste, c'est hallucinant ! Et ta grand-mère qui t'offre une bague avec inscrit « princesse autonome ». J'adore !

– À ce point ?

– Je crois que tu ne te rends pas compte, Mars. On vit dans un monde qui en a marre de ces vieux codes moyenâgeux. Les femmes veulent être libres, indépendantes, et surtout elles veulent des hommes qui ne le leur reprochent pas. Elles sont périmées, nos princesses, on a besoin d'un nouveau modèle. D'ailleurs, moi aussi, j'aurais bien besoin d'une fée. Tu me montreras ton carnet, un jour ?

– Je sais pas… C'est très intime.

– En même temps, y a rien de plus universel que l'intimité, non ? Tu sais, on est nombreux et nombreuses à se sentir seuls.

Le téléphone d'Ava nous coupe dans notre élan, elle s'excuse et s'éloigne pour décrocher. Pendant ce temps-là, je cogite au sujet de notre échange.

Quand elle revient vers notre table, son teint hâlé a disparu et les traits de son visage se sont durcis. Elle peine même à tenir sa cigarette. Elle balbutie des excuses inaudibles et m'explique qu'elle doit s'en aller, qu'elle est sincèrement désolée, mais qu'elle me recontacte vite.

– L'addition est pour moi, me dit-elle, posant un billet de 200 euros sur la table.

Elle se lève, siffle un taxi comme une Parisienne de la vieille époque, ouvre la portière et va pour s'engouffrer à l'intérieur.

– Ava ! Dis-moi ce qu'il se passe, je t'en prie.

– Désolée, Mars. Promis, quand je pourrais, je t'expliquerai… Laisse-moi juste un peu de temps.

Chapitre 18

Ava est une véritable savonnette. Quand tu crois l'avoir saisie, elle te glisse entre les mains et s'échappe. Depuis plusieurs heures, je marche dans Paris avec cette dernière phrase qui tourne en boucle dans ma tête. Qu'ont-ils tous à me demander de leur laisser du temps ? Je ne sais plus quoi penser d'Ava et de sa fuite, de Kléber et de nos mères imparfaites, de Hugo et de sa marche arrière. Je ne sais plus rien, à part que je veux être bien. On veut du mieux, on a dit ! Je redresse mes pensées comme l'on recadre un cheval agité, parle à mes peurs comme l'on rassure un enfant inquiet et me décide à rentrer chez moi pour récupérer mon carnet.

Au moment où j'arrive devant le bistrot, j'aperçois Hugo traverser la rue en direction de mon immeuble. L'opportunité est trop belle. Je le suis du regard, il entre dans le hall. Je me faufile par le deuxième accès qui donne dans la cour intérieure et me colle contre un mur. Il se rend au bâtiment D, qui fait face au mien. Pour celui-ci, il y a besoin d'un code. Il le tape comme s'il l'avait fait des millions de fois. J'attends qu'il entre et, au dernier moment, me glisse dans l'entrebâillement de la porte, avant qu'elle ne se referme. L'ascenseur s'arrête au 5ème.

À toute vitesse, j'emprunte les escaliers et monte les marches deux par deux. Arrivée en haut, j'entrouvre délicatement la porte qui donne sur le palier, calme ma respiration et tends l'oreille pour mieux entendre ce qu'il se dit. Il parle avec une femme, et le pire dans tout ça c'est que je reconnais sa voix, c'est elle !

– Faut absolument que je récupère le Moleskine !

– Pourquoi ?

– Parce que tu me fous dans la merde avec tes cachoteries.

– Oh ben, dis donc, ça fait longtemps que je ne t'ai pas vu dans cet état, qu'est-ce qui se passe mon petit ?

– Chantal, tu ne peux plus m'appeler « mon petit », te pointer chez moi quand ça te chante avec tout ton bazar et mettre le bordel dans ma vie...

Un silence. Je tends tellement l'oreille que je me demande si elle ne va pas se décrocher de ma tête.

– C'est plus possible. Faut que tu rencontres Mars, que tu lui expliques. Je refuse de continuer à lui cacher la vérité. Si tu ne le fais pas, je te préviens, c'est moi qui vais m'en charger !

– Depuis quand tu me menaces ? réplique-t-elle d'un ton à la fois autoritaire et amusé.

– Chantal, cette fille ne me plaît pas... elle me bouleverse. Alors ne viens pas tout gâcher avec tes manigances.

– Merveilleux ! Tout fonctionne comme je l'avais prévu...

– De quoi tu parles ?

– Tu ne penses tout de même pas que c'était un hasard si je t'ai demandé de faire le relais ?

– Tu te fous de moi ? Je faisais partie de votre plan sans le savoir ?

– Tu sais très bien que, parfois, il faut aider la magie avec de jolis mensonges.

– Tu commence vraiment à me taper sur le système. Je n'ai plus 13 ans, et je t'ai déjà dit de ne pas te mêler de ma vie amoureuse ! Bon, passe-moi son carnet s'il te plaît, j'ai pas toute la vie, non plus. Je suis censé être au boulot. Toi et moi, on réglera nos comptes ce soir.

– Tiens ! Et surtout ne dis rien à propos d'Huguette, elle préfère que ça reste confidentiel.

Je viens de me prendre un uppercut en pleine face, sans protège-dents pour atténuer le choc. Je saigne. Le combat est inégal, les règles du jeu ne sont pas celles que je croyais. Dites-moi que ce n'est pas vrai, que je délire, que c'est le vin blanc et le champagne qui me tapent sur le crâne, que ma grand-mère ne me ment pas depuis le début. Tant bien que mal, je tente de capter la fin de cette conversation.

– Allez, à ce soir. Je te prépare à dîner ou tu finis tard ?

– Tu comptes repartir quand, au juste ?

– Quand cette mission périlleuse sera terminée, que ça te plaise ou non ! lui répond-elle en lui claquant la porte au nez.

Ses pas se rapprochent et me sortent de mon coma, malheureusement pas éthylique et encore moins idyllique. Merde ! Il va prendre l'escalier, ce con. Je monte in extremis au 6ème et retiens mon souffle… C'est bon, il est parti. Même si je lui péterais bien sa petite gueule d'ange, je sais qu'il y a des plats qui se mangent froid et que la pire des sentences est l'ignorance. Ce qui se dispute à l'intérieur de moi est bien pire qu'une tempête. C'est un tsunami. L'eau est en train de se retirer, elle prend de l'élan avant que la vague ne vienne se fracasser. La magie est morte. Je ne suis qu'une énorme conne, prête à gober n'importe quel bobard pour rendre sa vie un peu moins merdique. C'est quoi, cette histoire ? D'où Mamie Gangsta connaît cette folle à l'allure de sorcière ?

Je suis vraiment une tarte. Elles avaient raison mes pipelettes, ce mec n'est qu'un Judas, qui a eu un sursaut de conscience. Il s'est juste fait manœuvrer par cette Chantal et, maintenant, il croit que je le « bouleverse ». Que reste-t-il de cette évidence que j'ai ressentie, si tout était manipulation ? Ah là, tu ne dis plus rien, petite voix ! Tu te la fermes parce que tu es d'accord ! Tu sais que je suis une idiote finie d'avoir cru à toutes ces mièvreries d'aller mieux, d'amour rencontré, de caresses sous les étoiles. Je me suis même proclamée princesse autonome en devenir. T'as bien dû te marrer, j'étais à deux doigts de devenir un être spirituel. Je l'ai échappé belle, deux jours de plus et on me retrouvait dans un ashram au fin fond de l'Inde en mode « mange, prie, aime ». Et toi, Hugo, c'était pas la peine de te faire chier à me raconter la Voie lactée et ta mère morte. Il suffisait de demander, je te les aurais ouvertes, mes jambes. Je l'ai fait pour moins que ça et pour moins beau. Moi qui pensais que tu ne savais rien, que tu ignorais tout de moi. Mon cul ! T'avais les infos, tu savais quoi dire et quoi faire au bon moment pour que j'y croie, à cette putain de magie. De toute façon, l'amour, ça n'est pas fait pour moi. Pas plus que les contes de fées, les baguettes magiques et les princesses, tout autonomes qu'elles soient ! Il manquerait plus que Billie fasse partie de cette bande de bras cassés… ça serait le comble.

En fait, t'existes pas, ma petite voix ? Ces histoires de réponses à l'intérieur de soi, de signes de la vie, c'est bidon, c'est ça ? Je t'en supplie, dis-moi qu'il y avait un peu de vrai dans tout ce mensonge.

Je me surprends à prier dans cette cage d'escalier pourrie à l'odeur de pisse, de tabac froid et de mafé. À prier fort qu'elle me réponde. Que tout ça ne soit pas qu'un songe transformé en cauchemar.

Rien, pas un son, pas un écho à mon chagrin qui résonne dans les étages de ce HLM qui en a vu d'autres. Mais réponds-moi ! T'as pas le droit de m'abandonner, pas maintenant que tu m'as fait voir le soleil, l'amour et ses contours.

Chapitre 19

Je ne suis jamais allée récupérer le carnet et me suis enfermée chez moi à double tour. Le soir même de ce cataclysme, Billie s'est envolée pour New York. Nous nous sommes dit au revoir par téléphone. J'étais en larmes de tout ce que je venais de découvrir et à cela s'est rajouté son départ, qui m'était sorti de la tête. Je lui ai tout avoué. Nous avons passé deux heures à nous réconforter par écrans interposés, ça m'a permis de déculpabiliser, j'avais l'impression de l'avoir accompagnée à l'aéroport, de faillir un peu moins à mon rôle de meilleure amie. Comme d'habitude, elle a été d'une compréhension incroyable. Elle m'a calmée, rassurée, juré qu'elle n'avait rien à voir avec ce numéro d'illusionnistes et m'a convaincue de ne pas réagir à chaud.

– Mamie Gangsta a toujours voulu ton bien, il doit y avoir une explication à tout ça. Et puis, ça marche, ce truc de carnet. Regarde comme tu as progressé.

– Tu parles !

– Mais si, Mars. Pour la première fois, tu essayes de construire, d'avancer dans ta vie. Tu as arrêté de te détruire, et ça, c'est énorme. Tu as même quitté ce foutu job qui te faisait plus de mal qu'autre chose. Un pas de plus et tu ressors ton piano, ce serait dommage de s'arrêter en si bon chemin. Allez, pleure, mange un pot de Nutella et de glace au beurre de cacahuètes, puis ressaisis-toi. De toute façon, je reviens pour les fêtes de fin d'année et, d'ici là, on s'appelle quand tu veux.

– Ma Billie, tu sais que…

– Je te kiffe, je t'adore ! nous nous sommes exclamées en chœur.

Malgré les conseils de Billie, ce début du mois d'octobre m'a vue me refermer comme une coquille vide de rêves. J'ai coupé mon téléphone pour ne pas être tentée d'insulter qui que ce soit et pour ne pas recevoir le moindre message qui pourrait me radoucir et attendrir mon cœur sec. J'ai décroché mon interphone, débranché ma sonnette. Les premiers jours, Hugo a essayé de m'amadouer à travers des Post-it glissés sous ma porte. Tentatives infructueuses. Il a fini par se lasser et par crier à travers les murs : « T'es la personne la plus têtue que je connaisse, Mars. De toute façon je ne lâcherai pas l'affaire, tu finiras par m'écouter. J'attendrais que tu sois prête. Tu m'entends ? » Puis il n'est plus revenu.

Mes journées se résument à une chute libre : je mange peu, me nourris de clopes et de café, ne dors plus, pleure beaucoup et m'épuise à réfléchir. Bien sûr, j'honore les deux balades quotidiennes de mon Berlinito, seul fidèle dans cette supercherie, en évitant toute rencontre fortuite avec Hugo et cette magicienne qui n'a rien de magique.

Durant ces quelques jours, Judith et Lili m'ont rendu visite, envoyées par Billie qui s'inquiétait de mon état. Avant son départ, elle avait pris soin de leur confier le double des clefs, comme un passage de relais, et s'était bien gardée de me le préciser. La première fois qu'elles se sont pointées à l'improviste, j'ai failli les assommer avec une planche en bois, j'avais saisi le premier truc qui me venait sous la main, prête à dégommer l'étranger qui tentait d'entrer. À la fois mortes de trouille et sous le choc, nous avons partagé certainement l'un de nos plus beaux fous rires. Après ça, nous avons papoté de longues heures, de tout et de rien. Je n'avais pas envie de parler de moi, ni de savoir si elles savaient, juste le désir de me changer les idées. Pas envie d'évoquer Mamie Gangsta non plus.

Depuis soixante-douze heures, la pluie fouette le sol. À croire que le ciel est tout aussi furieux que moi. Assise sur le haut tabouret bleu, j'observe par la fenêtre de la cuisine les éléments se fâcher avec le monde. Les éclairs illuminent la cour comme un stroboscope. Le temps est si gris qu'il est difficile de différencier le jour de la nuit. Mine de rien, mon carnet me manque et je commence à m'en vouloir de me laisser aller de la sorte.

Soudain la porte s'ouvre, j'avais complètement oublié que les cousines devaient venir aujourd'hui. Je me retourne et découvre Judith et Lili, équipées de l'attirail parfait pour les grands ménages : saut, serpillière, produits ménagers. Elles ont même enfilé des gants roses et recouvert leurs cheveux d'or d'un bandana. Judith me saisit par les épaules et me plante devant le premier miroir qu'elle trouve, tandis que Lili s'empare des lieux.

– Tu ne crois pas que c'est le moment de te reprendre en main ? Ça va deux minutes la dépression, maintenant tu te remets sur pied. Tu es vivante, belle, intelligente, je te l'accorde un tantinet chiante, mais tu as tout pour toi, alors tu vas arrêter de te gâcher la vie et tout de suite.

C'est bien ce que je pensais, je file un mauvais coton. Mes cheveux ressemblent à de la paille, mon teint est aussi terne que le ciel, des cernes noirs entourent mes yeux tristes et des boutons bourgeonnent sur mes joues creusées par la fatigue. Alors que mon cerveau se remet en route, Lili me retire l'énorme pull que je porte.

– Allez, sous la douche. Tu commences à sentir le fauve.

Comme un pantin désarticulé, je me laisse faire. Lili me déshabille et Judith en rajoute une couche.

– Tu ne comprends pas que Mamie Gangsta voulait juste t'aider ? Arrête de lui en vouloir ! Elle a organisé un sauvetage pour que tu ailles mieux, tu réalises ? Elle a mis au point un plan pour que tu sois heureuse. Franchement, on a la grand-mère la plus gangsta de la terre. Et toi, qu'est-ce que tu fais ? Tu boudes, tu chouines et tu te transformes en Mimi Cracra. File sous l'eau avant que je ne me fâche.

Judith a toujours été autoritaire, avec cet humour qui la caractérise. Sa maturité, elle l'a gagnée grâce à ses études et ses nombreux stages qui l'ont confrontée à une autre réalité. Elle a obtenu son diplôme en juin dernier et depuis septembre elle travaille dans un foyer pour adolescents difficiles, en tant qu'éducatrice spécialisée. Et quand je la vois faire avec moi, je dois avouer que ce rôle lui va à merveille.

En petite culotte face à la glace, je raisonne silencieusement mes pipelettes qui me tirent vers les bas depuis plusieurs jours : *Stop, les filles ! À partir de maintenant, je reprends le pouvoir. Vous allez arrêter de me faire croire que tout est à jeter dans cette histoire. L'eau du bain et le bébé avec, alors que c'est moi qui me perds dans ces eaux usées.*

Mon corps voûté se redresse et se dirige sous la douche.

– N'oublie pas de me filer ta culotte, je vais faire tourner une machine ! me crie Lili.

Sous l'eau chaude, je n'ai pas vu les minutes passer. J'ai dû rester une bonne heure dans la salle de bain. Quand je ressors, l'appartement est comme neuf : les guirlandes scintillent, la bougie crépite. Affalées dans le canap, elles se marrent.

– Je peux participer ?

– La couz, t'es vraiment partie en sucette. On a retrouvé des cacas de Berlin sur le balcon. Lili l'a baptisé « le balcon de la honte » et depuis on arrive plus à s'arrêter de rire.

Instantanément, je rougis. Ces trois derniers jours, je suis tombée tellement bas que je n'avais plus le courage de mettre un pied dehors. J'ouvrais la porte-fenêtre pour que Berlin puisse se soulager. Elles ont raison. J'ai vraiment touché le fond, il était temps que je remonte.

– J'ai déconné. Heureusement que vous êtes là, merci mes lucioles.

– T'inquiète pas, la famille, c'est fait pour ça. Bon, on va te laisser. Lili a un cours de conduite, et moi, je dois reprendre le boulot dans quelques heures, j'aimerais me reposer un peu avant d'y aller. Par contre, je garde les clefs. On ne sait jamais, si tu rechutes.

– Et profites-en pour faire un tour dehors, ça te fera du bien et à Berlin aussi. Je t'ai sorti une tenue propre, elle est pliée sur ton lit, me précise Lili.

Je les serre dans mes bras comme quand nous étions enfants. L'une à ma droite, l'autre à ma gauche, on s'imbriquait tels des pétales de rose, en criant « câlin à trois ». C'est chose faite. Je les raccompagne jusqu'à l'entrée et en les regardant s'engouffrer dans l'ascenseur je réalise ma chance. Celle d'être aimée et entourée par une armée de femmes.

Alors que je suis sur le point de refermer la porte, Berlin aboie.

– Promis, je m'habille et je m'occupe de toi.

Il insiste, sort sur le palier et piétine. On dirait un cheval qui piaffe.

– Je sais, j'ai abusé, mais je ne vais tout de même pas te promener toute nue. Allez, rentre. Je ne serai pas longue.

Berlin refuse de m'écouter, il finit par s'approcher du mur qui longe le couloir et du bout de son museau fait tomber quelque chose au sol : le carnet. J'attrape Berlin d'un bras, de l'autre main saisis le Moleskine, puis referme derrière moi.

Sans que je le veuille, la magie est de retour. À le sentir sous mes doigts, j'ai envie de continuer. Fini la Cendrillon en guenille qui pleure son prince charmant plus si charmant et qui subit sa vie de merde. L'heure des explications arrivera bien assez tôt. L'urgence est à la balade. Pendant que je m'habille, Berlin saute dans tous les sens et danse sa joie de me voir revivre.

– Aujourd'hui, ce sera avec laisse, car il n'est pas question que tu ailles faire la fête à Hugo.

Si je le croise, je risquerais de lui griffer sa jolie petite gueule et, croyez-moi, j'ai les ongles longs.

Après quelques tours du lac des Buttes-Chaumont, accompagnée de mon Berlin réjoui, je crapahute jusqu'au temple de la Sibylle. En passant par le pont des Suicidés, je regarde les trente mètres de hauteur que ces personnes ont dû affronter avant de se jeter dans le vide. Les yeux dans ces âmes mortes, je pense à mon Alexandre parti trop tôt, rejoindre ces autres incompris, à notre histoire qui s'est finie un 1er avril au bout d'une corde sans vie. J'avais 19 ans, la mort sous les yeux et la culpabilité en cadeau, persuadée d'être la cause de son abandon. Il est devenu mes insomnies, puis mes avalanches de nuits blanches. Je me suis punie d'avoir été celle qui n'avait pas su le sauver.

Sur ce pont, c'est mon suicide lent, long et sans fin que je comprends. Pour la première fois, je ressens de la compassion pour cette jeune fille que j'étais, qui ne connaissait rien à l'amour, à la vie, à la mort. Cette jeune fille qui a bien cru crever avec son Alexandre. Cette jeune fille qui ne savait plus comment vivre après ce drame, qui pleurait en silence l'être aimé, accusée de l'avoir tué. C'est ce qu'ils m'ont dit, ce qu'ils m'ont fait croire. Ceux qui souffraient trop pour voir que je n'y étais pour rien dans cette sortie de scène digne d'une tragédie shakespearienne. Mon Roméo s'en est allé, il y a bientôt dix ans, et repose à tout jamais dans le jardin de mes souvenirs. *Il est temps de te pardonner, Mars, et de lui pardonner*, me chuchote ma petite voix. Merci, mon Dieu, elle est revenue. Les mains serrées contre ma poitrine, je lance un merci à mon Alexandre comme un papillon à une étoile. Adieu tristesse, bonjour amour.

Dans les bras de la belle Sibylle, je hume le parfum de ma Parisienne au sommet et laisse sa force et sa puissance pénétrer ma mémoire, chacune de mes cellules, guider chacun de mes souffles, qu'ils soient courts ou longs, profonds ou légers. Je savoure ma prise de conscience, félicite l'inconscient d'avoir lâché prise. Berlin se loge en boule au creux de mes jambes en tailleur et vient lécher le pli de mon poignet. Je le regarde me donner de l'amour et m'aperçois que je n'ai plus ma bague, plus d'alliance au doigt… Je me revois la jeter à la poubelle après la découverte du manège désenchanté. Heureusement, Judith et Lili ne les ont pas descendues, il faut absolument que je la récupère.

Les heures passent et je suis toujours là avec la prêtresse d'Apollon. Je repense à mon enfance, à ces instants doux avec Marguerite qui m'aimait fort et savait me le dire, à nos co-dodos si rassurants qu'on était incapables de s'en priver, à nos batailles de ninjas au milieu du salon, aux claques qu'elle ne pouvait s'empêcher de me mettre quand je dépassais les limites, à nos réconciliations autour d'un chocolat chaud, à nos *je t'aime* murmurés au creux de l'oreille, à notre première clope fumée ensemble, à nos danses de joie après un dîner trop arrosé, à nos brunchs chez Mamie Gangsta, à nos déj de famille foireux qui finissaient en pugilat, à nos longues discussions passionnantes sur les hommes et les femmes… Je me remémore tout ce qu'on s'est dit, mais aussi tout ce qui est resté en suspens, en suppositions, en interprétations, en doutes ;

tout ce qu'il reste à dire, à faire, à vivre, l'urgence de ne pas en perdre une miette.

La pluie se remet à tomber. Le froid revient, je touche le bout de mes doigts, ils sont tous chauds. Elle a raison, Ava, c'est notre cœur qui réchauffe ou refroidit notre enveloppe. À cette pensée, son image s'engouffrant dans le taxi apparaît dans le ciel contrarié. Pourquoi a-t-elle dû partir si précipitamment ? Il serait peut-être temps de rallumer mon téléphone et de me reconnecter au monde.

Chapitre 20

Trempée de la tête aux pieds, je sèche Berlin dans l'entrée avant qu'il n'aille le faire lui-même dans mes draps propres. Je file me changer à mon tour et me glisse dans mon long tee-shirt panda rock'n'roll.

Prête à m'installer à mon poste de travail, je fais une halte à la recherche de mon alliance. Trouvée ! Je la passe un coup sous l'eau, afin de retirer les quelques cendres et bouts de viande qui la décorent. Elle est comme neuve. Son blason est redoré et le mien aussi par la même occasion, mais un détail persiste : elle pue. Décidément, la colère, ça empeste. Deux pschitt de parfum et le tour est joué.

De la musique et des chants de mariage s'échappent de la fenêtre d'en face. Au 4ème bâtiment D, tout le monde danse autour de la mariée. C'est beau, vu d'ici. Ça donnerait presque envie. Soudain, je me rappelle qu'un étage au-dessus vivent la fameuse Chantal et Hugo. De la lumière passe à travers leurs rideaux fins, des ombres bougent, mais de là à distinguer qui que ce soit, y a de la marge. Ça doit être elle. Parce qu'à cette heure-ci, un samedi soir, il doit certainement être en train de boire des verres en terrasse, accompagné d'une belle conne pour boire ses belles paroles. Et qu'est-ce que ça peut me foutre qu'il soit là, ou non, avec une autre ou pas. Tant que la conne, ce n'est plus moi ! *Allez, détends-toi, ça va bien se passer*, me souffle ma petite voix.

Je boirais bien un verre de vin. Je cherche dans mes placards, j'ai une bonne bouteille de cachée, réservée pour une grande occasion. Je n'y ai jamais touché, car le grand moment n'est jamais arrivé. Même complètement bourrée, à la recherche de n'importe quoi à me fourrer dans le gosier, je ne l'ai jamais ouverte. J'ai un respect immense pour le sérum qu'elle renferme. Le plus beau savagnin ouillé de l'appellation Arbois.

Depuis que j'ai fréquenté un chef étoilé, j'ai pris goût à ces cépages divins, au nez inoubliable et à la robe sublime. Le temps que ça a duré, autant dire peu, il a rééduqué mon palais, habitué à la mauvaise vinasse. Pour me séduire, il m'avait invitée dans un petit resto que seuls les initiés connaissent : Chapeau Melon. On avait dîné dans la cuisine comme des privilégiés, sur une table haute, spécialement conçue pour admirer le chef et ses gestes habiles. Ce soir-là, il avait mis le paquet, commandant des dizaines de quilles, juste pour goûter et s'enivrer. C'est à ce moment que j'ai compris : l'art est partout et à ceux qui veulent bien le faire vivre. Cette bouteille m'aide à m'en souvenir, il est temps de l'ouvrir.

C'est décidé, ce soir, je m'épouse pour de vrai. Le bruit du bouchon résonne comme celui d'une bouteille de champagne qui vole. Mars, voulez-vous épouser Mars ? Oui, je le veux. Célébrons-nous, mademoiselle, car, à partir de maintenant, nous ne serons plus jamais seules, nous ne sommes qu'une. *N'attends plus personne pour comprendre que tu es quelqu'un, que tu as de la valeur et que tu peux compter sur toi. Tu m'entends, Mars ?* Oui, je t'entends bien, très bien même.

Je me sers un verre de la liqueur jaune aux nuances de cire fraîche et de gelée de pomme. Je déguste. Quand je me décide enfin à ouvrir le carnet pour voir ce qu'il réserve, une feuille s'en échappe, une écriture d'une autre plume, d'un autre rythme. Ça se voit à la précipitation de l'encre déposée et à la fragilité des mots.

Au début, je pensais que tu refusais de me parler à cause de notre dernière conversation. Puis j'ai appris par les mecs du quartier (tu sais, ceux qui tiennent les murs) que tu m'avais suivi l'autre jour. Je peux comprendre que tu m'en veuilles, mais je t'en supplie, écoute la chanson « La Rose et l'Armure » d'Antoine Elie. Si j'avais su l'écrire, je l'aurais écrite pour toi, sans rature, ni hésitation.

Même sur le papier, ce con a un charme irrésistible. Je décide de mettre son manège désespéré de côté. Chantal, à nous deux ! Qu'as-tu à me dire ? J'imagine que la gueule d'ange a dû te mettre au courant. En plein dans le mille. Ce n'est pas une mule, mais une taupe, ce Hugo.

4ème leçon : Tu apprends vite, mais tu peux retourner aux précédentes !

Les choses ne sont pas celles que l'on voit, mais celles que l'on croit.

Saint Thomas avait tout faux, je t'assure. Il y a des tours de magie qui demandent de l'aide, des coups de pouce et de baguette. Pourquoi croire que les gens te trahissent, quand toutes les personnes autour de toi ne cessent de te prouver qu'elles t'aiment !

J'ai rencontré Huguette lors d'un stage de peinture cet été et nous avons sympathisé. Elle était désespérée de te savoir si mal, et je lui ai proposé mon aide. Car, au fil des années et des expériences, j'en ai fait un métier. Puis je dois bien avouer que j'adore ta grand-mère. Et quand on s'est aperçues que je séjournais là où tu venais d'emménager, tout me confirmait que cette nouvelle amitié avec Huguette était loin d'être un hasard, que l'univers tout entier conspirait pour me mettre sur ton chemin.

Certains diront que je suis coach, thérapeute ou énergéticienne, d'autres penseront que je suis perchée, mais seuls ceux qui sont passés entre mes mains savent et comprennent réellement qui je suis : une architecte de nouvelles réalités, une initiatrice de nouvelle vie, une « réactivatrice » de magie.

Depuis des années, j'accompagne des gens sur la route de leurs rêves… Je leur apprends à faire de leur quotidien un art de vivre. Regarde le chemin que tu as parcouru en seulement quelques semaines !

Pour revenir à ce que tu m'as écrit la dernière fois :

– Belle prise de conscience concernant ton corps. Continue à faire le rituel, ça va porter ses fruits. Et à ta question « Comment se pardonne-t-on ? », je te répondrai que lorsqu'on laisse entrer la lumière, la compréhension arrive, l'amour peut alors intervenir, et le pardon se fait.

– Magnifiques tes décisions ! J'ignore si tu as passé le pas pour ta rupture conventionnelle, mais je l'espère. Tu avais également décidé d'apprendre à t'aimer ET de te laisser aimer. (Relis-toi et vite !)

– J'ai lu tes fiertés. Bravo ! Tout prouve que tu progresses (alors ré-enclenche la marche avant).

Tes rêves t'attendent, Mars. Ils ont besoin de toi pour se concrétiser. Fonce, au lieu de te terrer dans ton trou comme un rat, c'est loin d'être une preuve d'amour pour toi. Sois audacieuse, sacrebleu !

<u>Exercice du jour :</u>

Note toutes les situations, événements, qui ont pu te contrarier au cours de ta vie et observe si ce sont des répétitions. Cherche ce que tu peux apprendre de tout cela, quels enseignements tu peux en tirer et quelles pensées tu peux/dois modifier pour que ça ne se reproduise plus.

Tout est une question de perception. Avec quel filtre regardes-tu le monde ? Celui de l'amour ou de la peur ? Du doute ou de l'espoir ?

La vie nous accompagne, pour aller bien il faut lui faire confiance.

P-S : Hugo n'y est pour rien, il a juste fait ce que je lui avais demandé. Tu te prives d'une belle histoire. Fais taire tes pipelettes, tords-leur le cou, nom de Dieu. Coup de baguette magique ou pas, il y a quelques mois encore, tu aurais été incapable de voir Hugo (est-ce qu'il ressemble au genre de types que tu as fréquentés ces dernières années ? J'en doute fort !). C'est grâce à toi, à tes progrès, à tes déclics que tu as pu ouvrir ton cœur à nouveau. Alors ne gâche pas toutes tes avancées pour de malheureux petits mensonges !

Enfin, rallume ton téléphone, Mamie Gangsta se meurt d'inquiétude. Elle n'a plus l'âge pour cela. Maintenant que tu sais où me trouver, à toi de voir…

Nota bene : Ta plume est belle quand tu la laisses te raconter.

Chantal, la magicienne. Code : 1949B

Comme chaque fois, Chantal sait trouver les mots pour que j'appréhende les événements avec un nouveau regard. Il y a quelque chose en elle qui me touche à l'endroit parfait, qui parle à mes entrailles. Mais pourquoi avoir fait les choses de cette manière ? Il est tard, j'irai la voir demain.

La bouteille se vide *piano piano*. Je m'en ressers une larme, comme si j'étais une princesse. Pourquoi comme si ? Ça doit être ça, l'autonomie : être la main et le verre, la chaussure et le pied, le baiser et le prince.

Un coup de vent fait glisser la feuille volante mise de côté. À mes pieds, les moitiés d'excuses d'Hugo et sa demande d'écouter la chanson d'un poète que je ne connais pas. Qu'est-ce que ça me coûte de tendre l'oreille ? Après tout, ça ne va pas faire apparaître Hugo dans mon 20 m^2 ! Certes, il est question de magie, mais ce n'est pas David Copperfield, non plus.

Je branche mon ordi au ralenti sur mes enceintes dernier cri et éteins les grandes lumières pour ne laisser que les guirlandes. Play ! Les notes hypnotisantes d'un synthé aérien se mettent à vibrer. C'est doux, comme le bruit de l'amour quand il se tait. Après quelques secondes, les paroles s'élèvent. Je me laisse faire par les mots, cette voix, la mélodie. Continue Antoine, c'est si beau.

La métaphore est là, murmurée à mon cœur en lutte avec mes peurs et mes blessures qui me grondent d'y croire à nouveau.

Suivant la course du soleil avec nos yeux fatigués
On s'est raconté nos merveilles et nos tristesses irriguées
On n'avait pas grand-chose à faire, alors on s'est allongés
Avec ma rose j'ai fait la guerre à mon envie de voyager

J'ai fait la guerre à son envie de voyager ? Moi, la rose et mon armure ?

Tandis que la musique touche à sa fin, je me ressers un verre et vais sur le balcon. Décidément, Hugo a le même talent que Chantal. Il sait parler à mon cœur et c'est bien ce qui me fait peur. Je regrette de ne pas avoir eu la force de réagir autrement cette dernière semaine. Mais, comme la culpabilité ne sert à rien, je préfère admirer le ciel et ses étoiles.

En face, ça range, ça rit, ça chante, ça danse. Leur bonheur résonne dans tout l'immeuble. Soudain, fenêtre du dessus, j'aperçois une silhouette clope à la main. C'est lui, c'est Hugo… Ma poitrine se serre. Si je mettais ma fierté de côté, j'avouerais qu'il m'a manqué, lui, nos cafés, nos Post-it et nos questionnaires de Proust.

– Du coup, t'es qui ? Une mule ? Un espion ?

– Une mule, tu le savais ; un espion, tu as tout faux. Je n'ai fait que le relais entre Chantal et toi pour le carnet, rien de plus.

– Qu'est-ce qui me prouve que tu ne connais pas toute ma vie ? Que Chantal ne t'a pas tout raconté de moi ?

– Rien…

Sa réponse me surprend. Il ne cherche pas à me convaincre ou à se justifier. Peu à peu, je baisse ma garde et range mon arc.

– C'est qui Chantal pour toi ?

– C'est ma tante, la grande sœur de ma mère.

Je ne laisse pas le temps à mes pipelettes de débarquer et tends mon verre.

– Ça te dit de venir trinquer avec moi ?

– Ça dépend, qu'est-ce que tu fêtes ?

Hugo me sidère. Je me décide enfin à lui rouvrir ma porte et il fait le mec hésitant. Je m'accroche mon plus beau sourire et réveille tout le quartier avec ma réponse.

– Mon mariage !

– T'as déjà rencontré quelqu'un ? Tu fais vite, dis-moi.

– Vite, c'est pas le mot. Ça m'a pris vingt-neuf ans pour me dire oui !

– Moi aussi, ça m'a pris du temps.

– Combien ?

– Vingt-quatre !

– T'as fait plus vite que moi.

– Oui ! Mais, moi, je vis avec la magicienne depuis que je suis gamin.

– D'ailleurs, un mec de ton âge qui crèche encore avec sa vieille tante, pas certain que ce soit bon signe, si ?

– D'une, je ne t'ai jamais dit mon âge, et de deux, c'est plus Chantal qui squatte chez moi que l'inverse. Puis ma tante et moi sommes liés par… Bref ! C'est compliqué de lui résister au cas où tu n'aurais pas remarqué.

– Tu comptes rester là à ta fenêtre ou tu vas te décider à traverser cette cour pour me rejoindre ?

– Tu sais ce qui est terrible avec toi, Mars ? C'est que t'es belle tout le temps. Quand t'es en colère, quand t'es bourrée, quand t'es heureuse…

– Viens me le dire en face, j'entends rien d'ici.

Chapitre 21

Hugo est là, devant moi et mon panda rock'n'roll. J'avais oublié l'effet qu'il me fait. Alors que l'on se regarde silencieux, ma petite voix n'a pas dit son dernier mot : *Alexandre appartient au passé et ce n'est pas en te privant de l'amour que tu le feras revivre, Mars. Bien au contraire. Il est temps de tourner la page, de refermer le livre, car il y en a encore tant d'autres à écrire.*

Dis, toi et moi, on écrira quoi ? Et si on s'aimait mal, peu ou trop vite, pour que ça tienne la route, pour que ça vaille le coup ? Et si on se lassait, si l'ennui venait cogner si fort qu'on s'enfuyait loin l'un de l'autre, là où le passé n'a pas laissé de souvenirs ? Et si je t'aimais pour de vrai et que tu m'abandonnais ? Parce que tu vois, si je suis sincère, je ne suis pas sûre de me remettre de toi. Alors, soyons réalistes ! Le pari n'est pas sans risque et le plus gros est celui de ne pas se faire mal, en se faisant du bien.

J'aurais aimé lui avouer tout ça, avoir ce franc-parler que tous me connaissent.

– Je te préviens, si tu t'avises, ne serait-ce qu'une seule fois, de me mentir…

– Mars, pose-moi toutes les questions que tu veux, je te répondrai, me coupe-t-il sans me lâcher des yeux.

– Pourquoi ma grand-mère voulait que ça reste confidentiel ?

– Je n'en ai aucune idée, Chantal a refusé de m'expliquer.

– Tu l'as déjà vue, Huguette ?

– Je l'ai croisée une fois, cet été. Chantal était partie faire le marché, elle avait un peu de retard et ta grand-mère un peu d'avance. Je lui ai proposé un café, on a échangé des banalités, puis quand ma tante est arrivée, j'ai filé au boulot.

– OK ! Donc Mamie Gangsta se paie vraiment ma tête de A à Z. Et qu'est-ce que tu savais de moi avant qu'on se rencontre ?

– Que tu habitais ici, c'est moi qui ai déposé le carnet au pied de ta porte la première fois, que tu t'appelais Mars, que tu étais une rousse aux yeux verts, et Chantal m'avait prévenu que tu risquerais de ne pas être commode. Mais, ça, je le savais déjà !

– Te fous pas de moi, Hugo, je n'ai aucune envie de jouer, rétorqué-je froidement.

– La première fois que je t'ai vue, tu portais un jean clair, un débardeur noir, tu avais tes cheveux relevés et des créoles dorées à tes oreilles. Tu étais toute seule en train de te débattre avec tes cartons et l'ascenseur. J'ai voulu te filer un coup de main et tu m'as envoyé balader comme tu sais si bien le faire… Mais je suis sûr que tu as oublié. Parce qu'à ce moment-là tu ne me voyais pas.

Il dit vrai. Je me souviens que quelqu'un m'a proposé son aide, mais je suis incapable de mettre un visage dessus.

– C'est Chantal qui t'a écrit ton baratin ?

– Qu'est-ce que t'es chiante, quand tu flippes ! s'exclame-t-il avec un sourire à faire fondre toutes les armures.

Mes lèvres se mettent à bouger sans que je les contrôle, des mots se préparent, je les ignore, ils ne m'ont pas prévenue. Je les découvre en même temps que lui.

– Je ne sais pas si je saurai me laisser aimer...

– Laisse-moi faire, me dit-il en saisissant mes lèvres avec les siennes.

Ce baiser a le goût d'une belle promesse. Tout en m'embrassant, il caresse mes joues du bout de ses doigts froids. Ses lèvres se perdent dans mon cou, il dégage mes cheveux, je le sens s'imprégner de mon parfum et de l'odeur de ma peau. Ses mains se baladent dans mon dos, le long de mes reins. Il s'arrête à leur chute, caresse mes hanches, remonte le long de mes bras, les dépose autour de ses épaules, puis, d'un coup, me soulève.

– Y a un mariage à célébrer, me semble-t-il ?

– Exactement, jeune homme.

– Et pour trinquer, c'est par où ?

– Par ici, voyons. Les contre-soirées dans les cuisines sont toujours les meilleures.

– Suis-je bête !

Il me pose sur mon tabouret bleu vintage, se prend un verre et nous sert.

– Vous faites ça magnifiquement bien, serait-ce votre métier par hasard ?

– Mon gagne-pain, chère amie !

– Parce que vous roulez des pelles à vos amies, vous, cher... je ne sais qui, d'ailleurs ?

– Hugo.
– Mars, enchantée.

Je lui tends la main, comme pour reprendre à zéro et faire table rase du passé. Il me serre la pince fermement. Marché conclu.

– En tout cas, votre robe n'a pas dû vous coûter cher !
– Détrompez-vous ! C'est un tee-shirt collector.
– Trinquons à toi, Mars ! À toi et à ta nouvelle vie.

Nos verres se frôlent, tandis que nos yeux se promettent la vérité. On se met à discuter de vin, de tout, de rien. Ni lui ni moi ne jouons à être un autre. S'accrocher ou résister ne sert à rien. L'histoire va se vivre, commençons par le début, la fin, on verra bien…

Les heures tournent, la bouteille se vide, les clopes se fument. L'ivresse est légère. La musique en fond, on échange nos histoires drôles et nos petites hontes. Pour une fois je ne cherche pas à plaire ni à séduire. Je profite de nos fous rires et de nos silences qui en disent long. Le piano de Juliette Armanet vient s'immiscer dans notre conversation. Hugo s'arrête et augmente le son. Je découvre sa reprise en français de la chanson « I Feel It Coming » du chanteur The Weeknd. À chaque fois, cette femme chante en plein dans le mille ce que je pense tout bas. Il me tend sa main.

– M'offririez-vous cette danse, madame la mariée ?

Me voilà aussitôt dans ses bras, serrée contre lui. Ça bat fort, juste, et surtout ça bat ensemble. À travers ses paroles, Juliette suggère de laisser parler nos corps. Et si je ne savais plus faire ? Ça fait dix ans que les sentiments ne se sont plus mélangés à la chair. Dix ans que je n'ai pas joui d'amour. Que de la mécanique, purement technique. Je me sens comme une adolescente face à sa première fois. Je n'ose rien. Je crois bien que je tremble, j'espère que c'est assez léger pour qu'il ne le perçoive pas. Je m'accroche à ce slow pour maquiller mon intimidation. Soudain, il me saisit les cuisses, les enroulent autour de ses hanches et nous emporte sur le lit. Pas de vêtements qui volent. Il se contente de passer sa main sous mon tee-shirt ridicule et la pose sur mon ventre nu. Elle s'est réchauffée depuis tout à l'heure.

Après quelques secondes, mes muscles se relâchent. Il le sent et dépose ses lèvres sur mon nombril. Il fait le tour, monte entre mes seins, mais n'y touche pas. Il redescend, embrasse la lisière de ma petite culotte, la contourne et continue à faire glisser sa bouche le long de mes cuisses. Il ne se précipite pas, savoure chaque millimètre de ma peau. Jamais un homme n'avait pris ce temps pour écouter ce que mon corps avait à lui dire…

Alors que je ne sais plus où je suis et que les minutes se sont dissoutes sous ses caresses, ses doigts reviennent là où j'aimerais qu'il vienne. Du bout de ses ongles, il frôle mon sexe chaud, encore caché par le tissu qui le recouvre. Délicatement, il décale le peu de centimètres qui nous séparent. Je retiens ma respiration tant le désir me brûle et lui se réfrène d'y goûter trop vite. Il se rapproche en baisers tout autour. Puis… Un frisson me traverse. Sa langue me découvre, et moi, je la rencontre enfin. Je gémis et agrippe les draps. De l'autre main, il tient ma hanche comme pour me rassurer et me dire qu'il est là, avec moi. C'est toute sa tendresse et son désir qui prennent soin de mon plaisir. L'amour doux existe encore !

Après un court moment, mon rythme cardiaque accélère, je respire de plus en plus fort. Une boule de feu s'agite dans mon bas-ventre. Je me cambre, mes jambes se serrent, quand soudain le bonheur explose entre mes reins. Il pose sa tête sur mon ventre, comme pour écouter le bruit de la jouissance. Il ne réclame rien, ne me presse pas. Il revient au-dessus de moi et m'embrasse tendrement.

– Pour le moment, tu y arrives plutôt bien, à te laisser aimer, me chuchote-t-il avec un sourire en coin.

Chapitre 22

Le lendemain, tandis qu'Hugo dort paisiblement, je me retire de ses bras qui ont gardé la même position toute la nuit et me faufile dans la cuisine.

Je profite d'être seule pour faire un petit coup de propre. Je vide le cendrier, nettoie les verres et passe l'éponge sur ma table de travail pour retirer les cendres. Une faim surprise me taquine l'estomac. Je commande de quoi nous faire un petit-déjeuner des grands matins. Je n'ai aucune idée de ce qu'il aime, un peu de tout fera l'affaire : croissant, pain au chocolat, jus d'orange pressée, bacon, œufs, pain complet, confiture de fruits rouges. En attendant la livraison, j'affronte mon téléphone. Je ne peux plus continuer à fuir, il est temps de mettre de l'ordre. À peine allumé, il vibre entre mes mains : ma mère. Je décroche, en m'attendant à ce qu'elle me vole dans les plumes.

– Allô, maman…

– Oh ma roussette, enfin tu réponds !

– Désolée, maman. Ce n'était vraiment pas contre toi…

– Je sais, je sais. Mamie m'a dit pour le carnet, Chantal, etc. Ta grand-mère a toujours eu une imagination débordante, mais là, je dois avouer qu'elle a mis le paquet. Elle aurait du tout expliquer depuis le début. Bref ! Comment tu te sens ?

Ça fait un bail que ma mère n'a pas fait preuve de douceur et de compréhension à mon égard.

– Je vais mieux. Cette semaine n'a pas été évidente, j'étais tellement en colère. Mais Judith a su me botter le cul. Tu la connais.

– Oh oui ! C'est précieux, les gens qui nous aiment.

– C'est exactement ce que j'ai pensé hier, c'est fou ! On est connectées, ma petite maman.

– Malheureusement, il est souvent trop tard quand on s'en rend compte. Que la vie est mal faite !

Ma mère et son pessimisme inégalable. Elle a toujours eu cette tendance à regarder la vie de travers. Pas étonnant que j'aie cette prédisposition à glisser dans l'ombre. J'ai été éduquée à fuir la lumière. J'aimerais tant qu'elle voie le monde différemment. À l'autre bout du fil, ça s'agite.

– Maman, t'es pas toute seule ?

J'entends le combiné passer dans une autre main, puis la voix de Mamie Gangsta résonner à travers.

– Ma petite-fille, n'écoute pas ta mère. Elle est d'un défaitisme dé-con-cer-tant ! Si elle continue comme ça, je vais lui envoyer Chantal. Bon, tu as fini de bouder ?

– Qu'est-ce que maman fait avec toi ?

– Ta mère est venue passer quelques jours à la maison, mademoiselle FBI.

– Mamie ?

– Oui.

– Je suis furieuse contre toi. Mais tu m'as manqué.

– Et moi donc, ma petite chérie. Mais je savais qu'il fallait te laisser du temps pour digérer tout ça.

– Tu as des explications à me donner, tu sais. Je t'en veux.

– Il n'y a rien à expliquer, je voulais t'aider, c'est tout. Et, soyons honnêtes, si je t'avais dit à brûle-pourpoint : « J'ai rencontré une magicienne, laisse-toi faire, elle va révolutionner ta vie », tu m'aurais ri au nez et envoyée balader.

– En effet, c'est ce qu'aurait fait la Mars d'avant.

– Et celle d'aujourd'hui ?

– Je compte bien honorer ton cadeau, mais tu dois me promettre : plus de cachotteries.

Soudain, Hugo dépose un baiser sur ma nuque. Le téléphone m'échappe des mains et je le rattrape de justesse. Il m'embrasse à pleine bouche, je lui chuchote d'arrêter.

– Visiblement, tu n'es pas toute seule, toi non plus. Tu t'es réconciliée avec ton serveur ?

– Mamie, je dois te laisser. Je te rappelle plus tard.

Je raccroche et me laisse faire. Les bras d'Hugo m'enlacent. Blottie contre son torse, je respire sa peau, qui a encore l'odeur de notre nuit.

– Un café ?

– Avec plaisir !

– Tu travailles aujourd'hui ?

– Non, je suis enfin en vacances pour deux semaines, et toi ?

– Moi, je suis libre comme l'air.

L'interphone sonne, le livreur est arrivé. Tandis que je réceptionne la commande, Hugo sort sur le balcon se griller une clope.

Quand il rentre, les œufs barbotent dans l'eau bouillante, les tartines sont dans le grille-pain, le bacon frétille dans la poêle. Tout en surveillant la cuisson, je jette un œil à mes messages. Une bulle au nom d'Ava apparaît : « Encore toutes mes excuses d'être partie si précipitamment, mais je ne pouvais pas faire autrement. Il y a parfois des urgences qui ne peuvent pas attendre. J'aurais aimé te rencontrer dans d'autres circonstances, que les choses soient plus simples. Notre père est un être compliqué, fait de paradoxes et de secrets. La situation est délicate, je ne veux blesser personne. J'espère que tu me comprendras… J'étais heureuse de faire ta connaissance, Mars. Prends soin de toi. Je t'embrasse. A.H. »

Kléber a dû se fâcher et la convaincre de faire marche arrière. Rien de neuf sous le soleil, finalement. Ce mec ne veut pas de moi dans sa vie, il n'allait pas laisser Ava m'ouvrir les portes de la sienne. Mon réflexe premier aurait été de me sentir rejetée, sauf que je n'ai plus envie de vivre avec ce sentiment. J'ai assez souffert et ressenti de colère. Je glisse une main sur ma poitrine, puis respire profondément. À l'intérieur, tout est plus tempéré, plus apaisé. Je ressens mes progrès. Je commence à comprendre mes blessures et leur mécanisme. Tiens ! Une fierté à noter. Au moment où j'attrape mon carnet, Hugo me rejoint. Finalement, ce sera pour plus tard.

Pendant que l'on déguste notre premier petit-déj en tête-à-tête, je m'autorise à lui poser des questions sur sa vie.

– Je ne sais même pas quel âge tu as.

– 32 ans, répond-il en croquant à pleines dents dans un croissant. Et toi ?

– 29 ! Divorcé ?

– Ça va pas, je suis un homme sensé. Un mariage, ça coûte un bras, un divorce, ça t'en coûte deux. Et toi ?

– T'as déjà oublié ? Mariée à moi-même ! m'exclamé-je en levant les bras vers le ciel comme une bénédiction. Pourquoi t'as vécu avec Chantal depuis que tu es gamin ?

– Avant que la maladie ne l'emporte, ma mère avait fait tout le nécessaire pour que Chantal devienne ma tutrice légale. Ma mère adorait sa sœur, moi aussi, et de toute façon, je n'avais qu'elle. C'est comme ça que Chantal a emménagé avec moi dans la maison de mon enfance, en plein milieu des Alpilles. Puis, y a dix ans à peu près, j'ai débarqué à Paris. J'ai vendu une partie des vignes et je me suis acheté l'appartement d'en face, m'indique-t-il en pointant la fenêtre du 5ème étage. Ma tante adorée, elle, est restée dans le Sud, mais, comme tu as pu le constater, elle élit régulièrement domicile chez moi. En même temps, avec tout ce qu'elle a fait pour moi…

Il est calme, sa voix est douce. Son chagrin semble loin, comme ces années difficiles. Il m'ouvre la porte de son passé avec pudeur. Il me laisse entrer dans sa mémoire d'un pas léger, qui contrebalance la lourdeur de son vécu. À l'écouter, je comprends que nous ne sommes jamais seuls. Que, dans chaque être sur terre, des histoires se racontent, des blessures se portent et des secrets se cachent. Qu'il y a des âmes faites pour s'aimer, d'autres pour s'éviter. J'entends aussi ma part de souffrance, le chemin parcouru et ce qu'il me reste à entreprendre.

Sa sincérité me bouleverse : il met le beau sur le moche, le doux sur le dur, le mieux sur le pire. Je respire chacune de ses confidences, qui me redonnent confiance. Il me parle de ses pas en avant et de ses soudains retours en arrière, de forces retrouvées quand il pensait que tout l'abandonnait, lui aussi. Je souris, car je connais ce phénomène. Le changement n'est pas si simple.

Hugo continue à se livrer, nous avons fini de manger, et nous nous déplaçons sur le balcon pour fumer une cigarette.

– Bon ! C'est sympa, le passé, mais l'avenir, qu'est-ce que ça dit ? Moi, mon rêve, c'est la musique. Je joue du piano depuis que je suis gamin et je voudrais devenir compositeur. Mais ça prend plus de temps que prévu…

– Tu me fais une blague ? le coupé-je brusquement, effrayé à l'idée de me faire manipuler une fois de plus.

– Comment ça ?

– C'est Chantal qui t'en a parlé, c'est ça ?

– Mars, je peux savoir ce qui te prend ?

Ni une ni deux, je sors mon vieux clavier caché dans le placard, déplie son support en forme de V et le dépose dessus.

– T'es musicien ? Prouve-le.

Sans broncher, Hugo s'exécute. Il dépose ses doigts sur les notes usées et poussiéreuses, puis se met à jouer. J'hallucine. Non seulement il ne ment pas, mais il est doué. La mélodie est somptueuse et moi honteuse d'avoir douté. Il relève la tête et me fixe. Ses mains continuent à danser sur les touches.

– C'est bon ? Convaincue, mademoiselle ?

– Gênée, même.

Hugo s'arrête de pianoter et se plante face à moi.

– On va mettre les choses au clair, une bonne fois pour toutes j'espère. Chantal ne m'a jamais raconté quoi que ce soit de ton intimité, à part que ta grand-mère l'avait engagée pour t'accompagner dans une nouvelle vie. Maintenant, tu veux bien m'expliquer ?

– J'en joue moi aussi, beaucoup moins bien que toi, mais je chante surtout, enfin, je chantais…

– Je comprends mieux pourquoi Chantal a joué aux entremetteuses. Tu la connais, elle ne croit pas au hasard, et cela dit, moi non plus…

Il s'arrête un instant, semble chercher ses mots.

– Prépare un sac, je te kidnappe pour quelques jours.

Chapitre 23

Garé en bas de l'immeuble, Hugo m'attend dans son carrosse : une vieille Golf cabriolet, des années 1990. En ouvrant la portière, je me rends compte que je ne peux pas partir comme ça. J'ai un rendez-vous à honorer, je veux m'y confronter avant d'embarquer dans ce tourbillon. Je range mon bagage dans le coffre, installe Berlin sur la banquette arrière.

– J'ai quelque chose à faire, je reviens dans quelques minutes.

– Pas de soucis, je vais en profiter pour faire le plein et je reviens te chercher.

Une minute plus tard, me voilà devant la porte du 5ème étage, bâtiment D. J'hésite à sonner. Et si la magie s'évanouissait ? Au fond, j'aimais bien nos échanges épistolaires. L'écriture permet d'écouter. On ne peut pas se couper la parole, surréagir ou se fâcher. On prend le temps de comprendre, d'assimiler. Alors que je réfléchis, plantée sur le paillasson, sa voix rauque retentit à travers le mur :

– Entre, c'est ouvert.

Tout en passant le seuil, je m'esclaffe :

– Vous êtes magicienne ou médium ?

– J'ai des yeux, surtout. Je t'ai vue traverser la cour. Allez rejoins-moi, je suis dans la cuisine. C'est au fond, à droite. Et arrête de me vouvoyer, tu veux que je meure ou quoi !

Un long couloir sombre me fait face. Dans l'entrée, un bouddha à taille humaine est assis en tailleur, éclairé par une bougie dans un photophore transparent. Des bruits de vagues accompagnent mes pas indécis. J'ai l'impression de pénétrer dans un monde à part, débordant de spiritualité et de gris-gris en tout genre.

Derrière ses fourneaux, je découvre Chantal. Cigarillo au bec, elle touille une énorme marmite de laquelle s'échappe une forte odeur de veau, je parierais sur un osso bucco. Mes souvenirs n'avaient pas travesti la réalité. Je la retrouve comme au premier soir : le même rouge à ses lèvres, les yeux maquillés de noir, les cheveux blond peroxydé et toujours ce magnétisme inexplicable.

– Tu arrives au bon moment, Mars. Une leçon en direct, avant de te faire la malle avec mon neveu.

Tandis que je m'adosse à un coin de table pour prendre des notes dans mon carnet, le four sonne. Chantal en sort une sucrerie qu'elle pose sur le plan de travail. Un effluve de pomme-cannelle parfume la pièce. C'est à se demander si cette femme n'est pas plutôt cuisinière.

– Pour une fois, écoute et regarde. Tu noteras plus tard !

Chantal passe une tête dans son frigo, saisit la chantilly, la secoue et recouvre la pâtisserie de son nuage blanc.

– Dans une histoire d'amour, l'autre n'est pas là pour combler un vide. Il doit être un plus, un peu comme une cerise sur un gâteau, dit-elle en déposant le fruit rouge sur la montagne de crème. Tu vois le délire ?

J'ai envie de rire, mais je me retiens. Chantal a l'air très sérieuse dans son exubérance. Je me contente de hocher la tête pour lui signifier que j'ai compris. Son charisme prend toute la place, je crois bien qu'elle m'impressionne.

– La vie demande de l'équilibre. Goûte-moi ça !

Elle découpe une jolie part et me la tend. Je n'ose pas lui indiquer que je n'ai pas faim et croque dedans comme si je n'avais rien mangé ce matin. Des cristaux de sucre craquent sous mes dents, la pomme fond sous ma langue, la texture est légère. Ce dessert est une merveille. Alors que j'ai encore la bouche pleine, elle poursuit ses explications.

– Tu sais pourquoi son goût est inégalable ? Parce que j'ai parfaitement dosé chacun des ingrédients. L'amour à deux, c'est la même chose, c'est la rencontre de vos deux trèfles à quatre feuilles, la conjugaison de vos bonheurs respectifs, le respect de vos intimités pour mieux créer la vôtre. Et n'oublie pas que tu n'es pas obligée de suivre le modèle de couple que la société a confectionné pour nous ! Tu piges ?

– Je crois…

– À travers cette histoire, tes convictions concernant l'amour et la vie à deux vont prendre vie. Donc pense à mettre à jour ton système de croyances de ce côté-là, si tu ne veux pas revivre continuellement tes blessures. Mais, bon, tu peux faire confiance à Hugo. Il connaît la méthode mieux que quiconque, même s'il ne l'a pas encore mise en pratique à ce sujet… Vous allez apprendre ensemble et vous tirer vers le haut, je ne me fais pas de bile pour ça.

Chantal semble convaincue que notre histoire va fonctionner, et moi, j'ai l'impression qu'elle met la charrue avant les bœufs. Elle prend un temps, s'assoit sur la chaise en face de moi et allume un énième cigarillo. Les yeux dans le vague, je l'imagine faire un retour en arrière dans le temps. Une douce mélancolie fait crépiter son timbre de voix.

– Tu sais, c'est grâce à Hugo que j'ai compris ma mission dans la vie. Il a été mon premier élève et, depuis, il m'entend et me voit faire.

– Pourquoi vous...

De ses yeux troublants, elle me lance un regard noir. Je ravale ma phrase et recommence :

– Pourquoi tu fais tout ça pour moi, Chantal ?

– D'une, parce que Huguette me l'a demandé, et de deux, tu me rappelles quelqu'un, que j'ai bien connu, me répond-elle, en retournant à son osso bucco.

– Qui ?

– Moi... Moi aussi, la vie m'a pris un être cher et j'ai porté une lourde culpabilité sur mes épaules. Jusqu'à ce qu'un petit gamin débarque dans mon quotidien et me donne la plus grande leçon jamais reçue. Mais on n'est pas là pour parler de moi, se reprend-elle.

J'ignore quelle est cette personne que Chantal a perdue, mais sa révélation me serre la gorge. A-t-elle connu un Alexandre, elle aussi ?

Chantal me fixe. Machinalement, je triture une mèche de cheveux du bout de mes doigts tremblants.

– Sois rassurée, tout ce qui s'est écrit dans le carnet reste entre toi et moi, personne d'autre. Allez, c'est tout pour aujourd'hui. Profite de ces quelques jours.

– Et si je n'étais pas prête ?

– Avec des « si », on n'avance pas. On coupe du bois à la rigueur, rien de plus. Écoute ton cœur et mets tes pipelettes en sourdine, tu sais faire. D'ailleurs, j'ai adoré ce terme pour nommer tes peurs et tes pensées négatives. Bref, maintenant, tire-toi de là. J'ai des choses à faire et Hugo t'attend.

Chapitre 24

Cheveux au vent, lunettes de soleil, musique à fond, Hugo, Berlin et moi roulons sur l'autoroute de ces vacances improvisées, dont il refuse de me donner la destination. On scande à tue-tête les tubes de nos années d'enfance et de celles de nos parents. Dans les enceintes se met à résonner le synthé kitch mais légendaire de « Quand je t'aime », Hugo se met à fredonner Demis Roussos comme s'ils partageaient la scène.

– Mars, Demis te passe son micro. Tiens, attrape ! me dit-il soudainement en me lançant la canette de Coca.

Prise au jeu, je m'y mets comme si moi aussi j'étais à Bercy. Je me laisse emporter par la musique, ferme les yeux et chante. Quand je les rouvre, Hugo s'exclame :

– Ta voix, Mars. C'est quoi cette voix, putain !

– C'est rien, c'est du passé.

– Du passé ? Je crois pas, non !

– Par moments, j'y crois à nouveau, et l'instant d'après, je me dis que c'est trop tard.

– Trop tard de quoi ? T'es vivante, non ?

– Oui, mais…

– Alors tout est encore possible !

– Arrête, Hugo, c'est bien beau, ce genre de phrase, mais la réalité, tu la connais. Toi-même, tu l'as reconnu tout à l'heure : ça prend du temps. Et ce n'est pas sûr que ça fonctionne…

– Je n'ai pas dit que c'était facile, j'ai dit que c'était possible ! me coupe-t-il en augmentant le volume.

On roule depuis des heures. De toute évidence, il nous a évité le cliché parisien d'une virée à Deauville-Trouville pour la journée. Ça ne m'a jamais fait rêver. Où peut-il bien m'emmener ? Tout laisse à penser que nous sommes en route vers le soleil. Il ne va tout de même pas me kidnapper jusqu'à Marseille, ça fait loin.

Le réservoir est à moitié vide et Hugo commence à avoir des fourmis dans les jambes. Il s'arrête sur une aire d'autoroute, fait le plein et revient deux cafés à la main. J'essaye à nouveau de le questionner sur notre destination, rien n'y fait, il ne cède pas. Je lui propose même de prendre le volant, mais il capte le subterfuge et refuse.

– Mars, laisse-toi faire, ça va bien se passer.

– Je n'aime pas ne pas savoir où je vais, ça me stresse.

– Je t'emmène dans mon coin de paradis.

Cette foutue manie de vouloir toujours tout contrôler me colle à la peau. Bien que je progresse, lâcher prise est loin d'être une évidence. Hugo me rassure d'un baiser caféiné et redémarre.

Bercée par la voiture, je finis par m'endormir contre le rebord de la vitre.

Quand le bruit du moteur se coupe et me sort de ma léthargie, un magnifique mas provençal, aux vieilles pierres apparentes, se dresse devant moi. Les volets peints de lavande pastel sont encadrés de fleurs et une quantité de roses incalculable subliment la façade. Cette maison a une âme, ça ne fait aucun doute.

Je me hisse hors du cabriolet et retire mes lunettes pour mieux profiter de toutes ces nouvelles couleurs. Berlin ne nous a pas attendus pour sauter hors de la voiture et dégourdir ses pattes, heureuses de trouver un peu de nature. Tandis qu'Hugo s'étire, je m'émerveille de tous ces détails qui font de ce lieu un endroit parfait : le lierre qui court sur les murs, la pergola en vieux bois, le puits dans l'allée.

– C'est magnifique !

– Et encore, tu n'as pas tout vu. Parfait, pile-poil à l'heure pour l'apéro ! dit-il en jetant un œil à sa montre.

Un gros monsieur un peu bougon, aux allures de Depardieu, sort au même moment de la maison, un paquet de cartons à la main et en rouspétant :

– Bon, c'est prêt ! Mais t'aurais pu prévenir un peu plus tôt, tout de même. Allez, profitez bien, les tourtereaux, je dois filer.

– Merci tonton, je te revaudrai ça !

– Tu dis ça chaque fois, j'attends toujours gamin. Tu sais si la mère Chantal revient bientôt ?

– Aucune idée, mais vite, j'espère.

Comment ça, tonton ? Et surtout ça veut dire quoi : « Tu dis ça chaque fois » ? Dès que monsieur emballe une poule, il l'emmène dans sa baraque pour lui en foutre plein la vue ! C'est ça ? Au pied de la porte, Hugo se retourne pour m'inviter à le suivre. Je ne bouge pas et le défie du regard : il a intérêt à me rassurer sur-le-champ ou je me casse. S'il croit que la distance m'empêchera de faire demi-tour, c'est mal me connaître. Il lit dans mes pensées comme dans un livre ouvert et vient me soulever comme un sac à patates sur son épaule.

– Si tu penses que je vais te porter comme une mariée à chaque passage de porte, tu te fous un doigt dans l'œil, Mars ! Et arrête de bouder pour rien. C'est Jacky, le meilleur ami de ma mère. Il gère la maison depuis toujours. Quand je viens, c'est à lui que je demande des services. Et, non, je n'ai pas ramené ici toutes les nanas avec qui j'ai eu une aventure. Personne ne se tape plus de sept cents bornes pour faire rêver une femme dont il se fiche, en tout cas pas moi.

– Ouais… Parce que tu crois que les connards préviennent à l'avance qu'ils sont de gros connards ? Bien sûr que non ! Ils font comme si t'étais la première, alors qu'en réalité t'es juste loin d'être la dernière.

Sans daigner me répondre, il me fait traverser la maison contre mon gré sur son dos musclé. Dans le salon, j'aperçois un magnifique piano à queue, verni de noir. Une fois que nous sommes arrivés sur la terrasse de derrière, celle qu'on ne soupçonne pas depuis l'entrée, il me repose au sol. Ébahie, je découvre la suite de sa surprise. Une côte de bœuf grille sur le barbecue, un large choix de tapenades trône au milieu de la table et un florilège de vins patiente sur un guéridon. La vue est à couper le souffle et tant mieux au vu des conneries que j'étais en train de débiter. Pour décor : des vignes, surplombées d'un petit village au charme de la belle Provence avec ses ocres beiges. Une église et son clocher se dessinent en fond. La carte postale est sublime. Pourvu que ça dure.

Quand c'est trop beau, je flippe. Quand tout semble parfait, je suis à l'affût du détail qui viendrait tout foutre en l'air. Quand le bonheur est là, je redoute le moment où il me glissera entre les doigts.

Hugo me tend une clope allumée, puis me serre contre lui. Mais les pipelettes sont de retour et font du bruit. Elles cherchent à m'effrayer : *Pourquoi ce mec veut-il de toi ? Alors que tu es toute cassée par endroits.* Je ne suis pas un cadeau, je le sais, et je ne voudrais pas nous abîmer. Petite voix, où es-tu ? Si jamais t'avais envie de m'aider, n'hésite pas, c'est le moment ! Parce que je suis à deux doigts de m'enfuir à travers les vignes. *Respire, Mars ! Quand tu veux fuir, c'est ta blessure du rejet qui s'active et ce n'est pas en détalant comme un lapin que tu vas la guérir.*

Son souffle chaud me remmène à lui et à cet endroit magique. Pourquoi tout gâcher ? Après tout, c'est le jeu en amour, le risque de perdre l'autre, non ? Hugo me répond. Je n'ai pourtant pas parlé à voix haute, enfin je ne crois pas.

– Personne ne va partir et encore moins mourir, Mars. En tout cas, pas maintenant.

Sous le choc de ce que je viens d'entendre, je me retire de ses bras et me tiens face à lui, prête à exploser.

– Pourquoi tu me dis ça ?

– Tu n'as pas besoin de parler pour que je t'entende.

– Arrête avec tes conneries !

– Mars, calme-toi. Parfois, je dis des choses sans savoir pourquoi. Je les ressens juste… J'ai ce truc depuis que je suis gamin.

– Tu mens ! Pourquoi tu m'as parlé de mourir ? Chantal t'a raconté pour Alexandre, c'est ça ?

À ces mots, je me brise de chagrin. Il sort en litres de larmes. La tête sur son torse, je n'ose plus le regarder. Mon passé se déverse sur le sol en gouttes salées. Ma culpabilité remonte. Et si la mort me prenait tous les hommes auxquels je tiens ? La douleur est trop lourde pour un seul et même cœur. Délicatement, Hugo relève ma tête, il me supplie de l'écouter. Je m'exécute car la force me manque.

– J'ignore qui est cet Alexandre, je te jure que personne ne m'en a parlé. Moi aussi, j'ai perdu beaucoup dans ma vie, et moi aussi, je flippe, Mars. À part Chantal, toutes les femmes que j'ai aimées sont parties, à commencer par ma mère, au point que j'ai fini par mettre l'amour de côté. Mais, tu vois, j'en ai marre d'avoir peur…

Je prends une grande inspiration. C'est le moment de mettre un terme à mes angoisses, de clore ce chapitre si je veux écrire une suite.

– Alexandre, c'était mon premier amour. Je l'ai rencontré au collège. Il était proche de ma meilleure amie, Billie. Un après-midi, elle a joué les entremetteuses après les cours. Ça a été un coup de foudre. On y croyait dur comme fer à notre histoire, on voulait se marier, avoir des enfants. On était convaincus d'être différents des autres : nous, c'était pour la vie. De nos 14 à nos 18 ans, on filait le parfait amour. Il était devenu mon repère, celui que je n'avais jamais eu. Il rêvait d'être dessinateur, il avait un talent fou… mais il était torturé, très torturé. Par quoi ? Je ne l'ai jamais su. Quand j'ai quitté Dreux sur ses conseils, il l'a très mal vécu. Il est devenu jaloux à un point que ça en était invivable. J'avais beau tout faire pour le rassurer, rien n'y faisait. Au début, il venait me voir tous les week-ends, mais, peu à peu, le rythme a ralenti. Un jour, il m'a envoyé un message pour me dire qu'il ne viendrait plus, que la vie lui faisait trop de mal, qu'il était inadapté à ce monde, qu'il s'en voulait. Je n'ai pas pu répondre tout de suite, j'étais au boulot. Il avait déjà tenu ce genre de propos, alors je ne me suis pas inquiétée plus que ça. Ça faisait presque un an que je passais mes soirées à le raisonner par téléphone. J'étais épuisée, j'ai cru que ça pouvait attendre… Le lendemain, Billie s'est pointée chez ma grand-mère avec le visage défait, j'ai tout de suite compris qu'il s'était passé quelque chose de grave. Ses parents m'ont interdit de venir à son enterrement. Il fallait bien trouver un coupable à son geste…

C'est dit et ça fait du bien. Je m'assois dans l'herbe, tandis qu'Hugo s'allonge à mes côtés. Silencieux, on admire le paysage. Je sens Alexandre me parler du haut de son ailleurs. Il me murmure que je n'aurais rien pu faire, qu'il devait s'en aller. Sa silhouette se dessine sur les parois de la roche blanche, je ressens au plus profond de moi la présence de ce qui ne meurt jamais. Hugo glisse sa main dans la mienne et la froisse délicatement de caresses. Je finis par poser ma tête dans le creux de son épaule pour observer le ciel se déchirer en éclats de rose orangé.

Une heure plus tard, nous voilà à table à dévorer la côte de bœuf, à s'enivrer de bons vins et à poursuivre les confidences. Hugo me raconte ses nombreuses conquêtes, auprès de qui il cherchait le réconfort de cette mère partie trop tôt, ses années à confondre le manque et le désir, sa colère d'avoir répété sans cesse le départ de son père à chaque lever du jour dans les bras d'une femme.

– Mais, du coup, t'as jamais connu ton père ?

– Pas vraiment ! À ce qu'il paraît, au début, il venait me voir de temps en temps. Je n'ai aucun souvenir de lui, j'étais trop petit. C'était un homme marié, il n'a jamais assumé sa liaison avec ma mère et a fini par se volatiliser.

– Décidément, c'est à la mode, les fugitifs !

– J'imagine que le tien n'a pas dû être très présent non plus, vu ce que tu m'as dit la première fois au bistrot.

– C'est le moins qu'on puisse dire ! Le mien, je le connais, mais c'est lui qui ne m'a pas reconnue, ponctue-je avec ironie.

Je saisis une nouvelle bouteille, la débouche et remplis nos verres.

– Trinquons !

– Et qu'est-ce qu'on célèbre ce soir, mademoiselle ?

– Nos guérisons !

– Et comment sais-tu que tu es guérie ? me demande-t-il, une pointe de méfiance dans la voix.

Pour une fois, il semblerait que la peur soit de son côté, les rôles s'inversent. Je me lève, fais le tour de la table et viens m'asseoir à califourchon sur ses genoux.

– Parce que je n'ai pas besoin de toi, mais envie de nous. Parce que, quand je suis avec moi, je suis bien, mais quand tu es là, c'est encore mieux. Parce que je suis prête au meilleur… Attention, je n'ai pas dit que j'étais complètement soignée, mais je suis sur la bonne voie.

Je m'approche de ses lèvres pour lui voler un baiser, seulement Hugo se recule et me fixe, à la recherche du moindre indice qui prouverait le mensonge.

– Tu peux me regarder autant que tu veux, je ne baisserai pas les yeux, ni ne changerai de discours.

– C'est avec le temps qu'il change, le discours.

– Essaye, tu verras bien.

Ni une ni deux, Hugo me soulève et me bascule sur la table. Cette fois-ci, les assiettes volent et nos vêtements aussi.

Chapitre 25

Ce qui devait être un kidnapping de quelques jours s'est transformé en véritables vacances. Le quotidien est si doux par ici, on ne peut qu'en profiter. On ne court pas après le temps, on le savoure.

Loin de la capitale, je découvre un autre mode de vie. Je me lève aux aurores et démarre chacune de mes journées en contemplant la beauté de la nature, assise à même le sol. C'est l'un des nouveaux exercices que Chantal m'a donnés : m'ancrer et me centrer. Tous les matins, j'apprends à respirer, à faire le vide et à me concentrer uniquement sur la sensation de la Terre sous mon corps. Je visualise mes racines rejoindre son noyau et se connecter à sa force. Puis j'imagine un fil qui me relie au ciel pour trouver le juste équilibre. Au début, tout cela me paraissait abstrait, mais plus je m'y exerce, plus j'en ressens les bienfaits. Je comprends enfin cette notion essentielle d'aller chercher l'amour et la confiance en soi à l'intérieur. Peu à peu, un sentiment de sécurité trouve sa place dans mon être. Bien sûr, après ce rituel, je m'assois à table, sur la terrasse face aux vignes, et j'écris. Régulièrement, je fais le point avec Chantal. Par téléphone, les enseignements se poursuivent.

L'après-midi, Hugo me fait découvrir la région, ses paysages, ses monuments, ses coins perdus. Pour la première fois, je fais le marché et apprends le respect des saisons. On se nourrit de légumes d'automne et de poisson frais, grillé à la plancha. Au moment de l'apéro, il se pose derrière son magnifique piano et joue. Accompagnée par ses mélodies, je fredonne à nouveau. Des chansons commencent à se tisser et mon rêve reprend son souffle. Au fur et à mesure, le champ des possibles s'élargit.

Au milieu de tout cela, on laisse faire l'amour. À chaque montée de frissons, on baptise les lieux. On ne salit rien, on redore tout de nos instants de volupté. Le désir monte vite et souvent, si bien que les murs ne sont pas les seuls à nous entendre.

Parfois, Hugo s'évade voir Jacky ou ses amis d'enfance pendant que, de mon côté, je m'attelle à mes occupations : lecture, écriture, balades solitaires et rendez-vous téléphoniques. Billie savoure mon bonheur naissant, les cousines s'impatientent de mon retour, Mamie Gangsta se réjouit d'entendre mes progrès et ma mère confirme les siens : hier soir, elle s'est livrée comme elle ne l'avait jamais fait.

– J'avais si peur que tu souffres. Je t'ai caché qui était ton père, pas pour le protéger lui, mais toi. Je suis tombée enceinte par inadvertance. Seulement, une fois que j'ai su que tu étais dans mon ventre, c'était plus fort que tout. Je t'aimais déjà… À l'époque, ton père était un électron libre. Il était incapable de se poser avec une femme. Je le savais, il ne m'avait rien promis et m'avait même prévenu. Avoir un autre enfant n'était pas dans ses plans. Quand je lui ai annoncé ma grossesse, il s'est senti trahi. Il était persuadé que je lui avais fait un bébé dans le dos. Il refusait de m'écouter. Il m'en a voulu et a pris la tangente. J'étais jeune et très amoureuse, mais aussi très fière. Alors, je l'ai laissé partir. Je n'ai pas cherché à le convaincre ni à le retenir. J'ai ravalé mon chagrin et me suis concentrée sur toi. Neuf mois plus tard, le lendemain de ta naissance, il m'a appelée. Il voulait savoir comment tu allais. J'étais tellement en colère après lui que je l'ai envoyé se faire voir.

– Comment savait-il que j'étais née ?

– Ta grand-mère ! Cette coquine l'avait contacté dans mon dos. Après ça, silence radio pendant trois ans. Jusqu'à ce qu'il me rappelle pour me demander de tes nouvelles. Je m'en souviens comme si c'était hier. De sa voix rauque, il m'a dit : « Salut Marguerite, ça fait un bail ! Comment va ma fille ? » Sauf que, entre-temps, j'avais appris pour Ava. J'étais furieuse et tellement blessée. Je lui ai ordonné de ne plus jamais me téléphoner, de rester loin de nos vies à toutes les deux, puis je lui ai raccroché au pif.

– Donc, tu savais pour Ava ?

– Oui… À ce moment-là, mamie était secrétaire médicale et le hasard a fait que Kate et Philippe avaient pris rendez-vous dans le cabinet où elle travaillait. C'est comme ça qu'elle a su et promis à Kléber de garder le secret. Elle ne me l'a pas dit tout de suite. Après le premier appel de ton père, j'ai cuisiné ta grand-mère pendant des mois avant qu'elle finisse par me l'avouer. J'avais si mal… La douleur et la rancune ont pris le dessus. Ma roussette, je te demande pardon. Si tu savais comme je t'aime et comme je regrette de ne pas avoir su faire mieux.

Des sentiments pêle-mêle m'ont envahie. Mais celui qui a pris le dessus a été l'amour. Car il en faut pour éduquer seule sa gamine et résister à entrer dans une bataille médiatique. Ma mère avait une bombe entre les mains, elle aurait pu tout faire exploser au grand jour et me mêler à une guerre d'ego. À la place, elle a préféré me préserver. Je n'avais jamais regardé l'histoire sous cet angle. Comprendre son point de vue m'a soulagée d'un poids. Puis apprendre que Kléber avait cherché à prendre de mes nouvelles m'a rassurée. Ce mec n'est peut-être pas qu'un gros con.

Ce matin est le dernier dans cette maison loin du monde. Nous avons reculé notre départ au maximum. Seulement, Hugo doit reprendre le travail demain. Bientôt dix jours que nous vivons à ce rythme d'amour et d'eau fraîche, et si, bien sûr, il en faut peu pour être heureux, « les sous, ça ne pousse pas dans les pommiers », comme dirait ma mère – ce à quoi je lui réponds toujours : « Ni dans les marguerites ! »

Hugo charge la voiture, tandis que je prends le temps de dire au revoir à la maison. Accompagnée de Berlin qui me suit à la trace, je fais un dernier tour, afin de vérifier que l'on n'a rien oublié. Au moment de fermer la baie vitrée donnant sur la terrasse, j'aperçois mon carnet, tombé sous la table. Je le récupère et m'assois une dernière fois dans l'herbe pour admirer cette vue que je n'oublierai jamais. Berlin s'installe à mon côté. Nez au vent, on respire l'air de la belle Provence. Le vent s'est levé et commence à pousser le soleil vers la sortie. Une pluie légère se met à tomber.

– Il est temps de rentrer chez nous, mon Berlin.

Il me regarde, pas convaincu, puis finit par se jeter sur moi pour me faire la fête.

– Oui, oui, moi aussi je t'aime. Allez, viens. Hugo nous attend.

Une fois dans la voiture, Hugo démarre. À travers le rétroviseur, j'observe nos débuts s'éloigner, en espérant que la suite sera belle. Soudain, un arc-en-ciel apparaît. Silencieusement, je remercie l'univers, en priant que ça ne soit pas trop beau pour être vrai.

Chapitre 26

Depuis des semaines, Paris se déguise en sapin de Noël. Et même si le Sud me manque, la légèreté a gagné mon cœur et mes pas. Tout est plus souple, plus simple. Le flou devient net et le net se précise. Chaque mercredi, je rends visite à Chantal et continue mon apprentissage. Je vois moins Hugo, qui a repris le travail. Mais, lorsqu'on se retrouve, c'est pour le mieux. Tous deux, on s'applique à construire le couple qui nous correspond. Pour l'instant, la seule promesse que l'on s'est faite est celle de ne pas s'oublier individuellement et de travailler à nos bonheurs respectifs. Je n'ai jamais été aussi occupée, alors que je n'ai plus aucune obligation.

À mon retour, M. Dubot m'a envoyé un message pour que je vienne récupérer les papiers et mon solde de tout compte. Depuis, je me nourris de sorties au musée, d'expositions, de cinéma et de théâtre. Je dévore des romans en tout genre, érotiques, thrillers, initiation au bonheur, tout y passe. J'ai retrouvé mon piano et le fais vibrer de mes inspirations quotidiennes. Pour fêter ça, je me suis acheté un nouveau carnet, dédié uniquement à la musique. J'y écris mes chansons et les accords qui les accompagnent. Je suis de plus en plus assidue et consacre une bonne partie de mon temps à mon rêve. Je passe mes après-midi à chercher des mélodies et des mots à mettre dessus. Puis je les enregistre, grâce au cadeau surprise de ma famille.

Le soir même de mon retour, ma mère m'attendait dans mon appartement. Avec la complicité de Judith et Lili, elle avait tout organisé en douce. Quand je suis rentrée, mon studio s'était transformé en temple musical : un nouvel ordinateur, une carte son, un micro, un casque et un clavier maître trônaient au milieu de mon salon. J'ai bien cru à une hallucination. Ma mère est sortie de la cuisine et m'a tendu les bras. Dans ses yeux dansait une fierté immense que je pensais ne plus jamais revoir. J'ai eu la sensation de redevenir cette petite fille qu'elle aimait fort, celle qui ne l'avait pas encore déçue. Notre relation s'était tellement dégradée ces dernières années que regagner son admiration était inespéré. Avant que je n'explose en sanglots d'enfant, elle m'a enlacée, serrée de toutes ses forces de maman et murmuré au creux de l'oreille : « Si tu savais comme je suis fière de la femme que tu es en train de devenir, ma roussette. J'ai eu peur de ne jamais te retrouver… » Nous sommes restées debout au milieu du salon à nous bercer de mots doux et de pardon.

Une heure après, les cousines nous ont rejointes, ainsi que ma tante Claudine, surnommée Klo'Lanta. Je ne l'avais pas vue depuis une éternité. Nous avons ri, papoté et picolé du bon vin. Elles voulaient rencontrer le fameux Hugo, mais j'ai tenu bon. Il y a un moment pour tout et l'heure était aux retrouvailles, non aux présentations. Toute la nuit, nous avons refait le monde et philosophé. C'était si bon et si doux de les retrouver. La famille a quelque chose de magique, quand elle ne souffre pas du passé. Mamie Gangsta était la grande absente de cette soirée – elle était trop fatiguée pour se déplacer, était avec nous par la pensée –, mais je n'ai pas laissé paraître ma déception.

Dès le lendemain, je suis allée la remercier. Je me doutais bien qu'une idée pareille ne pouvait que venir de ma Gangsta. Quand je lui ai raconté ma joie, elle avait encore plus d'étoiles dans les yeux que moi la veille. Elle m'avait terriblement manqué. Elle et toutes ses mimiques qui la caractérisent : son menton tremblotant, sa tête qui dodeline de gauche à droite, sa façon de poser ses mains sur ses genoux et de triturer sa serviette du bout de ses doigts. Certaines personnes vous émeuvent sans rien faire, être à leur côté suffit. Au moment de partir, je l'ai serrée contre moi. J'ai senti son cœur battre au ralenti, comparé au mien. Les paroles de ma mère ont alors retenti dans mes oreilles : « Il est souvent trop tard quand on s'en rend compte. » Depuis, je passe voir ma grand-mère tous les deux jours. Le temps d'un thé, d'un câlin, d'un souvenir de sa vie derrière elle, comme elle aime dire. Je profite de chaque instant. Je la sens vieillir. Elle se mélange dans les dates, confond les prénoms et se répète. Et ce fichu malaise qui me taraude depuis hier. Elle était en train de raconter une anecdote tout en cuisinant quand, soudain, elle a perdu l'équilibre. J'ai insisté pour appeler un médecin, seulement Mamie Gangsta est plus têtue qu'un âne et a refusé catégoriquement. Soi-disant, ce n'est pas si terrible, passé un certain âge.

Aujourd'hui, j'ai rendez-vous avec Chantal. J'en profiterai pour lui en toucher un mot, car je n'arrive pas à déceler si c'est mon intuition ou bien mes foutues peurs. Tout en me préparant, je discute avec Billie. L'ordinateur posé sur la table, je m'agite dans tous les sens face à l'écran.

– En fait, il est quelle heure chez toi ?

– 2 heures du mat' !

– Et tu es encore au bureau ?!

– Laisse tomber, les Américains sont des acharnés du travail. Ici, les 35 heures, ils connaissent pas, je peux te dire. Si tu veux te faire une place, t'as intérêt à cravacher. Du coup, c'est ce que je fais. Et toi, tu es bien matinale, dis-moi !

– Il est très exactement 8 heures et je m'habille, car je dois voir Chantal, ce matin.

– Ça se passe bien ?

– Ben, regarde ! lui dis-je en me désignant tout sourire.

– C'est vrai que je ne t'ai jamais vue aussi en forme. On dirait même que tu as pris un peu de poids, ça te va bien.

– Merci ma Billie. Je me suis mise à cuisiner, t'imagines ?

– Et ton Hugo ?

– J'aimerais tellement te le présenter.

– T'es amoureuse ?

– De moi ? De plus en plus et de mieux en mieux.

Je détourne la question. Ce que je vis avec lui est tellement à part de tout ce que j'ai connu que j'ai peur de nous porter malheur. Je préfère taire mes sentiments, les garder pour moi. De cette façon, j'ai l'impression de me protéger du danger.

– Sinon, *any news from* Ava ?

– Aucune. Elle m'a dit qu'elle avait besoin de temps, je lui en laisse. Bon, tu reviens quand ?

– Attention, bruit de tambour…

Je tape sur le rebord de la table, impatiente d'entendre sa réponse.

– Le… Le…

– Allez ! Dis-moi !

– Je serai parmi vous pour les fêtes, j'atterris le 24, plus précisément.

– ÇA, c'est une bonne nouvelle. Encore un mois à patienter…

– Moins. Je te signale qu'on est le 1er décembre.

– Mais non ! Tu te moques de moi ? Je te jure, depuis que j'ai arrêté de travailler et que je me suis remise à la musique, je ne vois plus le temps passer.

– Depuis que tu es amoureuse, surtout !

– Oh, désolée, je ne t'entends plus, ça capte mal, je passe dans un tunnel.

– Tu sais que tu t'es trompée de vocation, Mars. Tu as déjà pensé à faire du *stand-up* ?

La main sur la bouche, j'imite le bruit des interférences. Billie explose de rire et raccroche. Quelques secondes après, je reçois un message de sa part : « Tu es folle, ma Martienne, et c'est pour ça que je t'aime. »

J'arrive chez Chantal avec un peu d'avance. On en profite pour boire un café dans sa cuisine et manger un bout de son fameux quatre-quarts.

– On réfléchit mieux le ventre plein, lance-t-elle entre deux bouchées et une bouffée de son cigarillo.

– Chantal, comment différencier la peur de l'intuition ?

– T'as un exemple ?

– Si je m'écoutais, je retournerais vivre avec Mamie Gangsta. Depuis que je suis revenue de vacances, j'entends les tic-tac d'un compte à rebours quand je la vois. J'ai peur qu'elle s'en aille…

– On meurt tous un jour, tu sais, ma petite.

– C'est bien le problème, soupiré-je.

– Alors, là, permets-moi de te dire que tu es complètement à côté de la plaque.

– Pourquoi passer une vie à aimer des êtres plus que tout, si c'est pour les perdre ? Quel sens à tout cela ?

À mesure que je parle, ma voix se fissure.

– Pourquoi s'attacher, si tout se termine un jour ?

– Personne n'a dit que c'était fini, on ignore juste la suite. Et on ne perd pas les gens sous prétexte qu'on ne les voit plus. Ils continuent à vivre, différemment. L'âme ne meurt pas, elle voyage.

– Qu'est-ce que tu en sais ?

– Pas grand-chose et beaucoup à la fois. Nous n'avons pas de certitudes, seules nos croyances répondent à la question. Donc autant croire à une histoire qui te fait du bien ! Visiblement, penser qu'il n'y a rien après la mort te rend triste comme les pierres, regarde-toi. À peine tu en parles, ça te monte aux yeux. Pourquoi souffrir de l'avenir, alors que le présent te propose de profiter ? C'est la torture que s'infligent les hommes de ce monde, soit ils vivent dans la douleur du passé, soit ils se terrorisent avec l'incertitude de la suite, au point d'en oublier l'instant présent. De toute façon, je vais te dire une chose : la peur n'évite pas le danger. Ça se saurait !

– D'accord, mais reconnais que tout est fait pour nous effrayer. Tu as déjà vu un enterrement joyeux ? Non, il faut se vêtir de noir et pleurer. Dans les films, quand ils annoncent un décès, les gens hurlent de douleur.

– Ça s'appelle une croyance collective, propre à une culture, une société. Par exemple, chez les Amérindiens, les Navajos, précise-t-elle avec un accent espagnol venu d'ailleurs, ils considèrent la mort comme une renaissance. Leur rite funéraire est extrêmement joyeux et ne ressemble en rien au nôtre. Comme au Mexique, d'ailleurs. Là-bas, les tombes sont garnies de fleurs colorées, de bougies et d'offrandes. Les gens dansent, chantent et picolent de la tequila sur la sépulture du défunt. J'y ai assisté une fois, c'était hallucinant.

– Vraiment ?

– Puisque je te le dis !

Chantal se lève, s'en va dans la pièce d'à côté, puis revient, un paquet de feuilles blanches à la main. Elle en dépose un petit tas devant moi et me tend un stylo.

– L'intuition, l'instinct, bref, celle que tu appelles ta petite voix ne gronde jamais. Elle chuchote, souffle, suggère. Il faut tendre l'oreille, c'est une écoute subtile qui demande du calme. Alors que tes pipelettes sont faites d'injonctions. Elles sont autoritaires, parfois même moqueuses. Nos peurs sont souvent le reflet de nos croyances limitantes. Elles nous freinent et nous empêchent d'élargir notre vision, donc notre champ d'action. Donc, pour accéder à notre intuition, il faut commencer par faire baisser le son de tes pipelettes. Première étape : note « *Ce que mes pipelettes veulent me faire croire* », puis ouvre le dialogue à l'écrit.

– Maintenant ?

– Eh bien oui, pardi ! Pas demain.

– Mais je vais avoir l'air ridicule.

– Qu'est-ce qu'on s'en fout, franchement !

J'obtempère et débute l'exercice. La page se noircit d'angoisses.

– *Que Mamie Gangsta va mourir*
– *Que je n'ai pas assez profité d'elle*
– *Que je ne m'en remettrai pas*
– *Que je ne sais pas vivre sans elle*
– *Que je ne la reverrai plus jamais*
– *Que la mort est la pire chose qui puisse exister*
– *Que c'est la fin, le point de non-retour*

Quand je relève la tête, indiquant à Chantal que j'ai terminé, elle me tend un mouchoir et saisit ma feuille.

– Y a-t-il une ligne que tu as écrite, dont tu puisses certifier la vérité absolue ? Comme on peut affirmer avec certitude que la guerre de 14-18 a bien existé. À part la première phrase, bien entendu. Car, oui, Huguette va mourir un jour. Quand ? C'est une autre question, à laquelle personne n'a de réponse. Mais le reste ?

Chantal déboute une à une mes croyances.

– Sincèrement, tu penses vraiment ne pas avoir assez profité d'elle ? Alors que vous avez vécu ensemble dix ans, qu'elle est à tes côtés depuis le début. Tu es certainement sa petite-fille qui a passé le plus de temps avec elle.

– Vu de cette façon…

– Prends un moment et remémore-toi tout ce que vous avez partagé et traversé toutes les deux.

Je ferme les yeux, les images défilent. Il y en a tellement, qu'il est impossible de les compter. En fin de compte, ma boîte à souvenirs est pleine de vie, de couleurs, d'odeurs et surtout d'amour. Mes pipelettes se sont tues.

– Tu as raison, cette phrase n'a rien d'une vérité.

– Parfait ! Continuons. Voyons la suivante. N'est-ce pas le cycle de la vie : dire au revoir à ceux qui nous ont précédés ? Tu penses ne pas t'en remettre, car tu te persuades « que la mort est la pire chose qui puisse exister », je te cite. Or, encore une fois, tu es conditionnée par une éducation, une culture, une société. Si tu avais été bercée par un autre discours, tu verrais les choses autrement, donc…

– Ce n'est qu'une perception. Si je le désire, je peux la changer.

– Magnifique, *mija*. Ça commence à rentrer dans ta *cabeza*. Comprends bien, ce ne sont que des pensées. Tant que tu n'y crois pas, elles sont inoffensives. Dès que tu les nourris, elles fondent ta réalité.

Chantal saisit un briquet et enflamme mes peurs. Je les regarde brûler au bout de ses doigts, ornés de pierres. Elle finit par les lâcher dans l'évier et fait couler un filet d'eau. Elle ouvre la fenêtre de la cuisine au-dessus du lavabo et chasse la fumée de ses deux mains.

– Allez-vous-en, bande de salopes ! Par amour pour Mars, je vous congédie. Viens avec moi, tu vas voir, ça fait un bien fou.

Cette femme est hors-norme. C'est un sketch à elle toute seule et, le plus fou dans tout cela, c'est que ça fonctionne. Je me lève et la rejoins.

– Parce que j'ai de l'amour pour moi et en moi, je décide de croire que la vie continue après la mort. Barrez-vous, les pipelettes. *Adios, sayonara, goodbye !*

Pendant deux bonnes minutes, je m'époumone à dire adieu à mes pensées négatives. Chantal et moi rions aux éclats. Elle nous ressert un café et me tend une nouvelle feuille blanche.

– Maintenant, à toi d'écrire une nouvelle version du scénario et ancre tes nouvelles croyances dans ton cœur, tous les matins. Murmure-lui ce que tu décides de penser. Tu peux même les réécrire plusieurs fois, chaque jour. Jusqu'à ce que réfléchir de cette manière devienne naturel. Allez, file. Tu n'as pas besoin de moi pour cette étape.

Chantal a un don pour la transmission. Avec elle, la sagesse semble à portée de main. Elle a l'art d'enseigner la vie avec drôlerie pour la rendre plus belle, elle a la parole décomplexante et l'attitude assumée d'une femme puissante. *Sacrée Chantal*, me dis-je en refermant la porte derrière moi.

Je repars sereine et fière. Mon esprit gagne en agilité et mon mental n'est plus mon ennemi, mais un outil que j'apprends à manipuler pour me créer le meilleur, MON meilleur.

Chapitre 27

Billie m'a fait la surprise d'arriver plus tôt que prévu. Son 24 décembre n'était qu'un leurre. Nous sommes le 15 et la voilà, toute pimpante et guillerette au milieu de mon salon. On saute de joie en tournant sur nous-mêmes. Nos retrouvailles ressemblent à un feu d'artifice. On se pose un milliard de questions, on s'inspecte sous tous les angles et on se complimente à tour de rôle. Berlin manifeste son bonheur, aboie, couine, et sa queue ressemble à un métronome qui battrait la mesure à grande vitesse.

Je me préparais pour aller au restaurant avec Hugo quand Billie a sonné à ma porte. Je suis habillée d'une robe d'hiver moulante à souhait et, pour une fois, mes lèvres sont maquillées de rouge orangé. J'ai natté mes boucles rousses en une tresse lâche et épaisse, et habillé mes pieds de bottines à talons pour mettre mes courbes à leur avantage.

– Et peut-on savoir où elle va, celle-là ?

– J'ai rendez-vous avec Hugo dans le bistrot où il travaille, juste à l'angle de la rue, et tu vas venir avec moi. Laisse tes valises ici : de toute façon, ce soir, tu dors à la maison !

– J'y comptais bien. J'espère que je suis la première à le rencontrer, sinon ça va barder.

– Je ne risquais pas de te faire une telle offense, tu me connais.

– J'en sais rien, tu as tellement changé, me souffle-t-elle, émue. Je suis si fière de toi, j'ai l'impression de retrouver la Mars du début. Tu ne dégages plus la même chose, c'est stupéfiant. On pourrait même croire que tu es devenue sage.

– Ne t'inquiète pas, je n'ai pas perdu mon grain de folie. Je l'ai juste canalisé, on va dire.

– Laisse-moi le temps de prendre une douche et de me changer. J'ai passé huit heures dans un avion, serrée comme une sardine, entre une adolescente odieuse et un mec qui n'a cessé de ronfler, je n'ai pas réussi à dormir plus de cinq minutes.

Je lui sors une serviette et l'installe dans la salle de bain. Tout est propre, rangé et à sa place : les parfums sont alignés par ordre de grandeur sur une étagère ; le maquillage est soigneusement disposé sur celle du dessous ; démaquillants, lotions, crèmes pour le visage encadrent le lavabo ; savons, shampoings, masques pour les cheveux sont empilés sur un support ventousé au mur.

– Je rêve ou tu es devenue une fée du logis ?

– Moque-toi ! J'apprends à devenir une fée, tout court !

Pendant que Billie se fait une beauté, j'en profite pour planifier un déjeuner avec les cousines. Entre deux messages de Judith, la date affichée sur l'écran de mon téléphone attire mon attention : jeudi 15 décembre. Je fouille dans mes souvenirs, au bout de quelques secondes ça fait tilt. Aujourd'hui, Ava fête ses 29 ans.

Il y a trois mois et demi, je me réveillais d'une terrible cuite. J'avais le cœur en vrac, la mémoire en compote et une vie dissolue. Je ne croyais plus en rien, ni en moi, ni en l'amour. J'étais toute cassée et abîmée par les mensonges et ce passé, que je pensais trop lourd à porter. Assise sur mon tabouret bleu, je repense à tout ce que j'ai été et ne suis plus. Rapidement, je pianote sur mon portable : « Bon anniversaire Ava. J'espère que tu vas bien. Je t'embrasse. Mars »

Après une dizaine de minutes, Billie ressort de la salle de bain, propre comme un sou neuf. Elle se glisse dans une salopette noire et enfile une paire de talons aiguilles.

– Je ne sais pas si tu as remarqué, mais il pleut, dis-je en pointant la fenêtre.

– Et alors ? Je vais mettre mon manteau.

– Je disais ça pour tes chaussures, on dirait des échasses. Vu le temps, elles risquent de se transformer en patins à glace.

Ça n'a pas manqué, à peine dehors, Billie dévale les marches du perron sur les fesses. Mais rien ne lui fait honte. Elle rit de toutes ses dents, puis se relève comme si c'était normal de faire de la luge en plein Paris.

Juste après sa chute, la pluie a cessé. Depuis plusieurs heures, nous sommes installés en terrasse, emmitouflés sous des couvertures en laine. C'est le souci avec les fumeurs, on est prêt à tout, même à se cailler les miches. Après lui avoir fait subir un interrogatoire en bonne et due forme, Billie a baissé les armes face à Hugo, et les présentations se sont vites transformées en une complicité évidente. La soirée se déroule comme je l'imaginais : on se marre, on partage nos anecdotes et Billie nous raconte sa vie de *Frenchie* à New York. Tout cela accompagné d'un divin nectar à la robe rouge, que j'ai déniché chez un petit caviste de la rue de l'Ourcq.

Hugo a réussi à convaincre son patron de nous laisser boire du bon pinard en échange d'un droit de bouchon. Depuis que je m'autorise au meilleur, je m'interdis les alcools bas de gamme. Fini les bourrages de gueule pour oublier. Maintenant, je m'enivre de douceurs pour me souvenir de tout. J'évite les verres de trop et je laisse la poudre pour les autres. Plus de nuits blanches en gruyère ni de bras où me perdre. Les siens et les miens me suffisent.

Je suis sur un petit nuage, avec ma meilleure amie et Hugo réunis. Ça me rappelle l'époque où Billie, Alexandre et moi étions comme les trois doigts de la main. La simplicité est au rendez-vous, sans mélancolie à l'horizon. Et si mon deuil était enfin fait ?

– On se boirait pas une coupette de champagne ? suggère Billie.

– Pour ma part, ça ira, je vais boire de l'eau. Je suis un peu barbouillée, j'ai trop mangé ce midi. Je suis allée déjeuner chez Mamie Gangsta et, comme d'habitude, elle avait préparé pour un régiment.

– Tiens, bonne idée ça. C'est sympa de picoler, mais faut aussi éponger.

– Un burger ? Une salade ? propose Hugo.

– J'ai une tête à manger de la laitue ?

Hugo se lève et file en cuisine voir directement avec le chef. Dès qu'il est hors de portée, Billie se tourne vers moi tout excitée et allume une énième cigarette, celle des confidences.

– Je l'adore ! Je le sens bien, ce Hugo.

– Tu me promets ? Tu ne dis pas ça pour me faire plaisir ?

– Tu rigoles, j'espère. Tu sais très bien que j'ai le pif, me dit-elle en posant son doigt sur le bout de son nez, un vrai radar à connard et, lui, ça n'en est pas un. Il a certainement d'autres défauts, mais pas celui-ci. Puis vous êtes beaux tous les deux : simples, naturels, sans chichi. Je te jure, vous me donnez presque envie d'être amoureuse.

– Arrête avec ce mot !

Hugo revient sur la terrasse. D'une main, il tient une bouteille de champagne et une carafe d'eau pétillante, de l'autre, trois coupes.

– Bon ! À la base, si je t'avais invitée ce soir, Mars, c'était pour fêter une bonne nouvelle, et comme Billie est là, c'est encore mieux.

Je le regarde, intriguée et inquiète. J'ai beau chercher, je ne vois pas de quoi il peut bien parler. Billie saisit mon étonnement et fout les deux pieds dans le plat.

– Ne me dis pas que tu vas la demander en mariage, parce que, là, je meurs tellement c'est mignon, dit-elle en faisant semblant de s'évanouir.

– Ça n'a rien de « mignon », ce serait même carrément flippant. Si tu pouvais te calmer deux secondes, tu ne vois pas que je suis à deux doigts de la crise d'angoisse, chuchoté-je à Billie.

– Pas de panique, Mars. Respire, je ne vais pas me mettre à genoux, ni sortir une bague de ma poche. J'ai fait écouter les maquettes que tu as faites ces derniers temps à un ami de longue date qui bosse dans la musique et il a beaucoup aimé ta voix, ton style, ta plume. Il aimerait te rencontrer, en vue de devenir ton manager éventuellement.

Tandis qu'un cri de joie s'échappe involontairement de ma bouche et que je tente de me jeter dans les bras d'Hugo, Billie s'interpose.

– Pardon, cher Hugo. Je préfère te prévenir tout de suite, c'est moi la manageuse de ce diamant brut et ce depuis le début. Elle ne t'a pas raconté notre épopée quand nous sommes arrivées dans la capitale : Montmartre, les open-mic… Je l'ai même fait chanter dans le métro.

Notre allégresse résonne jusqu'au bout de la rue. On trinque, on rit, on savoure. Billie saute sur l'occasion pour lui raconter nos débuts de Parisiennes : nos successions de petits boulots, nos tentatives de réussite et nos déceptions communes à force de se prendre des portes dans le nez. Cette soirée est un mélange de souvenirs et d'avenir. De nouvelles perspectives se dessinent et me confirment que j'ai bien fait de quitter mon job et de remettre mes doigts sur un clavier. Même si je me refuse de faire des plans sur la comète, cet éventuel entretien avec le pote d'Hugo me motive. Mais, si je suis sincère, je suis tout aussi impatiente qu'apeurée. Encore une fois, tout ceci me semble trop beau pour être vrai. Pourquoi le bonheur nous fait-il si peur ?

Alors que Billie déballe notre enfance à Dreux par le menu, mon portable vibre dans mon sac. Je profite de la tirade sans fin de ma meilleure amie pour jeter un œil à mes notifications. Ava m'a répondu : « Merci d'avoir pensé à moi. Je me sens si minable de ne pas t'avoir donné de nouvelles depuis mon dernier message. Mais j'ai tellement peur que papa m'en veuille et je ne peux pas me fâcher avec lui, pas maintenant. J'espère que tu vas bien, que tu t'es réconciliée avec ton Hugo et qu'on se reverra vite. » J'interdis à mes pipelettes de me désorienter et tape à toute vitesse sur les touches de mon téléphone : « Tu avais raison : il ne faut pas mettre tous les hommes dans le même panier. Pour Philippe, je comprends ton dilemme et, en même temps, avons-nous besoin de son autorisation pour nous voir ? » Sa réponse est rapide pour une fois : « Tu n'as pas tort. En attendant, je t'embrasse fort ! P-S : Merci d'être aussi compréhensive, j'ai de la chance que tu sois aussi indulgente avec mes silences. » Je me contiens de rire pour ne pas attirer l'attention sur moi. Si seulement elle savait à quel point je ne l'étais pas avant.

Les heures tournent et la fatigue me gagne. Hugo est venu s'asseoir à côté de moi. Discrètement, il caresse la paume de ma main, sous la table. La tête posée contre son épaule, je les écoute bavarder tout en observant la nuit. Une étoile filante traverse le ciel. Sans même réfléchir, cette fois, je ferme les yeux et fais un vœu.

Chapitre 28

Ce matin, j'ai rempli la dernière page de mon Moleskine, sous les yeux ébahis de Billie – nous ne nous sommes pas décollées d'une semelle depuis trois jours –, qui ne s'en remet pas de me découvrir si assidue et concentrée. L'après-midi, nous sommes passées chez Mamie Gangsta et nous l'avons convaincue de se joindre à nous pour un tour du quartier. Je voulais absolument qu'elle m'accompagne acheter mon nouveau carnet dans sa librairie fétiche où trône un joli stand papeterie.

À la fin de la journée, Billie a récupéré ses valises, loué une voiture et s'en est allée direction Dreux. Quant à moi, je me suis octroyé le plaisir de rester dormir chez ma grand-mère. Comme au bon vieux temps, nous avons parlé des heures, assises côte à côte sur son canapé, Berlin en boule entre nous. Tout en buvant son vin chaud à la cannelle, je l'écoutais, émerveillée d'entendre ce que je savais déjà en réalité. Pour la première fois, je lui ai demandé si je pouvais l'enregistrer. J'ignore pourquoi ma petite voix m'a soufflé cette drôle d'idée, mais j'ai suivi mon instinct, sans me poser plus de questions. Grâce au dictaphone de mon portable, j'ai consigné son histoire et ses intonations.

Cette soirée est devenue une sorte d'interview des plus intimes. Je rebondissais sur ce qu'elle me racontait, je cherchais à comprendre les émotions les plus profondes qu'elle avait pu ressentir à chaque étape de sa vie. Parfois, elle s'égarait à tel point dans ses souvenirs qu'elle se mélangeait les pinceaux dans les dates. Elle était convaincue que j'étais née le 30 mars, jusqu'à ce que je comprenne qu'elle pensait parler à ma mère. J'ai fait semblant, je l'ai laissée croire que j'étais Marguerite. À la fin, nous nous sommes endormies, main dans la main, dans son grand lit à fleurs. Et sans bruit, j'ai pleuré jusqu'à ce que le sommeil emporte ma peine.

Le lendemain, je suis la première debout. Il est à peine 9 heures, j'ai déjà sorti Berlin et fait les courses pour le petit-déjeuner. Alors que je m'agite dans la cuisine pour préparer le brunch, Mamie Gangsta se réveille.

– En effet, Chantal est une véritable magicienne ! s'exclame-t-elle en me découvrant à l'œuvre.

Ma grand-mère semble avoir retrouvé la mémoire. Alors que je m'apprête à la questionner à ce sujet, la porte s'ouvre brusquement. Je sursaute et découvre les jumelles, qui scandent à tue-tête :

– Surpriiiiiiiiiiiiiise !!!

Voilà l'exemple type de notre organisation désordonnée et de notre fâcheuse tendance à se pointer à l'improviste. Judith ne tient pas très droit, Lili louche. Tout laisse à penser qu'elles sont beurrées comme des petits Lu.

– Heureusement que l'avenir appartient à ceux qui se lèvent tôt, n'est-ce pas mamie ? lui lancé-je en clin d'œil.

– Ah, non ! Vous n'allez pas vous y mettre, vous aussi. C'est terrible, quand il y en a une qui se calme, les deux autres prennent le relais. Vous venez d'où comme ça ?

– On était à Dreux, chez tata.

Je n'ai pas le temps d'en placer une que la porte s'ouvre à nouveau. Ma mère, Christine, Billie et Klo'Lanta ont des chapeaux sur la tête et des langues de belle-mère entre les dents.

– On a décidé de fêter Noël en avance, c'est bien trop ringard de faire ça le 24 ou le 25. On est modernes, nous ! s'exclame Billie tandis que les trois autres applaudissent.

Klo'Lanta entre, un énorme plateau de fruits de mer à bout de bras. En même temps, Christine nous tend un sac rempli des ingrédients indispensables : foie gras, saumon fumé, fromages, confiture de figue… pendant que Billie récupère le carton de champagne, laissé sur le palier.

– On a apporté de quoi célébrer ça dignement, ma petite maman, s'égosille ma mère, qui n'a pas l'air plus sobre que le reste de la troupe.

– Vous êtes folles, mes filles. Qu'est-ce que je vous aime, merci mes amours.

Autant dire que je ne comprends strictement rien à ce qu'il se passe. Ma mère et ma tante ont pété un plomb et ma grand-mère s'en émeut à un point qui me dépasse.

– Billie, tu peux m'expliquer ?

– Mais rien, on a festoyé toute la nuit et, après moult réflexions, on s'est dit : pourquoi remettre au lendemain ce que l'on peut faire aujourd'hui ?

– Pourquoi vous ne m'avez pas invitée à « festoyer » avec vous ?

– Je t'ai proposé de venir, tu ne voulais pas.

– Mais je ne savais pas qu'il y aurait tout le monde !

– Mais moi non plus, me répond-elle sur le même ton. Bon, tu ne veux pas arrêter de te poser des questions, de temps en temps ? On est toutes joyeuses et heureuses de se retrouver. Profite, nom d'une pipe.

Billie a vu juste, j'ai une chance folle. Ce Noël est de loin le plus drôle et le plus inattendu que j'aie jamais vécu. Ma mère est détendue comme elle ne l'a que rarement été. Elle rit en rejetant sa tête en arrière et fait même des blagues. Elle couvre mamie de baisers et de mots tendres, serre sa sœur dans ses bras et vient par moments se blottir dans les miens. Quant aux cousines, elles ont décidé de faire de cette journée un album photo. Portable à la main, elles filment chaque instant de complicité et capturent le bonheur en arrêt sur image. Lili a fini par ressortir la boîte de déguisements et nous a vêtues d'accessoires loufoques afin d'immortaliser ce réveillon. Alignées de la plus grande à la plus petite, les poupées russes que nous sommes se serrent les unes contre les autres pour que toutes entrent dans le cadre : mamie porte le chapeau melon de Chaplin ; ma mère a enfilé une robe des Années folles ; Klo'Lanta a enroulé ses cheveux dans un foulard hippie ; Judith a accroché à son chignon une plume rose fuchsia ; Lili a mis le vieux blouson en cuir façon motard de papy Henri ; Billie a un porte-cigarette au coin de la bouche ; et moi, j'arbore une parure de faux diamants autour du cou. Même Berlin a le droit au détail qui fait mouche : il tient une pipe en bois dans la gueule, persuadé que Judith lui a tendu un os. Le compte à rebours a commencé, Lili court pour nous rejoindre. 3, 2, 1 : Joyeux Noël !

Cette photo ira sur mon tableau concrétisateur. Pour ne jamais oublier à quel point la vie peut être belle, quand on sait la savourer.

Chapitre 29

Mamie Gangsta était si rayonnante et heureuse que j'en ai oublié l'incident de la veille de Noël, me persuadant que ça devait être la vieillerie, comme elle dit. Cette soirée improvisée a duré toute la journée et s'est finie à la tombée de la nuit. Nous avons bu à en faire pétiller notre sang de bulles de champagne et mangé à nous en tordre le foie. Moi qui ne suis plus habituée à tirer sur la corde, j'ai mis deux jours à m'en remettre. Bien sûr, j'ai légèrement exagéré et m'en suis servie comme alibi pour rester sous la couette avec mon amoureux. C'est sorti, je l'ai dit, ce n'était pas prévu. Je lui ai déposé un « mon amour » en bouquet final à nos étreintes. Il l'a avalé de ses lèvres charnues, ému d'entendre enfin des mots doux sortir de ma bouche frileuse. Après ça, je lui ai lancé un défi, celui de se manquer pour se retrouver plus fort. Je voulais me confronter à la solitude et vérifier l'état de mon indépendance. Résultat, ça va faire une semaine qu'on ne s'est pas vus, mon autonomie est intacte et mon désir pour lui est toujours aussi brûlant. Bien sûr, on n'a pas su résister à nos jeux d'avant. Hugo est venu glisser quelques mots doux sous ma porte, et moi, je suis passée devant son bistrot avec des Post-it collés sur le front en réponse aux siens.

Et dire que je ne croyais qu'aux passions déchirantes ou à l'ennui du quotidien qui effrite les couples en un rien de temps. Chaque jour qui passe me prouve le contraire.

Le travail avec Chantal paie et s'est intensifié avec l'arrivée de l'hiver. Le temps ne me donne guère envie de mettre le nez dehors. Alors, hormis les balades journalières avec Berlin, je passe le plus clair de mon temps chez moi, à bûcher la nouvelle leçon : reconnaissance et légitimité. Ce chapitre me donne du fil à retordre. Comme d'habitude, Chantal me propose une vision différente de ce que j'ai entendu jusqu'à présent. Elle est convaincue que je peux m'accorder ce que Kléber a toujours refusé de me donner et pense que se sentir légitime est un état d'esprit. Plus facile à dire qu'à faire. C'est une entreprise colossale que celle de devenir son propre patron et la PDG de son quotidien.

Aujourd'hui, Chantal a changé nos habitudes et m'a donné rendez-vous en dehors de notre quartier. De loin, je l'aperçois cheveux aux vent, emmitonnée dans une étoffe moelleuse de couleur verte. Elle contemple l'opéra Garnier tout en fumant son cigarillo, je me poste à son côté et fais de même. Si seulement les voitures étaient moins nombreuses ou plus silencieuses. J'ai l'impression d'être au milieu d'une course automobile, sans ligne d'arrivée. Malgré cela, le monument impressionne par sa beauté renversante. Tout a été pensé dans les moindres détails, le hasard n'a pas sa place au sein d'une réalisation de cette ampleur. Sur la façade est écrit en majuscules et lettres d'or : ACADÉMIE NATIONALE DE MUSIQUE. Le doute s'empare de moi. J'espère que

Chantal ne s'imagine pas que mon rêve est dressé devant nous. Car le mien serait plutôt boulevard des Capucines, à quelques mètres d'ici. Certes, le bâtiment est moins impressionnant, mais ses néons rouges sont mythiques, tout comme sa salle.

– Détends-toi ma petite, je sais bien que tu n'es pas chanteuse lyrique.

– Je vais vraiment finir par croire que tu as des pouvoirs magiques. Tu lis dans mes pensées ou quoi ?

– C'est tout comme ! Mais ce n'est pas le sujet, dit-elle sans détourner le regard, le mec qui a conçu ce lieu s'appelle Charles Garnier. Il avait 35 ans quand il a imaginé cet édifice pour le concours organisé par Napoléon III.

– Chantal, si tu m'as fait venir pour un cours d'histoire, tu ne veux pas qu'on remette ça au printemps ? lui proposé-je, frigorifiée.

– À l'époque, Charles Garnier était un jeune architecte, il n'avait pas encore fait ses preuves sur un projet d'une telle envergure. La plupart des gens imaginent que la légitimité et la reconnaissance sont liées à ce que les autres perçoivent de leur travail, de leurs capacités. Ils attendent leur validation. Ça te parle ?

– Énormément !

– Or, le point de départ sera toujours les autorisations que tu t'accordes. Et pour « s'autoriser à », il faut « se sentir légitime de ». C'est ce système de croyances, à ce Charles, qui l'a poussé à participer à ce concours. D'ailleurs, quand il a remis ses travaux, il y a ajouté une devise : « J'aspire à beaucoup, j'attends peu. » Je te demanderai de méditer cette phrase, si tu le veux bien. Maintenant, suis-moi, on va se réchauffer en marchant.

Tout en se promenant, Chantal continue son enseignement.

– Tu sais, dans la vie, il n'y a rien de pire que l'attente, car elle engendre forcément la déception. Tu dois te construite ton propre trampoline imaginaire pour te donner l'élan de passer à l'action, trouver les ressorts pour débloquer tes peurs, et pour ça, rien de mieux que ta propre validation !

– Mais comment fait-on ?

– Toujours cette même question ridicule. Il ne s'agit pas de faire, mais de penser ! s'agace Chantal avec tendresse.

Malgré le froid glacial de décembre et l'agitation parisienne qui nous entoure, je l'écoute avec attention.

– C'est ta propre conviction qui persuadera le monde, pas l'inverse. Il n'y a pas de mal à penser du bien de soi. Commence par ressentir tes talents, donne-leur de la force et c'est ta détermination qui fera la différence.

Alors que je cogite cette vision inédite qu'elle me propose, je m'aperçois que je ne l'ai jamais remerciée. La gratitude n'a jamais fait partie de mon vocabulaire et il est grand temps que ça change.

– Tu sais, Chantal, avant que je ne commence ce voyage avec toi, je me détruisais à petit feu, persuadée de ne pas avoir droit au bonheur, ni à l'amour. C'est grâce à toi que je vais mieux aujourd'hui, que j'arrive à voir les choses autrement et à ressentir la vie différemment. Tu m'as appris à compter sur moi, à comprendre que je ne serais jamais seule, parce que maintenant je m'accompagne…

Un sentiment intense m'envahit, de ceux qui te réchauffent de l'intérieur. Un nouveau déclic vient de frapper à ma porte. Je le savoure, je le respire. Chantal m'observe du coin de l'œil.

– Ça y est, tu t'es reconnue, Mars. Ça commence par là, la reconnaissance dont je te parle, c'est comprendre qu'on existe par soi avant tout.

Elle sourit tout en tenant fermement son cigarillo entre les dents.

– Bon, je vais te donner l'exercice du jour...

– Si tu le permets, pour une fois, j'aimerais essayer toute seule.

– Alors là, tu me fais plaisir !

Je saisis mon téléphone dans mon sac, attrape le Post-it en boule qui dort au fond de ma poche depuis l'autre soir et compose le numéro. Ça sonne, bientôt quatre sonneries, ça décroche in extremis.

– Bonjour, c'est Mars à l'appareil, je vous appelle de la part d'Hugo. Il m'a dit que vous aviez écouté mes chansons et que vous aimeriez qu'on se rencontre. Si c'est toujours le cas, je suis prête, enfin, je voulais dire disponible... Oui, bien sûr... C'est noté pour le 9 janvier... Merci et bonnes fêtes de fin d'année également.

Je raccroche, fière d'avoir franchi le pas, tandis que Chantal se marre de ma maladresse.

– Tu as le droit de dire que tu es prête, Mars. C'était ta dernière leçon, aujourd'hui. Tu as toutes les clefs en main, à toi d'ouvrir les portes.

À mon visage, Chantal lit le pincement qui contracte mon cœur.

– Fais pas cette tête, la rouquine. De toute façon, je ne serai jamais loin...

Chapitre 30

Plus que quelques heures avant qu'une nouvelle année nous ouvre ses bras. J'ai revêtu une robe noire cintrée au dos nu, discrètement ouverte en bas sur le côté droit, laissant apparaître un bout de ma cuisse. Classe, un tantinet sexy, juste ce qu'il faut pour que ce soit charmant. J'ai relevé mes cheveux en un chignon romantique avec mes boucles de feu. Face au miroir de ma salle de bain, j'habille mes oreilles de fines créoles dorées et regarde celle que je suis devenue. Soudain, Hugo apparaît dans le reflet et me fait sursauter. Je ne l'ai pas entendu entrer. Depuis peu, je lui ai confié le double des clefs pour qu'il puisse se faufiler dans mon lit, sans avoir à me réveiller. Et au fond, j'avais envie de franchir une étape et que ça vienne de moi. *C'est si bon de prendre des décisions*, me dis-je en le bouffant des yeux. Lui aussi s'est mis sur son 31. Il est de plus en plus beau. Il pose sa main sur ma hanche gauche, plonge l'autre dans l'échancrure que je croyais subtile.

– M'accorderais-tu un moment pour s'aimer avant que minuit ne sonne ?

– On va être en retard, Hugo !

– Ou en avance !

– OK, mais vite alors.

– Tu me sous-estimes, mon amour…

Il me soulève, me fait basculer d'un coup sec sur le côté et me porte jusqu'au salon. Une traînée de Post-it de toutes les couleurs avec des roses dessinées dessus est disposée au sol comme un tapis. Je ris aux éclats, subjuguée par tant d'imagination.

– Toi qui ne supportes pas les *lovers*, fallait bien que je trouve une solution. Ça va ? Ce n'est pas trop ? Tu ne vas pas partir en courant ?

– Non, plus jamais je ne fuirai. Maintenant, je fais face, rétorqué-je en lui volant un baiser.

Hugo me pose, me fait tourner sur moi-même et enclenche la musique. La première chanson que nos corps ont partagée. Il me chante notre histoire accompagnée de la douce voix de Juliette. Merci Armanet, tu ne le sais pas, mais tu as marqué notre point de départ.

Après une heure à s'aimer passionnément, nous voilà à courir après notre retard. Mon chignon a disparu pour laisser place à la tignasse de Julia Roberts après une nuit agitée sur le piano de Richard Gere.

Dans son cabriolet rouge, on s'enfonce dans les embouteillages parisiens, direction Mamie Gangsta et ma tribu d'adorées.

Arrivée à son palier, on ne va pas se mentir, j'ai les jetons. Depuis Alexandre, je n'ai présenté personne à ma famille. Je défroisse ma robe et tente de remettre de l'ordre dans mes cheveux. J'inspire un grand coup, je suis prête. Quand j'ouvre la porte, je tombe sur ma grand-mère, qui tend aussitôt la main en direction d'Hugo.

– Enchantée, moi, c'est Huguette.

Il me regarde, décontenancé, tandis que j'hésite. Sa mémoire déraille-t-elle de nouveau ? Ou fait-elle semblant pour ne pas mettre Hugo dans l'embarras, au cas où il ne m'aurait pas tenue au courant de leur première rencontre ? La situation est gênante, j'attrape Mamie Gangsta dans mes bras et lui chuchote à l'oreille :

– Mamie, c'est Hugo, le neveu de Chantal, tu avais pris un café avec lui, tu te souviens ?

– Mais bien sûr ! s'écrie-t-elle.

Quelle comédienne, songé-je en l'observant faire la bise à Hugo comme du bon pain et l'entraîner à l'intérieur pour faire les présentations.

Vingt minutes plus tard, Mamie Gangsta et les cousines rient aux éclats avec Hugo, elles sont sous son charme. Klo'Lanta papote avec Marguerite au bord de la fenêtre, tout en fumant un joint, persuadées que personne ne les voit alors que tout le monde reconnaît l'odeur. Derrière le bar, à attendre les toasts de pain chaud enfournés dans le four lent, j'observe les deux sœurs. Leur complicité est belle. Je les imagine petites filles, quand elles avaient la vie devant elles. Elles nous ont eues jeunes, vite. Elles ont fait comme elles ont pu et c'était déjà beaucoup, vu d'où elles venaient, avec les bagages qu'elles transportaient. Ma mère m'aperçoit la dévisager d'amour et me sourit sa joie, celle de me voir enfin épanouie, j'imagine.

Après une courte pause pour nos estomacs déjà pleins, Mamie Gangsta pose une magnifique poularde dorée de beurre salé et son incroyable gratin dauphinois, dont elle seule détient le secret. Comme d'habitude, nos apéros prolongés font du plat de résistance le moment fatidique du décompte : 9, 8, 7, 6, 5, 4, 3, 2, 1 ! Bonne année !

Les souhaits et les câlins s'échangent. Je commence par ma grand-mère, sa folie m'a changé la vie, je lui en serai éternellement reconnaissante. Je la serre contre moi, lui glisse des milliers de merci au creux de ses oreilles capricieuses, puis continue le tour, me réservant le meilleur pour la fin. Ma mère pleure de joie, Klo'Lanta se marre, les cousines sautent partout comme des Zébulon et Billie est au téléphone avec Christine, qui n'a pas pu être parmi nous. Il ne manque plus qu'Hugo. À peine arrivée à son niveau, il m'attrape dans ses bras, me soulève au-dessus du sol et nous fait tourner sur nous-mêmes.

– Je te souhaite une merveilleuse année, ma princesse autonome ! Que cette année soit tienne, que cette année soit nôtre !

– Merci, mon amour.

Il me repose, me fixe de ses grands yeux bleus et me sourit. Ses fossettes se dessinent au creux de ses joues que je caresse tendrement. Il y a des moments où l'amour est si fort qu'il est impossible de retenir les mots.

– Je t'aime…

Surpris, il savoure, prend le temps pour me répondre.

– Merci de m'aimer de cette façon qui n'appartient qu'à nous.

On termine cette déclaration sur un baiser fougueux. Je saisis ma coupe de champagne et la tends pour trinquer à l'unisson.

– Je porte un toast à toutes ces femmes dont je suis faite, à leur amour, à leur puissance, mais aussi à ces pères absents qui ont participé à notre construction par leur silence ! À toutes les princesses autonomes de ce monde et plus encore !

– Vive les princesses autonomes ! scande à tue-tête l'armée de mon cœur.

Pendant que l'on reprend place à table, nos téléphones bipent de vœux en tout genre : amour, santé, bonheur. Je prends le temps d'en lire quelques-uns. Au milieu de cette avalanche de textos, un message d'Ava, envoyé quelques heures plus tôt : « Pardonne-moi, Mars. J'ai voulu t'en parler plus tôt, mais j'étais prise entre deux feux, à ne plus savoir quoi faire. Philippe est à l'hôpital depuis plusieurs semaines, malheureusement son état ne s'améliore pas. Je suis avec lui à l'Hôpital américain de Neuilly, rejoins-nous s'il te plaît. Je te préviens, il est très affaibli. Bien entendu tout ça est extrêmement confidentiel. Ava, ta sœur malgré tout. »

Le ciel vient de me tomber sur la tête et les nuages avec. Prise d'un terrible vertige, je me retiens à la table et manque d'emporter la nappe avec moi. Hugo me rattrape de justesse.

À présent, le silence règne et le malaise est général. Je les dévisage les unes après les autres. Tour à tour, elles baissent les yeux. J'ai l'impression d'être le dindon d'une farce imbouffable. J'étais donc la seule à ne pas savoir ? Seule Mamie Gangsta soutient mon regard.

– Mars, qu'est-ce qui se passe ? me demande Hugo.

Je lui tends mon téléphone afin qu'il lise par lui-même ce que je viens d'apprendre. Ça bouillonne à l'intérieur de moi, j'ai l'impression d'être un volcan à deux doigts de l'éruption. Tandis que je tente de maîtriser la lave, ma grand-mère se décide à parler :

– Ava m'a appelée hier et m'a prévenue qu'elle allait t'informer de la situation au plus vite.

– Depuis quand Ava t'appelle ? C'est quoi ce délire ? Tu savais pour Kléber ?

– Je suis au courant depuis un bon moment…

– Tu m'avais promis que tu ne mentirais plus ! crié-je en tapant du poing sur la table. Tu ne t'es pas dit qu'il aurait été intéressant que je le sache, pour rattraper le peu de temps qu'il nous restait ? Non ? Ça ne t'a pas traversé l'esprit ?

– Mars, je t'interdis de lui parler de cette façon, intervient ma mère.

– Alors là, évite de la ramener, fais comme les autres traîtres à cette table, tais-toi ! asséné-je entre mes dents serrées de colère. Vous vous êtes bien foutues de ma gueule, toutes, votre fausse gentillesse, vos compliments sur mes progrès, votre cadeau commun, c'était de la pitié, en réalité, c'est ça ?

– Ma chérie, ce n'est pas ce que tu t'imagines, elles sont au courant depuis peu. La situation est plus compliquée que ça en a l'air…

– Alors explique-moi, mamie, la supplié-je les yeux pleins de larmes. Je n'ai pas envie de me fâcher avec toi, je veux juste comprendre.

– Quand j'ai appris pour ton père, tu n'allais pas bien du tout, tu étais très fragile. Il fallait que je trouve une solution. Puis j'ai rencontré Chantal. Il s'est trouvé que c'était son métier, d'aider les gens, alors on a tout préparé en amont pour que tu sois capable de gérer un tel événement et, là, tu es prête.

– C'était donc pour ça, la bague, Chantal, le carnet ?

– Pas uniquement. C'était avant tout pour toi.

– J'en ai ras le bol de tes cachotteries et tes mystères. J'ai l'impression de ne pas te connaître, je ne sais plus qui tu es…

Je vois un voile de tristesse se déposer dans les yeux de ma grand-mère. Que je me déteste quand les mots dépassent ma pensée. Mes jambes tremblent et j'ignore si c'est la honte ou cette putain de colère. Je suis sur le point de me fissurer de chagrin. De toutes mes forces, j'essaye de ravaler ma peine, espérant que la fierté se manifeste. Raté. C'est incontrôlable, je craque. Elles me regardent impuissantes, à part Mamie Gangsta qui s'efforce de garder la tête froide.

– Ma petite-fille, il y a des trains dans lesquels on ne montera plus jamais et, si on les loupe, on s'en veut toute notre vie, alors cours retrouver ton père.

Même si je suis furieuse, je sais pertinemment qu'elle dit vrai. Je ferme les yeux, respire et tente de me calmer. Vite et bien, je me raisonne silencieusement. J'arrête de monter sur mes grands chevaux, je suis capable de faire face à cette situation, je ne vais pas fuir. Non, Kléber, je ne te laisserai pas rendre ton dernier souffle sans un adieu.

– Tu as raison. Ce train-là, je ne le laisserai pas passer, on ne s'est pas donné tout ce mal pour rien, n'est-ce pas ? lancé-je d'un ton qui oscille entre sincérité et cynisme. Eh bien ! Désolée d'avoir cassé l'ambiance. Je vous en prie, continuez à « festoyer » comme si de rien n'était.

Finalement, c'est ce qu'on fait depuis toujours dans cette famille : on s'arrange avec la vérité, on ignore le passé comme s'il n'allait jamais nous rattraper… Surtout, ne changez rien, vous êtes parfaites ! Par contre, vous m'excuserez, moi, je vais y aller.

– Tu veux que je t'accompagne ? me propose Hugo, inquiet.

– C'est gentil, mais j'ai besoin d'être seule. Je vais prendre un taxi, je t'appelle plus tard.

J'attrape mes affaires et fonce dans la nuit avec ma longue robe noire. Quelle ironie. Au moins je serai belle pour lui dire au revoir…

Chapitre 31

À travers la vitre, Paris défile. Bien que la vitesse soit limitée à trente kilomètres-heure, ça fuse dans mon cerveau. J'ai besoin d'aide et, même si Chantal participe à ce manège depuis le début, elle est devenue un soutien précieux. Je me décide à l'appeler.

– Enfin, ce n'est pas trop tôt ! me dit-elle en décrochant.

– Tu es déjà au courant ?

– Le téléphone arabe va vite dans ta famille, tu le sais bien.

– Chantal, qu'est-ce que je dois faire ?

– Ça, ce n'est pas à moi de te le dire et tu le sais. Même si tu n'en as pas l'impression, la vie t'offre un cadeau, à toi de voir ce que tu en fais… J'ai confiance, Mars. Tu es prête.

Ils me font chier, tous, à me répéter que je suis prête. Et si je ne l'étais pas ? Si cette rencontre au sommet de la mort me faisait perdre pied, si tous mes efforts s'évanouissaient et partaient en fumée ?

– J'ai peur, Chantal. Ava m'a dit de venir, mais si lui n'a pas envie de me voir…

Ma voix déraille malgré moi. Je ne cesse de me faire craquer les phalanges de ma main libre, mes doigts sont tout froids.

– C'est con, mais, secrètement, j'espérais une fin heureuse à toute cette histoire. Je pensais qu'un jour on aurait fini par se rencontrer vraiment... À l'idée qu'il puisse partir, j'ai le cœur qui... C'est complètement idiot, je ne le connais pas, au fond, je ne l'ai vu qu'une fois et demie, pourquoi je ressens quelque chose pour ce connard ? Je vous en veux de ne m'avoir rien dit. Comment vous faire confiance si vous mentez tout le temps ?

Mes émotions débordent, elles roulent sur mes joues. Le chauffeur profite du feu rouge pour me tendre un paquet de mouchoirs. Dans le rétroviseur, nos regards se croisent. Ce vieux monsieur aux paupières tombantes et aux sourcils gris a dans les yeux toute la bonté du monde. Avec un fort accent oriental, il me chuchote :

– Ça va aller ma fille, ça va aller...

Je lui réponds par un sourire, émue de constater que l'humanité n'a pas dit son dernier mot. À l'autre bout du fil, Chantal a le culot de s'impatienter :

– Bon, t'as fini de te moucher dans mes oreilles, c'est insupportable !

– Je te signale que tu n'es pas en position de t'agacer.

– C'est mal me connaître ma petite. Si tu crois que tu m'impressionnes avec tes trémolos et ta morve au nez, tu te fous le doigt dans l'œil.

Elle m'énerve, rien ne la déstabilise. Mais je suis tellement sur les nerfs que je serais capable de partir en fou rire.

– Bon, tu m'écoutes ? me demande-t-elle de sa plus belle gouaille.

– Je ne fais que ça !

– On ne t'a pas menti, Mars. On t'a protégée, c'est très différent. Puis, souviens-toi, il n'y a pas de bons ou de mauvais choix tant qu'ils sont tiens et qu'ils viennent du cœur. Les pires sont ceux dictés par la peur.

– Le choix est fait, Chantal, je suis en route pour le voir.

Je raccroche. Elle me saoule. Je l'ai appelée dans l'espoir qu'elle me conseille et pourtant ça m'exaspère quand elle le fait. Mes méninges défaillent, l'ordinateur bugue. Mon ancien système de croyances se mêle au nouveau, sauf que les deux ne sont pas compatibles. Alors que je m'efforce à retrouver un peu de clarté, le taxi s'arrête. Nous y sommes. Je règle la course, le chauffeur me glisse un « courage » en même temps qu'il me rend la monnaie. Après une grande inspiration, je sors de sa voiture à la couleur du deuil.

Plantée comme un piquet au milieu du parking, je découvre l'immense bâtiment où se soignent les stars, les ministres et les riches. Je lui trouve des allures de HLM avec ses briques rouges. La réflexion est bizarre, vu les circonstances, mais c'est la seule qui me vienne. Je m'engouffre à l'intérieur, arrive devant une dame aux traits tirés assise derrière l'accueil. L'hôpital est particulièrement calme.

– Bonsoir, je cherche la chambre de Philippe Kléber. Je sais qu'il est tard, mais on m'a dit que je pouvais venir maintenant.

– Votre nom et pièce d'identité, s'il vous plaît.

– Mars Ruby, réponds-je en lui tendant ma carte.

Elle me regarde par-dessus ses lunettes rouges, vérifie les informations, puis passe un coup de fil. La vitre de Plexiglas qui nous sépare m'empêche d'entendre son bref échange. Elle raccroche, me redonne mes papiers et m'invite à patienter.

– Ils vous attendent en salle de réunion, quelqu'un va vous y accompagner.

Je n'ai le temps ni de réfléchir ni de poser des questions. Déjà une jeune femme en blouse blanche vient me chercher pour me guider dans les couloirs. D'un coup, je ne suis plus sûre d'avoir envie, j'aimerais faire demi-tour, mais mes jambes continuent d'avancer.

Une fois devant la porte, j'insiste pour avoir un moment avant de sauter dans ce train dont je ne pourrai plus descendre. Pourquoi une salle de réunion ? Qui sont ces « ils » ? Soudain, l'angoisse se propage. Kléber est mort ! Ce con n'a pas réussi à patienter quelques heures, alors que, moi, j'attends depuis des années. Les pipelettes sont de retour et envahissent mon esprit torturé de culpabilité irrationnelle : *Tu vois, tu foires toujours tout ! Toujours en retard. Et à quoi ça sert de venir pour dire au revoir à un mort ? Tu n'as rien à foutre là, dégage et vite !* STOP ! Vous ne m'aurez pas cette fois-ci. J'ai bien trop appris sur moi pour vous laisser faire.

– Mademoiselle ? Je peux ? me demande l'infirmière d'une voix douce, la main sur la poignée.

– Non, attendez, deux petites secondes encore.

Je prends une dernière inspiration par le nez et gonfle mes poumons de courage.

– Merci, vous pouvez ouvrir.

Ma vision se brouille, l'adrénaline doit être à son pic. Je peine à faire le point : des blouses blanches, deux ou trois au total parmi ces autres que je distingue difficilement, tant mes yeux me font défaut. Après quelques respirations, ma vue se rétablit. J'aperçois Ava au fond de la pièce, tête baissée, puis découvre la famille papier glacé en premier plan. Les Kléber sont là, devant moi, pétris de chagrin, rincés de larmes et bouffis de peur.

Audrey, la grande de ce clan, est enroulée dans un long manteau d'hiver et tente de se consoler de ses propres bras. César et Léo, les deux petits aux yeux bleus devenus rouges, font les cent pas. Quant à la femme de Kléber, Cécile, elle est assise, raide comme un I, droite comme la justice, regard dans le vide, derrière l'immense table jonchée de paperasse.

J'ai imaginé ce moment un million de fois, mais jamais de cette façon, entre quatre murs d'un hosto hors de prix avec des médecins en guise de gardiens de la paix. L'un des petits frères tente un pas vers moi en me tendant la main.

– Bonsoir, moi, c'est César.

Je lui serre la pince machinalement. Étrange, cette rencontre fraternelle autour de la maladie du père. L'autre blond tente de me saluer, mais à peine a-t-il ouvert la bouche que ses sanglots de petit garçon m'éclaboussent. L'un des médecins, beaucoup moins sexy que le Dr Shepherd, m'invite à m'asseoir. Je m'exécute, mon sac à main posé sur mes cuisses fébriles. Bien qu'il soit tout petit, je m'accroche à lui pour ne pas tomber. Ce serait con de se casser le nez, si près du but. L'autre blouse blanche se décide à parler :

– Mademoiselle, nous sommes les médecins de votre père. Le chirurgien Borzic et moi-même, le professeur Goldstein.

Parce que maintenant il est mon père ? Ils en ont de bonnes ceux-là ! La femme de Kléber prend le relais de la maladresse de cet homme.

– Bonsoir Mars, je suis la femme de…

Je la coupe net.

– Je sais qui vous êtes.

– Nous aurions aimé te rencontrer dans d'autres circonstances, mais, malheureusement…

Le fameux « mais » qui n'indique rien de bon et contrarie la véracité de la première partie. Elle cherche ses mots ou sa salive, je ne sais pas. Elle tente de contenir son émotion dans ses yeux bleu piscine. Je me risque à poser la question fatidique :

– Philippe est mort ?

– Non… pas encore. Il est encore là, il est encore temps.

– Je peux le voir ?

– Oui, bien sûr, mais avant…

Madame Kléber s'arrête, ferme ses paupières maquillées d'un trait d'eye-liner noir le temps d'une inspiration et pince ses lèvres.

– Le temps presse, rajoute-t-elle avant de s'interrompre à nouveau.

Elle est incapable de dire plus de trois mots sans faire une pause. Le professeur Borzic lui vient en aide.

– Ce que madame essaye de vous dire, mademoiselle, c'est que votre père est gravement malade, il a besoin d'une greffe de moelle osseuse, mais aucun de ses quatre enfants, ici présents, n'est compatible.

Tout se brouille, sa voix est de plus en plus lointaine. J'entends ce qu'il me dit, mais je ne suis plus là. Je quitte peu à peu mon corps, je me vois au milieu de cette salle, je me doute de la suite, je ne suis pas idiote.

– Nous avons également fait les tests avec madame Kléber, sans succès. Il ne reste plus que vous, Mars. Vous êtes le seul espoir qui reste.

« Le seul espoir qui reste » ? Ai-je bien entendu ? Moi, la bâtarde, la laissée-pour-compte, la pièce même pas rapportée. Moi, l'erreur de casting, je deviens la chance de cette famille qui ne s'est jamais manifestée, comme s'ils n'étaient pas concernés par le passé du patriarche. Ils ne se sont jamais souciés de rien, encore moins de mon cœur de petite fille plié en cocotte de papier froissé, et, maintenant, ils viennent me demander de sauver celui qui n'a jamais signé pour moi ! Sa santé entre mes mains, je deviens enfin quelqu'un pour eux ?

Je me sens écrasée sous le poids d'une responsabilité que je n'ai aucunement envie de porter. Mon regard se porte sur Ava, qui n'a toujours pas relevé la tête et préfère se ronger les ongles jusqu'aux os.

– Tu vas finir par te manger les doigts, si tu continues comme ça, lui lancé-je à travers la salle. Tu t'es bien payé ma tronche, t'en avais rien à foutre de me rencontrer, tu voulais juste préparer le terrain, rien d'autre.

Ma colère froide et moi quittons la salle des hypocrites, sans poser de questions. Parfois, il n'y a rien à dire de plus.

Je sors de l'hôpital et m'assois sur le premier banc trouvé. Le temps de cette réunion, la neige s'est mise à tomber. Tout en fumant une cigarette, je regarde les flocons recouvrir le décor d'un manteau blanc. Le tableau me ramène à notre unique rencontre, au creux des montagnes de Courchevel. Décidément, quand il s'agit de nous, l'hiver est notre cadre.

Les deux pieds ancrés au sol, je me mets à prier le ciel de me donner de la force. La situation demande réflexion et, surtout, de la sagesse. Je refuse que mes blessures l'emportent et que ma colère prenne le dessus. Je veux rester celle que je suis devenue. Bien que les vieux réflexes reviennent au galop, je mets un point d'honneur à ne pas y céder. Pas de réaction à chaud, pas d'appel à un ami. Cette décision doit être la mienne avec pour guide l'amour que je me porte.

Malgré ma détermination à faire un choix de cœur, des sentiments contradictoires m'assaillent : dégoût, compassion, rage, espoir, mépris… À la vitesse d'un TGV, je me remémore tout ce que j'ai appris ces derniers mois. C'est le moment d'appliquer les enseignements de Chantal et de me faire confiance. Une à une, j'accepte les émotions qui me traversent, je les laisse voyager dans mon corps jusqu'à ce qu'elles en trouvent la sortie. Dans l'air glacial, mon orage se résorbe. Ma respiration ralentit, le bruit de mes peurs diminue, je peux enfin réfléchir. Les minutes s'égrènent comme un compte à rebours…

Un quart d'heure plus tard, je passe à nouveau les portes-tambour de l'entrée. Cette fois-ci, pas d'arrêt à l'accueil, je connais le chemin. D'un pas résolu, je marche en direction de la salle de réunion, passe le seuil avec assurance et plante mes yeux dans ceux de l'épouse paniquée à l'idée de perdre le père de ses enfants.

– Qu'on soit bien clair, je ne le fais pas pour vous, mais pour moi. Maintenant, j'aimerais m'entretenir avec les médecins.

Au beau milieu de la nuit, dans une pièce à la lumière blafarde, les professeurs Borzic et Goldstein procèdent à une batterie de tests indispensables à la vérification de mon état de santé, ainsi que celui qui déterminera si nous sommes compatibles ou non : prises de sang, écouvillonnage buccal, électrocardiogramme.

Les yeux dans le vide, je pense à celui qui m'habite depuis si longtemps et qui ce soir me quitte : ce sentiment d'inexistence, de n'être utile à rien ni à personne. Notre histoire aura-t-elle enfin un sens ?

Chapitre 32

Dans une chambre individuelle sans charme, j'attends que les médecins reviennent avec le verdict. Je me tords les pouces et me triture les méninges. J'imagine mille scénarios, je suppose, suppute, fais et défais mes pensées fusées. Tout à l'heure, j'ai refusé de parler à Ava et de voir Kléber. Si j'ai progressé, je ne suis pas devenue Gandhi pour autant. La malhonnêteté d'Ava me reste coincée en travers de la gorge, et Kléber, c'est une autre affaire. Tant que les résultats ne sont pas connus, je ne veux être influencée par rien et encore moins par lui. Manquerait plus qu'il dise une connerie et que l'envie de l'aider me quitte.

L'attente paraît interminable. En patientant, j'échange par messages avec Hugo qui se fait un sang d'encre. Je le rassure comme je peux, mais ne précise rien. Je lui expliquerai tout en temps voulu. Pour l'instant, je m'efforce de canaliser mon angoisse. J'arpente la pièce dans tous les sens possibles et imaginables. Si je pouvais, je marcherais sur les murs et au plafond, tête en bas. Tout se divise à l'intérieur de moi, entre peurs et espoirs. Si je ne suis pas compatible, que deviendrai-je ? Une déception de plus ? Et dans le cas contraire, je n'aurai pas été sa fille pour rien, mais ai-je envie de l'être seulement pour cette raison ?

Soudain, la porte grince. Je m'assois sur le lit et prends un air détaché, alors que je ne suis plus certaine de savoir comment je m'appelle. Les deux vieux de la vieille me regardent par-dessus leurs lunettes basses. La réponse est entre leurs mains et ne va pas tarder à être entre les miennes. Borzic et Goldstein tirent des tronches préoccupantes. Je les sens marcher sur des œufs, chercher la manière d'annoncer l'échec. Je prends le courage qui semble leur manquer.

– Je ne suis pas compatible, c'est ça ?

– Si, mademoiselle. La bonne nouvelle est que vous l'êtes et que votre père a bien de la chance de vous avoir.

– Ravie que quelqu'un s'en rende compte. Quel est le problème, alors ?

– Ce n'est pas un problème, je dirais plus un point à considérer.

J'essaye de lire entre les lignes, mais ces deux types sont clairs comme du jus de chaussette. Je ne comprends rien, à tel point que je suis incapable de me réjouir. Cette nouvelle devrait me soulager. Pour la première fois, un papier officiel confirme notre lien de parenté. Pour la première fois, il va avoir besoin de moi, moi qui ai eu tant besoin de lui. Pourtant, leurs sourcils froncés me chuchotent de ne pas m'emballer.

Borzic s'installe à côté de moi, comme pour partager un bout d'intimité.

– Saviez-vous que vous êtes enceinte, mademoiselle ?

– Pardon ?

Nous sommes là pour une ponction de moelle osseuse et bye-bye. Qu'est-ce qu'il me raconte ? Je prends ma pilule tous les soirs à 22 heures tapantes quand mon alarme sonne. Je n'ai pas de retard, vu que je n'ai plus de saignements. Je bouffe des hormones en continu. Plus de règles, fini les douleurs et au revoir les taches au fond de mes petites culottes. Ils ont dû se tromper, mélanger les résultats avec une autre. Je ne suis pas la seule de cet hôpital géant à faire des prises de sang. Leur système n'est pas infaillible... *Et la pilule non plus !* me rappelle ma petite voix.

Discrètement, je passe la main sur mes seins à l'affût d'un signe qui confirmerait cette nouvelle impossible. Ils sont durs et douloureux, ils ont légèrement grossi. Soudain, tout me revient, les images et les sensations s'imbriquent les unes avec les autres : mes coups de barre en pleine journée, que je mettais sur le compte de ma suractivité cérébrale, mes endormissements à heure raisonnable, que je croyais liés à mon changement de rythme, mes envies de grignoter, que je mettais sur le compte de mon oisiveté nouvelle, ma libido surdéveloppée, que je justifiais par notre complicité. Cette contraception est efficace à 99 % quand elle est bien prise, je lui faisais confiance, moi ! C'est donc la soirée du 1 %, messieurs, si j'ai bien saisi ?

Borzic, qui a visiblement compris que je tombais de quatre étages, poursuit :

– Vous en êtes au début de votre grossesse, ce qui par chance nous laisse plusieurs options.

– Combien de semaines ?

– Six ou sept.

– Il y a déjà un cœur qui bat ?

– Il faudrait faire une échographie pour vérifier, mais en théorie oui.

Je n'ai jamais pensé à être mère, j'allais bien trop mal pour envisager devenir le socle d'un petit être. Je touche mon ventre, il n'a déjà plus la même forme. Mes mains caressent la vie qui grandit, alors que la mort rôde autour. Les yeux figés sur mon nombril, j'imagine l'avenir auquel je n'avais jamais osé prétendre. Dire qu'un fragment de notre amour est venu se loger au centre, pour faire danser le bonheur dans mon ventre. À cet instant, je comprends ce que ma mère a pu ressentir : un instinct immédiat à aimer ce bout de moi, de nous. Une douce chaleur m'envahit et m'apaise, au point que j'en oublie la raison de ma présence dans cette pièce.

Borzic se charge de me ramener sur la planète Terre.

– Le temps presse malheureusement, on a besoin de réponses de votre part pour vous proposer les différentes options qui s'offrent à vous.

Un bébé pousse dans ma maison et le mec me parle d'options ? On n'est pas en train d'acheter une voiture, professeur Borzic, vous assistez au bouleversement d'une vie, de plusieurs même, car je ne suis plus seule, étant donné que nous sommes trois, maintenant.

– Normalement, en cas d'extrême urgence, nous faisons la ponction de moelle osseuse sous anesthésie générale, car l'autre option demande de prendre des médicaments pendant plusieurs jours avant de récolter les cellules souches par prise de sang. Or, votre père n'a pas ce temps. Cependant, l'anesthésie comporte un risque pour le fœtus. Il n'y a que vous qui puissiez prendre la décision. Et la première est de savoir si vous voulez garder ce bébé…

Autant sauver Kléber ne regarde que moi, autant celle-ci concerne tous les participants. Il n'est pas question de répéter le schéma, de refaire les mêmes erreurs du passé. J'envoie un texto à Hugo : « Besoin de te voir et vite ». La réponse est immédiate : « Je suis sur le parking, je pouvais te laisser seule, mais pas être loin de toi… »

Aussitôt je m'excuse auprès des deux professeurs, leur explique que je dois m'entretenir avec mon compagnon et quitte la chambre.

Une fois que je suis arrivée sur le parking, Hugo me fait des appels de phares. Je me glisse à l'intérieur de son cabriolet, lui explique la situation : Kléber, sa maladie, le don de moelle osseuse, la batterie d'examens médicaux, les résultats me portant au rang de sauveuse, puis… plus rien. Les mots se perdent sur le bout de ma langue. Comme si je prenais conscience que notre rencontre ne date que de quelques mois, que ce n'est pas une accélération, mais un train à grande vitesse dans lequel la vie nous propose de monter. Certes, je vais mieux, mais est-ce suffisant pour devenir parent ?

Hugo le sent. Il connaît mes mimiques qui en disent long : ma façon de tournicoter mes boucles longues et de bouger mes pieds, comme si la solution se trouvait dans mes chevilles. *Il te l'a dit au dîner, il te le montre tous les jours. Il ne va pas s'enfuir en courant. Promis.* T'es sûre de ton coup, petite voix ? Parce que, chez nous, les hommes, ça détale comme des lapins dès l'annonce d'un heureux événement. S'il était temps de transformer l'histoire, de lui donner une autre direction ? J'ai le droit à autre chose que ce que mes poupées russes ont connu. Hugo n'est ni un lapin, ni un chasseur. Il saura réceptionner la nouvelle graine, le grain à moudre et à résoudre.

– Tu sais, j'ai dû faire tout un tas d'analyses pour être sûre que mon état de santé me permette de faire un don…

– Mars, tu as ton air d'inquiète, qu'est-ce que tu ne me dis pas ?

– Ne me coupe pas, Hugo, s'il te plaît, je suis en train de le faire.

Je joue la montre, il le voit et je m'irrite de ma propre lenteur.

– Pose ton armure, s'il te plaît, c'est plus simple pour discuter, prononce-t-il avec douceur.

– Je suis enceinte…

C'est sorti brut, net, sans arrondis. Comme un coup qu'on met dans une pommette ou un « je t'aime » qui s'échappe sans prévenir. Hugo n'est plus là, il regarde la neige recouvrir le pare-brise de ses flocons fragiles. Il déglutit, s'allume une clope. Je connais ce temps, je le lui laisse. Il ouvre la fenêtre pour ne pas enfumer notre cocon, que je sens s'effriter sous le poids de la nouvelle. Je connais ses peurs et son combat. Comment devenir père quand ton unique exemple est celui d'un fugitif ? Si Hugo et moi avons des points communs, lui n'a plus aucun parent pour lui montrer le chemin.

– Tu es à combien de semaines ?

– Six ou sept, c'est le tout début.

– Tu peux quand même faire le don, si tu es enceinte ?

– Oui, mais ce n'est pas sans risque pour le bébé.

Il tire une latte sur sa cigarette, se mord l'intérieur de la joue gauche. Il réfléchit vite et bien pour aller à l'essentiel.

– Et toi, Mars, t'as envie de quoi ?

– De tout !

La spontanéité a répondu pour moi. Je veux aider Kléber et je veux aussi ce bébé dans mon ventre. Je veux être fille et mère. Pour le moment, je veux les deux.

– Alors prenons le risque, me dit-il d'un air décidé en agrippant ma main posée sur le pommeau de vitesse que je tripote nerveusement.

– Tu es sûr ?

– Je ne suis sûr de rien, Mars. Si la vie m'a bien appris une chose, c'est ça. Mais je suis certain de nous… On verra bien après l'intervention. On aura encore le temps de réfléchir et de se poser la question. Allez, fonce ! Cette nuit est longue et loin d'être finie.

– Tu viens avec moi ?

– Je croyais que tu préférais être…

– Tu vois, t'avais raison, comme quoi, on n'est jamais sûr de rien !

Chapitre 33

Je sors du bloc opératoire juste à temps pour voir le soleil se lever. Pour la sécurité du bébé et à ma demande, on a opté pour une péridurale. Vaseuse, je regarde le bleu de janvier se peindre à travers la vitre. Il fait étrangement beau pour la saison, espérons que ça donne le *la* pour cette nouvelle année.

Hugo s'est endormi dans le siège inconfortable de cette chambre, prétendument de luxe. Mes jambes sont encore tout endolories, ce n'est pas le moment de tenter un pas, je tomberai pour sûr comme un poulain qui vient de naître. En attendant, je caresse mon bidon. Un rendez-vous avec une gynécologue de l'hôpital est prévu dans la matinée, afin de vérifier si tout est en ordre. Je n'ai toujours pas entendu son cœur et il me tarde de l'écouter.

Alors que je médite du fond de mon lit (il n'est pas question de perdre mes bonnes habitudes), la porte s'ouvre délicatement. Dans l'entrebâillement apparaît le visage fatigué d'Ava. Elle a enfin relevé la tête pour affronter mon regard.

– Si tu viens pour me remercier, ce n'est pas la peine.

– Mars, laisse-moi t'expliquer, s'il te plaît…

Hugo n'a pas perdu une miette de ce début de conversation.

– Je vais chercher un café, comme ça vous serez plus tranquilles pour discuter.

– Hugo, reste, je t'assure que je n'ai aucune envie de parler avec cette personne.

– Cette personne, comme tu dis, est ta sœur, et au contraire, je pense que vous avez plein de choses à vous dire, réplique-t-il en déposant un baiser sur mes lèvres.

À mon air suspicieux, Hugo comprend la question que je me pose sans même l'avoir formulée.

– Non, je ne connaissais pas Ava avant. Nous nous sommes rencontrés quand tu étais au bloc et on a un peu discuté, rien de plus. Tu devrais l'écouter.

Sur ces mots, Hugo disparaît dans le long couloir, Ava s'avance timidement jusqu'au pied de mon lit et pose ses mains fébriles sur la barre de fer. Cette nuit l'a fait vieillir de dix ans, l'angoisse a creusé ses traits et la honte a redessiné sa bouche, qui tire légèrement vers le bas. Son menton tressaille et ses joues tremblent, comme quand les sentiments luttent avec leur pudeur.

– Au mois de mai, notre père est venu me voir à Londres pour m'annoncer qu'il était atteint d'une leucémie et qu'il allait commencer une chimiothérapie. Puis il m'a révélé ton existence. J'étais complètement sous le choc…

Ava s'arrête de parler. Ses larmes sont sur le point de déborder, elle contracte ses lèvres et souffle un filet d'air dans l'espoir de les contenir à la lisière de ses cils.

– Il avait peur de mourir et il ne voulait pas partir avec son secret. Il était plein de regrets, à commencer par votre histoire. Il me disait qu'il aurait aimé te faire entrer dans sa vie, mais il pensait que c'était trop tard, que ce n'était pas le moment de t'infliger ça. Sa volonté était que je sois là pour toi, quand il ne serait plus là. Bien sûr, avec lui, rien n'est jamais simple. Il m'a strictement interdit de te contacter. Ce que j'ai respecté dans un premier temps. Seulement, je m'en voulais terriblement, je me suis mise à ta place. C'était injuste, toi aussi, tu avais le droit de savoir. Le jour de notre rendez-vous, gare du Nord, il n'était pas encore question de greffe de moelle osseuse, je devais juste rendre visite à notre père, que je n'avais pas eu le courage de voir depuis le début de sa chimio. Quand mon portable a sonné, c'était lui. Je ne sais pas comment, mais il a su que j'étais avec toi. Il m'a passé le savon du siècle. C'est pour cette raison que j'ai écourté notre rendez-vous. Il était si furieux que j'ai fait marche arrière.

J'écoute attentivement. À mesure qu'Ava me livre sa version des faits, la colère se dissipe et les incompréhensions se lèvent.

– Puis, il y a quelques jours, Cécile nous a tous contactés en urgence. L'état de santé de notre père s'était dégradé subitement. On a tous passé les tests, aucun d'entre nous n'était compatible. Alors, j'ai brisé son secret, sans lui demander son avis. Après une longue conversation et un débat périlleux avec le reste du clan, je t'ai envoyé le texto que tu as reçu hier. Voilà, Mars. Maintenant, tu sais tout.

À l'aube de cette nouvelle journée, j'aperçois davantage les subtilités de l'existence. Ces explications ont mis de la couleur dans mon « tout noir ou tout blanc ». Cependant, il me manque un bout pour raccorder l'histoire entièrement.

– Mais pourquoi tu as envoyé un message la veille pour prévenir ma grand-mère ?

– Aucune idée, c'est papa qui me l'a demandé.

Mamie Gangsta et Kléber semblent plus proches que ce que ma grand-mère a bien voulu me raconter. Quelque chose m'échappe, mais je ne parviens pas à savoir quoi.

Ava me sort de mes pensées en posant sa main sur la mienne.

– Je vais te laisser, tu as besoin de te reposer.

– Tu as eu des nouvelles de Philippe ?

– Ça s'est bien passé, les médecins sont optimistes, mais ce n'est pas gagné pour autant. Il vient tout juste de sortir de l'intervention, il est en salle de réveil. Si tu souhaites le voir, je pense que d'ici quelques heures ce sera possible.

– Je verrai.

Quand Ava s'apprête à partir, je la retiens du bout des doigts.

– Merci…

Quelques minutes plus tard, Hugo est de retour. Il a la tête d'un mec qui n'a pas dormi de la nuit, malgré la dose de caféine qu'il vient d'ingurgiter. Il me tend une tasse et s'assoit à mon côté.

– Je viens d'avoir ta mère au téléphone. Elle était morte d'inquiétude, du coup, elle a demandé à ta grand-mère d'appeler Chantal pour avoir mon numéro. Elle voulait savoir ce qui se passait. Tu m'excuseras, mais j'étais obligé de lui expliquer la situation, elle pensait que ton père était mort et elle était sur le point de débarquer.

– Tu ne lui as rien dit pour le têtard, j'espère ?

– D'une, ce n'est pas à moi de le faire, et puis tant que…

Hugo n'a pas fini sa phrase, une sage-femme débarque avec tout l'attirail pour lire dans mon utérus.

– Bonjour, bonjour, chantonne-t-elle, fraîche comme un gardon. À ce qu'il paraît, cette nuit n'a pas été de tout repos, mais, ne vous inquiétez pas, ça ne sera pas long.

L'instant d'après, nous voilà les yeux rivés sur l'écran de la machine, à guetter un signe de vie. La dame brune fait glisser la manette sur ma peau, à la recherche du fruit de ce moment où l'on s'est aimés si intensément qu'une âme est venue se loger dans mon temple sacré. Les secondes paraissent des minutes interminables. Je découvre une nouvelle peur, celle de ne rien entendre. Hugo serre ma main, tandis que la femme appuie un peu plus fort sur mon bas-ventre… Soudain, un son, une image. Ça bat fort et vite. La forme d'une boule se dessine en noir et blanc.

– Ce bébé est en pleine forme, on dirait, se réjouit la sage-femme.

– Mais il ne bat pas un peu trop vite, son cœur ? interroge Hugo.

Il s'inquiète déjà comme un futur père.

– Absolument pas, jeune homme. Plus les cœurs sont petits, plus ils tambourinent rapidement, assure-t-elle tout en reposant la sonde. Le Dr Houri va prendre le relais. Vous allez voir, c'est l'une des meilleures gynécologues, elle est incroyable.

À peine est-elle sortie de la chambre qu'une femme sublime fait son apparition. J'ignore si c'est la meilleure, en revanche, c'est certainement la plus belle. Cette gynéco est tout droit sortie d'un film ou d'une série, une sorte de Monica Bellucci aux yeux translucides avec quelques années de moins au compteur.

Alors qu'elle se présente, je la dévisage de haut en bas. Ses traits sont dessinés à la perfection. Sa beauté me subjugue autant qu'elle me fragilise. Elle me ramène à tous ces complexes que je cache derrière des artifices : mes boutons, mes fesses plates et mes seins si petits que je doute, parfois, qu'ils existent. Même son accent, chantant et ensoleillé, est à l'image de son physique.

– J'imagine que c'est la première fois pour tous les deux ?

– Une surprise, même, n'est-ce pas Hugo ?

– Ah, il arrive que le père Noël soit en avance ou en retard, *dipende*. Comme disait *mia nonna : « la cosa più importante non è aver voluto tuo figlio nel mémento in cui lo fai, ma volerlo quando lo scoprirai »*, ce qui signifie…

– *Ma è sufficiente volerlo per essere un buon genitore ?* l'interrompt Hugo.

La Dr Houri paraît tout aussi étonnée que moi d'entendre Hugo manier sa langue à la perfection, à la différence que je ne pige pas un mot de ce qu'il raconte. Pendant que la belle Italienne pianote sur son ordinateur, j'en profite pour interroger Hugo discrètement.

– Depuis quand t'es bilingue ?

– Ma mère était sicilienne.

– Mais non ! C'était mon rêve de baiser avec un Italien, lui dis-je d'un air espiègle.

Le Dr Houri se racle la gorge pour rappeler sa présence et poursuit de son charmant français cabossé.

– Vous savez, il n'y a pas de *manuale* pour fabriquer des bons parents, mais ce que je sais, c'est que pour grandir bien, un *bambino* a le besoin d'amour. *Breve*, faisons la connaissance pour commencer.

Concentrée, elle saisit la manette, la glisse sur mon ventre mou et tapote sur la console. Les battements de son cœur résonnent à nouveau et le mien bat la chamade. Cette mélodie me ferait oublier toutes les guerres de ce monde et, visiblement, je ne suis pas la seule. Hugo a un sourire ému aux coins de ses lèvres que je rêve d'embrasser.

Après quelques vérifications, la Dr Houri se prononce :

– Le fœtus a l'air bien accroché, rien à signaler de particulier, *tutti va bene*. La suite vous appartient… Le professeur Borzic passera dès qu'il pourra, en attendant reposez-vous.

Hugo et moi nous retrouvons enfin seuls. Sans dire un mot, il colle son oreille contre mon nombril, comme pour entendre le bruit de notre amour, et chuchote : « Je nous aime. »

Chapitre 34

Après cette pause de tendresse, Hugo a sauté dans sa vieille caisse pour un aller-retour dans le 19e, prétextant Berlin et sa balade, ainsi qu'une tenue de rechange pour moi. Je le soupçonne d'avoir eu besoin de faire quelques tours de périph pour éclaircir ses idées, ce qui m'arrange, car les miennes aussi réclamaient un peu de solitude.

Voilà donc plusieurs heures que je discute avec mon ventre, le caresse et le câline. C'est la première fois que je tombe enceinte. Si j'ai connu des incartades où le désir prenait le dessus sur la sécurité, ma contraception a toujours fait son job. Au moment où je reprends goût à la vie et m'autorise l'amour, je deviens le berceau d'une nouvelle histoire. Je ne peux plus croire au hasard, maintenant que j'ai découvert la beauté et la magie de l'existence. Sous mes doigts danse une évidence, comme si ce petit être s'était pointé au bon moment et au bon endroit. Alignement des planètes. Dans la pénombre de cette chambre, je me sens protégée et accompagnée par des anges dont j'ignore les noms. Une nouvelle confiance se dessine, nourrie par celle que je me porte et le lâcher-prise auquel je m'exerce : la conviction que les étoiles me guident pour le meilleur.

J'ai beau avoir la tête dans les nuages, Kléber n'a pas quitté mes pensées. Mais il ne les habite plus de la même manière. Assaillie par un doute, je demande quelques feuilles de papier et un stylo à l'aide-soignante venue vérifier mon pansement.

Armée d'une nouvelle force, j'écris. L'encre coule à flots et mes sentiments colorent ces pages de mots que je n'imaginais pas dire un jour.

L'horloge accrochée au mur affiche 20 heures. J'avais oublié à quel point le temps pouvait être long. Alors que je m'impatiente de son retard, ce petit docteur à l'allure d'un savant fou débarque, enfin.

– Votre père s'est réveillé et ses constantes sont bonnes, ses analyses aussi. De votre côté tout va bien. Nous vous gardons encore cette nuit par sécurité et, demain, vous pourrez rentrer chez vous.

– Merci, professeur Borzic. Mais, dites, vous ne dormez jamais ?

– Dans notre métier, ce mot ne fait pas franchement parti de notre vocabulaire, vous savez. Et votre père est un homme sacrément attachant quand on apprend à le connaître. Il n'était pas question que quelqu'un d'autre que moi s'occupe de lui. D'ailleurs, il aimerait vous voir. Si vous le souhaitez, je peux vous y emmener.

– Merci, je vais y réfléchir.

Il hésite avant de sortir de la pièce.

– Pour votre information, le reste de la famille est partie se reposer. Il ne reste plus que vous et M. Kléber, rajoute-t-il comme pour m'aider à choisir.

Borzic tourne les talons, me laissant seule avec ma décision.

C'est la dernière ligne droite avant de se libérer complètement de ce poids. Hors de question de louper cette occasion. J'appuie sur le bouton pour faire venir une infirmière. Borzic ne devait pas être loin, car il revient avec un fauteuil roulant de compétition entre les mains.

– Je tiens à vous y conduire personnellement, dit-il, sourcil relevé et sourire en coin.

– Vous êtes un drôle de monsieur, lui dis-je en même temps qu'il me soulève pour me poser dans mon carrosse à deux roues.

– Un drôle de monsieur avec une drôle de dame, c'est parfait, non ?

Je ris, la cicatrice me tire et me rappelle que je n'ai pas toutes mes forces. Avant de quitter la pièce, je lui demande mon sac à main.

Après plusieurs minutes à défiler dans les longs couloirs de l'immense bâtiment, nous voilà arrivés à l'étage des soins intensifs. L'ambiance est tout autre : une symphonie de bips résonne au milieu du silence, l'atmosphère est lourde et les soignants ont les traits de ceux qui côtoient la Faucheuse de près. Borzic ralentit le pas et s'arrête.

Face à moi, des portes vitrées coulissantes. À travers, j'aperçois Kléber relié à tout un tas de machines. Même si Borzic m'avait prévenue, ça n'en reste pas moins impressionnant. Des frissons incontrôlables me parcourent le dos. Le professeur pose sa main sur mon épaule en guise de soutien, puis se décale un peu plus loin afin de me laisser un peu d'intimité.

Muette, j'observe ce père qui est le mien. Il est extrêmement affaibli et amaigri. Son teint est d'une telle pâleur et ses joues si creuses que, s'il n'y avait un moniteur pour relayer son rythme cardiaque, on pourrait douter qu'il soit encore vivant. Un masque à oxygène lui accapare une partie du visage, mais, malgré cette aide, il respire difficilement. Cet homme connu pour son charisme, son franc-parler et sa provoc légendaire paraît tellement fragile et vulnérable, allongé sur son lit médicalisé, à supplier la mort de revenir le chercher dans quelques années.

Je reste là, à épier le survivant. Ses paupières sont légèrement entrouvertes, mais il ne m'a pas encore vue. Soudain, il tourne légèrement la tête. On se regarde droit dans les yeux. Peu à peu, ma respiration ralentit et se cale sur le tempo de son souffle. Une vitre nous sépare, pourtant j'ai l'impression d'être au plus proche de lui.

Je comprends alors que ce dialogue silencieux suffit pour aujourd'hui, que l'on mérite mieux qu'une discussion dans une chambre d'hôpital, que la vie a décidé de nous laisser du temps et que ce n'est pas le moment de le rattraper. Je n'ai pas donné pour recevoir, je ne l'ai pas aidé pour qu'il me dise merci.

J'ignore combien de secondes, de minutes ou d'heures se sont écoulées. Le professeur Borzic s'approche de moi et me demande si je souhaite entrer. Je lui tends la lettre que j'avais discrètement glissée dans mon sac.

– Pouvez-vous lui donner ça de ma part, s'il vous plaît ?

– Vous êtes sûre que vous ne voulez pas le faire vous-même ?

– Sûre et certaine.

J'observe le professeur Borzic déposer ma lettre entre ses mains fébriles. Aussitôt Kléber ouvre le papier plié en deux :

Cher Philippe,

Il y a encore quelques mois, j'aurais été incapable de t'écrire ces lignes, mais la vie est pleine de surprises et d'imprévus, et c'est parfois pour le mieux.

Depuis plusieurs heures, j'attends le professeur Borzic et je me surprends à penser à toi avec douceur. La colère a disparu, le temps a fait son travail et moi, j'ai fait le mien.

C'est terrible, le manque, ça ronge, ça abîme, ça pousse à la bêtise, ça creuse un peu plus le vide… mais, heureusement, ça se guérit aussi. Je ne dis pas que tout est gagné, je dis juste que j'ai grandi.

Aujourd'hui, je ne voudrais pas un autre père que toi, car j'aime la femme que je suis devenue et tu y as participé à ta façon.

Sache que cette nuit, c'est l'amour qui a gagné la partie. Que tu le veuilles ou non, je suis ta fille.

Mars.

Philippe me regarde à nouveau et, avant que mon carrosse ne fasse demi-tour, je lis un pardon sur ses lèvres blanches.

Chapitre 35

En sortant de l'hôpital, je n'ai qu'un seul désir : retrouver mon cocon et les bras de Hugo. Je n'ai pas la force ni l'envie de réclamer des comptes à Mamie Gangsta et encore moins de faire face à toutes mes poupées russes. Je me contente d'envoyer un message sur le groupe WhatsApp de la famille, leur expliquant que ce réveillon de la Saint-Sylvestre a été éprouvant à tout point de vue et qu'il me faut un peu de temps afin de prendre du recul.

Après quelques jours passés en autarcie avec mon amoureux, je me décide enfin à remettre le nez dehors. Depuis plusieurs heures, je me laisse guider par mes souvenirs. J'avais besoin de revoir ces lieux qui ont marqué des étapes, ceux qui permettent de ne jamais oublier que la vie est faite d'avant et d'après, que nos impossibles n'en sont plus et que même dans un ciel gris il y a toujours de la place pour que la lumière s'y glisse. Finalement, derrière les nuages, ne se cache-t-il pas toujours le soleil ?

Me voilà en train de fouler les pavés de cette rue que je connais comme ma poche. J'observe le monde autour de moi, chaque détail. Tout est à l'identique, pourtant rien n'est comme avant. Émue, je m'arrête au milieu du bal des passants et m'imprègne de tous ces petits riens qui, mis bout à bout, deviennent de grandes choses.

Alors que j'ai à peine posé un pied devant le stand de poissons, le bon vieux Marco m'interpelle :

– Mars ! Je suis heureux de te voir. Attends, j'ai quelque chose pour…

– Huguette, le coupé-je, des crevettes, je sais.

– Loupé, ma petite dame. Deux petites secondes.

Marco s'engouffre dans l'arrière-boutique et revient une boîte à la main.

– Tiens, c'est pour toi.

– Pour moi ?

J'ouvre le paquet et découvre ma paire d'escarpins rouges vernis.

– Je t'avais dit que tout se réparait. Ça m'a pris un peu de temps, mais j'ai réussi.

– Merci, mon capitaine.

Les yeux me picotent de larmes discrètes, je les dissimule en serrant dans mes bras ce grand monsieur qui m'a vue grandir et poursuis mon chemin, tout en pensant à celui parcouru ces derniers mois.

Comme d'habitude, un coup d'épaule suffit et Mamie Gangsta ne m'a pas entendue passer le seuil de sa porte. Elle est là, assise sur son canapé gris anthracite, parsemé de fleurs de cerisier. Sur la pointe des pieds, je m'approche et dépose un baiser dans le creux de son cou fripé.

– Faut croire que mon nez se met à déconner. En temps normal, ton odeur de café-clope m'alerte.

– Rien ne déconne chez toi, mamie.

– Si seulement… soupire-t-elle.

– Je n'ai juste pas bu de café ni fumé de cigarette.

– Tu as enfin arrêté ? Quelle bonne nouvelle, Mars !

– Et toi, tu t'es décidée à me dire la vérité ? demandé-je avec douceur.

Alors que je m'installe à son côté, elle me regarde du coin de l'œil.

– Je ne te cache pas que j'ai été très en colère après toi.

– Je sais et je te comprends, ma petite-fille. Pourtant, ce n'était que de l'amour, murmure-t-elle de sa voix cassée de vieillesse. Je savais que ce moment arriverait, je le repoussais au maximum… Il fallait que je répare ce qui pouvait l'être avant que…

– Mamie, j'ignore de quoi tu parles, mais tu peux me faire confiance, je suis forte, maintenant. Crois-moi, après tout ce que j'ai traversé, je suis parée aux moindres ricochets de la vie.

Je plie le bras et contracte mon biceps de toutes mes forces dans l'espoir de lui arracher un sourire. Malgré ma détermination, je n'obtiens de sa part qu'une moue mélancolique. Mamie Gangsta souffle un bon coup, se lève et s'en va derrière le bar de sa cuisine. Elle revient avec une bouteille de champagne et deux coupes.

– Il m'en restait une du Jour de l'an, c'est l'occasion de l'ouvrir. Chantal m'a expliqué que dans certains pays c'était un événement joyeux, alors pourquoi ne pas faire comme eux ?

Instantanément, la leçon au sujet de la mort me revient à l'esprit. J'ai beau avoir travaillé sur le sujet, la panique me prend par surprise.

– Philippe est mort ?

– Pas du tout, je l'ai eu rapidement au téléphone hier, il pète le feu. Enfin, j'exagère, mais il se remet.

– Mais, mamie, depuis quand vous êtes proches, Kléber et toi, au point de vous appeler comme deux vieux copains ? Je te jure, je comprends rien. J'ai beau tout retourner dans tous les sens…

Mamie Gangsta nous sert et siffle son verre d'une traite. Je fais mine de tremper mes lèvres. Pas question d'éveiller ses soupçons, ça pourrait la déconcentrer. Tandis qu'elle triture nerveusement la manche de son chemisier bleu à pois blancs, j'attends qu'elle se décide à ouvrir la bouche.

– L'année dernière, vers le mois de mars, j'ai fait un malaise dans la rue. Les pompiers sont venus et m'ont transportée aux urgences. Après quelques rapides examens, l'urgentiste a affirmé que ce n'était rien, peut-être une baisse de tension. Seulement, depuis plusieurs mois, j'avais des problèmes d'équilibre, quelques difficultés à trouver mes mots. Des broutilles, mais je sentais bien que quelque chose n'allait pas.

À sa dernière phrase, mon plexus se contracte si fort que j'en ai mal. Je tente de rester calme.

– Pourquoi tu ne m'en as pas parlé ? lui demandé-je en attrapant ses mains.

– Je ne voulais inquiéter personne. Alors, j'ai pris rendez-vous à l'Hôpital américain pour faire des tests plus poussés. Quelques semaines plus tard, le médecin m'a convoquée afin de me remettre les résultats, et en sortant, c'est là que j'ai aperçu ton père sur le parking. Il était tout seul, assis sur un banc, avec la mine défaite. J'ai bien compris qu'une mauvaise nouvelle venait de lui tomber dessus. On ne s'était pas vus depuis trente ans, tu te rends compte, et il fallait que nos routes se recroisent à ce moment-là… Il était temps qu'on se parle à nouveau. C'est là que j'ai appris que Philippe était malade. Après une longue conversation, on est convenus qu'il parlerait à Ava de ton existence et que, lorsque ce serait fait, il me donnerait son feu vert afin que je t'informe à mon tour. Sauf que rien ne s'est passé comme prévu. Ton père a cessé de répondre à mes appels et avec cette histoire de roman, l'identité d'Ava a fuité dans la presse. La suite, tu la connais : je me suis confiée à Chantal, elle m'a proposé son aide, etc.

Mamie Gangsta semble bien pressée d'écourter la discussion. Quelque chose cloche, il me manque des bouts pour raccrocher les wagons. Je me concentre un instant et refais le puzzle : son air mélancolique, le champagne, son allusion à… À force de vouloir des explications concernant Kléber, je passe à côté de l'essentiel. Soudain ça tourne dans ma tête, ça va vite, très vite.

– Mais c'était quand, tout ça, mamie ?

– Oh, tu sais, moi les dates, j'ai fait les examens fin avril et je suis venue récupérer les résultats en mai, je crois, mi-mai ou peut-être début juin, je ne sais plus.

Mamie Gangsta lutte avec ses émotions, et moi, je tente de contenir les miennes. Avant de continuer, je m'accorde une seconde. Une seconde pour respirer, une seconde où ce n'est pas encore vrai, car ce n'est pas encore dit. Une dernière seconde où je gronde mon cerveau d'angoissée, où je me persuade que le pire n'est pas à venir. Je baisse la tête, serre fort ses mains et ferme les yeux. Impossible d'affronter son regard.

– C'est pour ça que tu ne voulais plus que j'habite avec toi, pour que j'apprenne à vivre sans toi ?

– Oui...

– Tu es malade et tu ne vas pas guérir ?

Sa voix tremble tout autant que mon cœur et ses mots retentissent comme une balle perdue dans le mien :

– Non, ma petite-fille...

Mon souffle se coupe, suivi d'un cri de douleur. Mamie Gangsta saisit mon visage mouillé entre ses doigts et se colle contre ma joue.

– Mais j'ai guéri mon âme, et ça, c'est plus précieux que tout. J'ai enfin fait ce que j'aurais dû faire depuis longtemps, je t'ai aidée à devenir la femme que tu es. Quand le neurologue m'a annoncé que j'avais une tumeur inopérable et que la chimiothérapie ne me ferait gagner qu'un peu de temps, j'ai décliné la proposition. Tu m'imagines finir ma vie sans cheveux, moi qui déteste la forme de mon crâne ?

– Il est fou ce type, quelle idée ! m'exclamé-je entre deux sanglots.

– Face à mon refus, il m'a donné le numéro d'une dame, me disant qu'elle faisait des miracles, qu'elle accompagnait des gens pour différentes raisons et sur divers chemins. Que sa méthode était peu conventionnelle, mais avait fait ses preuves à maintes reprises.

– Tu n'as pas rencontré Chantal à un stage de peinture, alors ?

– Non, ma petite chérie. Cela dit, c'était une moitié de vérité. Depuis des mois, Chantal m'initie à l'art thérapeutique afin de ralentir l'évolution des symptômes dus à cette vilaine masse et ça marche plutôt bien. Ça n'empêche pas quelques trous de mémoire et confusions, mais c'est bien moins pire que ce que le professeur m'avait annoncé.

Je plonge mon nez dans son cou, besoin de respirer son odeur d'immortelle. Elle m'enlace de ses bras fluets.

– Lorsque j'ai su que mes jours étaient comptés, ma première pensée a été pour toi, ma petite-fille. À vouloir te protéger et avoir peur de tout, j'avais failli à mon rôle. Quand je suis tombée sur ton père à la sortie de l'hôpital et que j'ai compris que nous étions tous les deux dans de beaux draps, il fallait que j'agisse vite. Je pensais qu'en te demandant de partir de la maison, ça allait te faire un électrochoc, que tu te prendrais en main. Seulement, ça a été pire que tout, je t'ai vue sombrer de loin, un peu plus chaque jour. J'ai alors décidé d'appeler cette fameuse dame, je ne savais pas à quoi m'attendre, mais j'avais besoin d'aide. Une semaine plus tard, j'avais rendez-vous au 5 rue de l'Argonne, bâtiment D. Malgré ton refus de me communiquer ta nouvelle adresse, Billie avait fini par céder. J'étais trop inquiète, j'avais besoin de savoir où te trouver en cas de problème, ne lui en veux pas, s'il te plaît.

Je peine à reprendre ma respiration. Tandis qu'elle me caresse le dos, comme elle le faisait quand j'étais enfant, j'essaie par tous les moyens de calmer la tristesse qui m'envahit.

– Le neurologue m'avait donné son numéro avant que tu n'emménages là-bas, le hasard était si fou que j'y ai vu un signe. Arrivée chez elle, je lui ai tout expliqué. J'étais persuadée que cette femme croisait mon chemin pour toi. C'est à partir de ce moment-là que l'on a mis en place tout ce stratagème. Il fallait enclencher en toi le désir d'aller mieux et la curiosité d'aller plus loin dans la découverte. Je voulais que tu le fasses pour toi, pas parce que ta vieille grand-mère était mourante, tu comprends ?

Je suis incapable de parler, je me contente de hocher la tête. Mamie Gangsta attrape une boîte de mouchoir rangée sous de la table et, tout en essuyant mon chagrin, continue de lever le voile.

– Quant au reste de la famille, elles n'ont su que tardivement, à part ta mère et ta tante. Chantal m'avait conseillée de leur dire. Marguerite était si furieuse à cause de ton silence prolongé après ton anniversaire, je devais la calmer. Malheureusement, tu es arrivée alors que je venais de lui annoncer que j'étais malade, et je n'avais pas encore eu le temps de l'informer concernant Chantal. Forcément, ça a fait des étincelles.

À mesure qu'elle tapote mes joues, je retrouve mon calme et la force de lui poser les dernières questions qu'il me reste.

– Et les cousines, Billie, Hugo ?

– Au mois de décembre, j'ai refait plusieurs malaises. Mes filles se sont inquiétées, tu les connais, et elles ont prévenu la troupe, lors du dîner à Dreux.

– C'est pour cette raison qu'elles ont débarqué à 9 heures du mat' pour un Noël en avance ?

– Exactement ! Elles avaient peur que je meure avant les fêtes, cette bande de folles. Mais je suis bien plus coriace que ça, me dit-elle en contractant ses petits biceps froissés à son tour.

– Et Hugo ?

– Ah, le fameux ! soupire-t-elle avec une infinie tendresse. Il savait juste que j'avais engagé Chantal pour te mettre le pied à l'étrier du bonheur, comme elle aime dire, et elle lui avait demandé de faire le lien pour le carnet. Elle était persuadée que vous étiez faits l'un pour l'autre. Tu la connais, elle et ses intuitions. Elle n'en démordait pas.

– Et pourquoi Philippe a demandé à Ava de t'envoyer un texto, la veille du réveillon ?

– Sur le parking de l'hosto, je lui avais fait jurer de me survivre, mais, comme il pensait qu'il allait crever, il a jugé bon de me prévenir.

– Et pour le don de moelle osseuse ?

– Je l'ai seulement appris quand ta mère a eu Hugo au téléphone et j'étais sacrément fière de ma petite-fille.

Je me masse les tempes dans l'espoir que mon cerveau assimile toutes ces informations plus facilement et finis par tournicoter mes cheveux. Le souvenir de mon gâteau d'anniversaire et de ses vingt-neuf bougies apparaît sur la table basse. L'espoir me rattrape. Dans la plus grande des discrétions, je forme un vœu, comme je l'avais fait quelques mois auparavant. Je prie fort que le ciel m'entende, prends de l'élan et m'élance :

– Tu m'as vue devenir femme, tu penses que tu seras assez coriace pour me voir devenir mère ?

Ses yeux se remplissent de bonheur, une nouvelle lueur brille dans ses pupilles. Délicatement, elle pose sa main sur mon ventre. Ses lèvres bougent sans aucun son. Après de longues secondes, Mamie Gangsta déplace sa paume contre mon cœur.

– D'ici ou d'ailleurs, je serai toujours là, souligne-t-elle en appuyant sur ma poitrine, là où tu voudras que je sois. Tu sais, ma chérie, s'il y a bien une chose à laquelle la mort ne peut pas prétendre, c'est l'amour. Elle peut prendre nos corps, mais pas nos cœurs.

– J'aimerais tant pouvoir changer le cours des choses…

– C'est ce que tu as fait, il y a un peu plus de quatre mois, Mars. Tu as inversé la donne. Ne pleure pas, sans cette saloperie de tumeur, tout cela n'aurait pas existé. Pour rien au monde, je ne voudrais revenir en arrière. Puis c'est aussi ça, la vie : laisser s'envoler notre passé et accueillir l'avenir.

– Je t'en supplie, ne vole pas trop haut, que je puisse toujours sentir ta présence.

Épilogue

Je m'appelle Ava, Ava Harrison. À ce qu'il paraît, je viens de Vénus, mais, à vrai dire, depuis que j'ai rencontré ma sœur, je me demande si je ne viens pas de Mars, moi aussi. J'ai poussé comme j'ai pu, loin de ce père absent et surprotégée par une mère toute-puissante. J'étais la fille de l'ombre, celle qui ne figurait nulle part dans la presse et pas plus dans la vie de mon père. Avec lui, je ne partageais que de brefs dîners ou déjeuners et des conflits incessants. Notre relation était tumultueuse, jonchée de douleurs. Il était mon manque, j'étais sa culpabilité. Je cherchais son amour, je n'en obtenais que des morsures. Jusqu'à ce qu'il tombe malade et que sa carapace de vieux monsieur s'effrite. Je l'ai découvert sensible, angoissé, vulnérable. Pour la première fois, il me donnait à voir ce qu'il s'efforçait de dissimuler depuis tout ce temps : ses peines, ses remords et son secret. Secret qui allait bouleverser le cours de mon existence et de celle qu'il nous avait cachée jusqu'alors. À cette annonce, mon monde aurait pu s'effondrer. Bizarrement, ce fut l'inverse. Des réponses à mes pourquoi surgirent, je n'étais plus le vilain petit canard de cette famille, je n'étais plus toute seule pour combattre ces blessures d'enfant, nous étions enfin deux à souffrir des mêmes incompréhensions.

Quand j'ai rencontré cette rousse, à la ressemblance époustouflante avec notre dénominateur commun, sur ce quai de la gare du Nord, mon cœur savait déjà que j'empruntais un virage qui changerait à tout jamais la direction de mon histoire et de ma plume. À l'époque, j'étais en pleine écriture de mon premier livre, mais à la suite de notre échange dans cette vieille brasserie, je n'avais plus qu'une seule et unique obsession : raconter ce petit bout de femme bancale qui essayait tant bien que mal de tenir debout. Ce qu'elle m'avait confessé au sujet de sa grand-mère, sa bague, cette magicienne et ce carnet m'obnubilait. Malheureusement, après cette nuit de la dernière chance à l'aube de cette nouvelle année, j'avais peu d'espoir que Mars accepte de nouer une quelconque relation avec moi. Mais, comme la vie est pleine de surprises, celle-ci ne se fit pas prier.

Quelques semaines plus tard, elle me rendit visite à Londres. La petite nana badass dont j'avais fait la connaissance avait laissé place à une femme puissante et assumée. Son ventre s'était légèrement arrondi et son énergie était telle qu'on aurait dit un soleil au milieu de la gare Saint-Pancras, malgré l'hiver qui recouvrait la ville d'un manteau blanc. À l'abri du froid et des regards, alors que nous étions assises autour de nos chocolats chauds dans un vieux pub, Mars déballa son bagage sur la table en bois. Il était rempli de journaux intimes, ceux qu'elle n'avait jamais rouverts. Son enfance était là, posée devant moi. Puis, sur la pile, elle a rajouté un dernier carnet, un Moleskine bleu nuit sur lequel était gravé en lettres dorées : *Princesse autonome.* Les mains fébriles, elle m'a tendu l'intégralité de ses écrits et, d'une voix déterminée, a prononcé ces quelques mots : « Il y a des sauvetages que seul l'amour peut entreprendre. »

Ma sœur voulait encrer noir sur blanc cette aventure pour que vive à tout jamais sa grand-mère adorée et me confiait la lourde tâche de faire de cette histoire un bijou. Ses yeux brillaient de larmes discrètes, tandis que la peur de ne pas être à la hauteur me saisissait le corps tout entier. Elle m'a alors chuchoté : « Tu avais raison, Ava, on est nombreux à se sentir seuls. Je ne peux pas garder ce que j'ai appris uniquement pour moi, il y a bien trop de Mars sur cette terre. »

Remerciements

Merci à toutes les femmes de ma vie, mon armée, celles qui me protègent depuis toujours, me soutiennent et m'inspirent au quotidien, mes poupées russes à moi : ma mère, qui m'a tant transmis, tant appris et aimé pour deux avec la force et le courage d'une lionne ; mon Lou, qui a toujours su me botter les fesses, me dire stop quand il le fallait et m'insuffler la force nécessaire pour poursuivre mes rêves ; ma Kita, qui n'a jamais douté de moi, même quand je n'y croyais plus ; ma grand-mère, sa rue Montorgueil et tout ce qui fait d'elle la plus gangsta que je connaisse…

Merci à Françoise, ma bonne et belle étoile, et sa sœur, ma mumu, sans qui rien n'aurait été. Vive Montreuil, l'Albatros, Comme une cure et vive les sœurs Smadja.

Merci à ma merveilleuse maison d'édition, Fayard, qui fait un travail incroyable et m'accompagne de la plus belle des façons, grâce à une équipe formidable : Alexandrine, je n'oublierai jamais ce 24 janvier ensoleillé où nos chemins se sont rencontrés, merci pour ton talent à m'apprendre ; Iris et Calixta, merci pour votre travail précieux et votre soutien, tous ces échanges à me rassurer, moi l'angoissée. Et un énorme merci à Isabelle Saporta, quelle chance d'avoir une princesse autonome à la tête d'une si belle maison.

Merci à mon Nino, mon fils, mon amour pour toujours, qui n'en pouvait plus de me voir écrire pendant des heures, des jours, des mois… Mais qui ne cessait de me dire : « Je te soutiens, maman, ça va aller, tu vas y arriver. »

Merci à mes Rénier : Karin, les mots me manquent tant ce qui nous lie est puissant ; mes frérots, ma Sam, ma Kris, il était temps de réparer ce qui pouvait l'être… Et toi, papa, j'espère que les livres existent au paradis, que je puisse t'envoyer un exemplaire. Tu me manques et tu n'as pourtant jamais été aussi présent.

Merci à ma Billie, qui m'a accompagnée tout le long dans l'écriture de ce roman par sa présence, son amour et sa certitude qu'il verrait le jour, et à mon Toutanka'Flo. Sans eux, rien n'aurait été pareil.

Merci à tous mes élèves du Laboratoire de l'acteur, qui nourrissent mon instrument, ils comprendront.

Merci à l'humanité, ses failles, ses forces et ses démons, qui remplissent ma plume d'idées et de désirs de raconter…

Merci la vie, ses étoiles et ses planètes. Une pensée émue et tendre pour mes papillons partis trop tôt, trop tout : Alexandre, Richard, Romain, Blanche, Véro, Julien, papa, je pense à vous.

P-S : merci à Célia Granier-Deferre et Christophe Gaumont, qui, un jour, sans le savoir, m'ont sauvée la vie…

Cet ouvrage a été imprimé en France par
CPI Brodard & Taupin
Avenue Rhin et Danube
72200 La Flèche (France)

pour le compte des Éditions Fayard
en janvier 2023

Photocomposition Belle Page

PAPIER À BASE DE
FIBRES CERTIFIÉES

Fayard s'engage pour
l'environnement en réduisant
l'empreinte carbone de ses livres.
Celle de cet exemplaire est de :
800 g éq. CO_2
Rendez-vous sur
www.fayard-durable.fr

N° d'édition : 65-7485-1/01 – N° d'impression : 3050785